A Susie,

avec mon affection et mes sincères remerciements
pour de nombreuses années d'encouragement.

Chapitre 1

Mai 1175 — Château de Jutigny,
près de Provins, dans le comté de Champagne

Eric de Monfort n'était pas venu au château de Jutigny depuis un certain temps, et se trouver de retour lui faisait un étrange effet. Jouvenceau, il était ici chez lui. Après avoir laissé son cheval aux mains de l'un des palefreniers, il traversa la cour intérieure avec Abélard, son écuyer, et se dirigea vers les marches menant à la grande salle.

Jutigny n'avait pas beaucoup changé. Le donjon dominait toujours tout le reste, et le pâle éclat de bois neuf sur le chemin de ronde, en haut du mur de courtine, prouvait que le seigneur Faramus de Sainte-Colombe gardait ses défenses en état. Il balaya du regard les dépendances, la chapelle, les cuisines…

Messire Macaire, l'intendant du château et un vieil ami, se tenait sur le seuil de la grande salle, parlant à un sergent. Son visage s'éclaira.

— Eric, Dieu merci vous voilà ! Messire Faramus s'impatiente. Vous pouvez entrer tout de suite.

— J'ai d'abord besoin de me désaltérer, dit Eric en s'approchant d'une table latérale et en saisissant le pichet de cervoise. J'ai passé toute la matinée à la foire de Provins, et j'ai la gorge sèche. Messire Faramus n'a pas mentionné que l'affaire était urgente. Que veut-il ?

Messire Macaire grimaça.

— Je n'ai pas la liberté de le dire, mon garçon, mais votre cervoise sera pour plus tard. Messire Faramus et dame Blandine vous attendent dans la chambre de jour depuis près d'une heure et, comme vous le savez, le comte n'est pas connu pour sa patience.

L'intendant lança un regard noir en direction d'un chevalier avachi sur le banc près de l'escalier.

— En outre, si vous ne montez pas tout de suite, j'ai ordre d'envoyer messire Bréon. Et ce serait un pastiche de ce qu'il y a lieu de faire.

Il secoua la tête.

— Un pastiche…

— Un pastiche ?

Eric scruta le visage de Macaire. C'était à coup sûr un choix de mot surprenant. Versant quand même de la cervoise dans un gobelet, il but rapidement. Il connaissait messire Bréon depuis l'époque où il vivait à Jutigny et ne l'avait jamais beaucoup apprécié. Non qu'il puisse relever quelque chose de précis contre lui. L'homme était brutal et grossier, mais de nombreux chevaliers l'étaient. Ce qui surprenait Eric, c'était qu'il ne se souvenait pas d'avoir vu auparavant Macaire incommodé par messire Bréon.

— Macaire, que diable se passe-t-il ?

— Ce n'est pas à moi de le dire.

L'intendant désigna l'escalier d'un signe de tête.

— Pour l'amour du ciel, Eric, hâtez-vous de monter !

— Ils sont dans la chambre de jour, avez-vous dit ? Dame Blandine ne la réserve-t-elle pas d'ordinaire à ses dames et à elle-même ?

Eric était de plus en plus intrigué. De la sueur commençait

à perler sur le front de Macaire, et son attitude — il semblait affolé — était pour le moins inquiétante.

— Quel est le problème ?

— La chambre de jour, mon garçon. Montez dans la chambre de jour, et vous aurez vos réponses.

Les sourcils froncés, tirant sur sa barbe, messire Faramus faisait les cent pas devant un petit feu dans la chambre de jour. Son épouse, dame Blandine, était assise près de la fenêtre, serrant un rouleau de parchemin dans ses longs doigts blancs.

Eric éprouvait de l'affection pour la châtelaine, qui l'avait toujours traité avec gentillesse. Son front habituellement lisse était plissé et son visage crispé par le souci. Elle paraissait profondément affligée. Un élan de sympathie traversa Eric. Messire Faramus et elle s'étaient-ils de nouveau querellés ?

— Bonjour, ma dame. Messire, dit-il en s'inclinant.

D'un geste irrité, le comte balaya les politesses.

— Où diable étiez-vous ? Je vous ai attendu toute la matinée.

— J'étais à la foire de Provins, messire.

— La foire ?

La mine du comte s'éclaira.

— Oh ! Oui, je m'en souviens. Vous cherchez un étalon, n'est-ce pas ? En avez-vous trouvé un ?

— Pas encore, messire.

Eric voulait une jument de reproduction ainsi qu'un étalon et, jusqu'ici, il n'avait déniché ni l'un ni l'autre. A la foire, il avait appris qu'il pourrait peut-être trouver les deux à Bar-sur-Aube. Vu qu'il était presque impossible de se procurer des chevaux de bonne race, il avait eu envie d'y aller directement. Puis il s'était rappelé la convocation du comte. S'estimant redevable envers son ancien seigneur, il s'était senti tenu de venir d'abord à Jutigny. Dès que cet entretien serait terminé, il partirait pour Bar-sur-Aube.

— Mes excuses si je vous ai fait attendre, messire. Vous avez quelque chose à me demander, je crois ?

Le regard d'Eric retourna se poser sur dame Blandine. En temps normal, elle n'était pas présente quand son époux discutait de ses affaires avec ses chevaliers. S'il y réfléchissait, on lui avait toujours donné ses ordres dans la grande salle ou l'armurerie. Que se passait-il ?

Messire Faramus prit une profonde inspiration, et Eric surprit un échange de regards entre les deux époux.

— Eric, *messire* Eric, avant que nous abordions le fond de l'affaire, j'aimerais avoir votre parole que ce qui se dira entre ces murs restera confidentiel. Au moins pour le moment.

— Comme vous voudrez, mon seigneur.

— Cela concerne ma fille, dame Roxane. Vous vous souvenez de Roxane ?

Une soudaine tension s'empara d'Eric. Cela concernait dame Roxane ?

Bien sûr qu'il se souvenait d'elle ! Elle était l'unique enfant de messire Faramus et de dame Blandine, comment aurait-il pu l'oublier ? Roxane était une jeune fille blonde et timide, avec quelques années de moins que lui. Jusqu'à ce qu'elle ait exprimé son désir de devenir nonne, elle était l'héritière du domaine de Sainte-Colombe et tous les chevaliers à marier de Champagne auraient aimé obtenir sa main. Parfois, on aurait dit que le château de Jutigny était assiégé. Le comte Faramus avait finalement conclu un accord avec le comte Gauvain de Meaux, mais il y avait eu un scandale quelconque et le mariage ne s'était pas fait. Eric ignorait les détails de l'affaire.

— J'ai ouï dire que dame Roxane est entrée au couvent qui est à l'extérieur de Provins…

— L'abbaye Sainte-Marie, dit messire Faramus, la bouche dure. Oui, en effet.

Le comte ne faisait pas mystère de son déplaisir devant le fait que sa fille unique veuille prendre le voile. Mais dame Roxane était la filleule du roi et une fois que celui-ci, lui-même très religieux, avait approuvé son souhait de devenir nonne, messire Faramus n'avait pas pu faire grand-chose.

Eric éprouva des picotements sur la nuque, et commença à se sentir très mal à l'aise.

— Messire Eric, je sais bien que je ne suis plus votre suzerain et que je ne peux vous commander, mais j'ai une faveur à vous demander.

Faramus serra le poing.

— Une très grande faveur. C'est une tâche qu'à mon avis vous allez trouver déplaisante.

— Mon seigneur ?

— Messire… Eric… je veux que vous sortiez ma fille de ce couvent. Emmenez-la dans votre manoir de Monfort. Gardez-la chez vous jusqu'à ce qu'elle accepte de vous épouser.

Abasourdi, Eric eut un mouvement de recul. Il avait dû mal entendre.

— Je ne pense pas vous comprendre, messire.

Le comte poussa un soupir exaspéré.

— Je veux que vous causiez la perte de Roxane. Sortez-la de ce couvent et séduisez-la. Possédez-la. Faites en sorte qu'elle n'ait d'autre choix que de vous épouser…

— Messire, je ne peux faire cela !

Pas étonnant que dame Blandine semblât si mal à l'aise !

— Pourquoi pas, diable ?

Eric se rapprocha.

— Ce ne serait pas bien, messire. Votre fille a une vocation religieuse, je ne peux pas m'immiscer entre elle et sa vocation.

— Roxane *pense* avoir une vocation religieuse, répliqua messire Faramus. Ce n'est pas la même chose. Pas la même chose du tout.

Eric secoua la tête avec fermeté.

— Je ne le ferai pas.

La mâchoire du comte se crispa.

— Par pitié, vous le devez ! C'est la fête de la Visitation la semaine prochaine.

Eric lui décocha un regard perplexe.

— Je ne vois pas le rapport, messire.

Dame Blandine se pencha en avant. Le parchemin crissa.

— Eric, Roxane doit prononcer ses vœux préliminaires ce jour-là.

Son époux se racla la gorge.

— Monfort, Roxane est sur le point de devenir novice. Vous devez la faire sortir de l'abbaye avant que cela n'arrive !

Eric recula et s'inclina, l'estomac noué.

— Mon seigneur, je suis conscient de vous devoir beaucoup, à vous et à dame Blandine, mais en tout honneur je crains de devoir refuser.

L'expression du comte s'assombrit.

— Monfort, je suis sûr que vous avez oublié à quel point vous avez été chanceux d'échouer devant notre porte.

Il fit un geste vers son épouse.

— Qui d'autre que ma Blandine aurait recueilli un enfant à moitié mort de faim ? Qui d'autre que messire Macaire aurait pu vous prendre sous son aile, vous, un parfait inconnu, et vous former comme il l'a fait ? Par Dieu, je vous ai fait chevalier moi-même ! Et vous avez l'impudence de m'opposer un refus ?

Eric tint bon.

— Je n'oublierai jamais toute votre bonté à mon égard, messire. Mais tout ce que vous m'avez appris n'incluait pas de séduire des vierges ! Ce ne serait pas bien d'enlever dame Roxane. Elle a une vocation.

— Ah oui, vraiment !

Le comte le regarda en plissant les yeux.

— N'aimeriez-vous pas avoir davantage de terres ? Epousez Roxane, et vous serez comte vous-même, un jour.

Eric relâcha son souffle. Il ne pouvait en croire ses oreilles… Messire Faramus lui demandait de perdre sa fille. De la forcer au mariage ! C'était pour le moins un plan désespéré. Et, pour aggraver les choses, le comte semblait ignorer le fait que si dame Roxane devait l'épouser, il faudrait d'abord que le roi donne son consentement à cette union.

Messire Faramus avait-il perdu la tête ? Certes, il était plus que flatteur de savoir que le comte le prendrait volontiers comme gendre, sans compter que cela incluait une tentation allant au-delà de ses rêves les plus fous — lui, devenir comte un jour ! —, mais il ne pouvait s'abaisser à commettre une telle action.

Il jeta un coup d'œil vers la comtesse assise près de la fenêtre. Il ne pouvait voir son expression ; elle avait posé le parchemin et était penchée sur un ouvrage. Dame Blandine n'entérinait sûrement pas cette idée folle !

— Le roi lui-même a approuvé le désir de dame Roxane d'entrer au couvent, dit-il d'un ton amène.

— Eh bien, je suis son père et je ne l'approuve pas. Cessez de protester, Monfort. Sortez-la de Sainte-Marie, et arrangez-vous pour qu'elle vous épouse. Peu m'importe comment vous le ferez. Faites-le, c'est tout. Songez que quand je mourrai, vous deviendrez comte de Sainte-Colombe. Cela vous motivera peut-être.

— Je suis vraiment désolé de vous décevoir, messire, mais je ne le ferai pas. Ce ne serait tout simplement pas digne d'un chevalier.

— Eric, nous vous avons choisi parce que nous nous sommes rappelé que, enfant, vous étiez gentil avec ma fille.

« Nous » ? Ainsi, dame Blandine était de mèche avec son époux dans ce plan ridicule ? Eric sentit un muscle frémir dans sa joue.

— Autant que je m'en souvienne, messire, vous m'aviez recommandé de ne pas être trop familier avec elle. De fait, vous m'aviez interdit de lui parler.

L'aiguille de dame Blandine resta en suspens.

— Messire, vous vous référez à la fois où Roxane et vous avez été trouvés dans le prunier. Il faut pardonner la réaction qu'avait eue mon époux. Il a toujours eu tendance à être trop protecteur et hâtif dans ses jugements… Et vous ne devez pas oublier que vous étiez, à l'époque, jeune et inexpérimenté. Vous n'aviez pas fait vos preuves.

— Et maintenant que j'ai conquis un manoir et quelques arpents, vous considérez que je les ai faites ?

Le comte le regarda droit dans les yeux.

— Monfort, je vous ai entraîné moi-même. Je sais que vous êtes un homme honorable.

— Ce que vous me demandez n'est pas honorable !

Dame Blandine fit un geste vif.

— De grâce, messire, il faut que vous nous aidiez.

— Ma dame, je regrette, je ne le ferai pas.

Les épaules du comte s'affaissèrent.

— Très bien, Monfort, vous pouvez partir.

Il fit un signe de la main.

— En sortant, faites monter messire Bréon.

Le regard de dame Blandine s'emplit d'anxiété tandis que l'estomac d'Eric se nouait davantage. Qu'allait-il se passer maintenant ? Se disant que ce n'était pas ses affaires, il était à mi-chemin de la porte lorsqu'il se rappela Macaire marmonnant que ce serait un pastiche si messire Bréon montait dans la salle de jour. De toute évidence, l'intendant savait que le comte était déterminé à faire sortir sa fille du couvent et n'aimait pas l'idée qu'elle puisse avoir affaire à ce rustre brutal.

L'image de dame Roxane, telle qu'il l'avait vue la dernière fois, d'une grande beauté dans son innocence, lui traversa l'esprit. L'idée de cette douce enfant forcée à passer sa vie en compagnie de messire Bréon était tout à fait répugnante. Il avait toujours eu l'impression qu'elle craignait cet homme. Seigneur ! Son estomac se retourna à cette pensée. Une aussi gente jouvencelle avec ce malappris ? Ce ne serait tout simplement pas acceptable !

Certes, messire Bréon pourrait refuser. Il le pourrait...

Un instant, il ferma les yeux. Il se berçait d'illusions. Jamais Bréon ne laisserait passer l'opportunité d'épouser l'héritière du domaine de Sainte-Colombe.

La si charmante dame Roxane, contrainte au mariage avec ce triste sire ?

Plutôt moi que lui.

Il s'arrêta net, se retourna et darda un regard intense sur son ancien suzerain.

— Vous imposeriez messire Bréon à dame Roxane ?

— Puisque vous n'êtes visiblement pas l'homme pour qui je vous tenais, oui. Messire Bréon sait envers qui il doit se montrer loyal. Je suis sûr que lui au moins ne me décevra pas.

— Vous ne pouvez pas être sérieux, messire !

Messire Faramus lui jeta un regard noir.

— Il faut que quelqu'un l'épouse. Je serai damné avant de voir mes terres tomber entre les mains d'Armand.

— Armand ?

— Armand de Velay, un cousin éloigné.

Eric commençait à comprendre. Avec la fille unique du comte prenant le voile, le fief de Sainte-Colombe tomberait entre les mains de l'héritier le plus proche. Cela n'arriverait pas si Roxane se mariait.

— Messire, dit-il en s'efforçant de parler calmement. Il est naturel qu'un homme veuille que ses terres aillent à son enfant, mais je ne parviens pas à me convaincre que la force est la façon de s'y prendre.

La bouche du comte se pinça.

— Pensez-vous que nous n'avons pas essayé la persuasion ? Roxane est la fille la plus entêtée de la chrétienté. Elle ne veut pas entendre raison.

Eric n'avait jamais vu le côté entêté de dame Roxane. Il lui vint à l'idée que si elle était têtue, elle tenait tout simplement de son père. Il garda sagement cette pensée pour lui et se contenta de remarquer :

— Messire, d'après moi, dame Roxane n'aime pas messire Bréon.

Messire Faramus haussa un sourcil.

— Et alors ? Messire Bréon obtiendra son accord.

Les sourcils froncés, Eric secoua la tête.

— Oui, sans doute. Mais ce chevalier n'est pas un homme doux. Messire, avez-vous songé aux méthodes qu'il pourrait utiliser pour la faire plier ?

— Messire Bréon fera ma volonté. Faites-le monter.

— Dame Roxane veut devenir nonne, messire.

— Tant pis. Elle se mariera, d'une manière ou d'une autre.

Avec un soupir, le comte tapa sur l'épaule d'Eric.

— Pas de rancœur, Monfort. Je ne retiendrai pas ceci contre vous.

— Attendez…

Eric leva la main. Il ne savait pas très bien pourquoi, mais la pensée de messire Bréon imposant sa volonté à dame Roxane lui était insupportable. Certes, la perspective d'être un jour comte de Sainte-Colombe était tentante, mais ce fut l'idée de la jouvencelle livrée à Bréon de Provins qui le poussa à accepter.

— Je vais faire ce que vous demandez.

Dame Blandine lui adressa un sourire fugitif. S'il avait cligné des yeux, il ne l'aurait pas vu. Curieusement, ce sourire l'encouragea. Il le conduisit à penser qu'il était son choix, que la châtelaine le voulait pour sa fille, lui et personne d'autre. Dieu savait qu'il n'avait jamais envisagé de contraindre une femme au mariage — encore moins dame Roxane — mais, s'il refusait, messire Bréon le ferait à coup sûr. Il devait lui épargner ce sort.

Les yeux du comte brillèrent.

— Vous êtes d'accord ?

— Oui.

Eric réfléchit rapidement. Accepter ferait gagner du temps. De toute évidence, messire Faramus n'avait pas encore admis la décision de dame Roxane d'entrer au couvent, ce qui se comprenait. Se rendre compte que son cousin hériterait de ses terres à la place de sa fille devait être difficile à avaler. Si on lui laissait un délai, le comte finirait par revenir à la raison.

Eric devait admettre qu'il était flatteur que messire Faramus et dame Blandine aient choisi de lui faire leur extraordinaire proposition, en premier lieu. Cela prouvait une certaine confiance, une certaine approbation. Le comte était un homme dur, dur et déterminé, mais il devait aimer sa fille.

Et voilà que dame Blandine était là, avec ce petit sourire. Eric la regarda.

— Je veillerai sur votre fille.

Mais il ne l'épouserait pas ; il ne le pourrait pas. Ce

serait un sacrilège de s'interposer entre dame Roxane et sa vocation.

— Je sais, murmura la châtelaine.

— Je ne suis pas sûr qu'elle se souvienne de moi.

— Mais si.

Dame Blandine se pencha sur son ouvrage.

Oui, s'il enlevait dame Roxane, il pourrait la garder en sécurité. Et puis, quand messire Faramus serait revenu à la raison, il la ramènerait à l'abbaye. Le comte devrait s'y résoudre, finalement. Même un grand seigneur comme lui ne pouvait forcer la filleule du roi à se marier.

— Je vais le faire aux conditions qui suivent, précisa-t-il. Je ne lui ferai pas de mal. Et je veux votre parole que vous ne vous en mêlerez pas.

Il y eut un silence pendant lequel messire Faramus caressa pensivement sa barbe.

— Oui, oui, dit-il enfin. Je laisserai tout entre vos mains.

Sur une courbette, Eric quitta la chambre de jour.

Lorsque la porte se fut refermée sur lui, dame Blandine posa son ouvrage.

— Je vous avais dit qu'il accepterait.

— Il m'a inquiété, pendant un moment. Roxane est une fille obstinée, mais Dieu sait que je ne lui souhaiterais pas Bréon.

— Je ne souhaiterais Bréon à aucune femme, dit sèchement la châtelaine. Je savais qu'Eric accepterait s'il était mis face à cet état de fait. Il a bon cœur.

— Cela n'a rien à voir avec son cœur. Les orphelins font toujours les meilleures recrues.

— Faramus !

— Ne vous faites pas d'illusions, Blandine. Pour Monfort, c'est la chance de sa vie. C'est un enfant trouvé, pour l'amour du ciel ! Il a bien réussi en conquérant son manoir, mais il veut plus de pouvoir, plus de terres.

— Il veut Roxane.

Le comte jeta à son épouse un regard apitoyé et secoua la tête.

— Blandine, vous avez écouté trop de ballades. Ce garçon veut des terres. Il ne s'agit que de terres.

Dame Blandine regarda son époux sans répondre.

Au couvent de Sainte-Marie le lendemain matin, Roxane de Sainte-Colombe s'habilla aussi vite qu'elle put.

— Dépêchez-vous, Berthe ! dit-elle à sa chambrière.

Dehors, le soleil brillait, et elle ne pouvait supporter de rester à l'intérieur un instant de plus. Elle vivait pour ses chevauchées du matin ou, plus exactement, pour ces brefs moments quotidiens où elle pouvait se donner l'illusion d'être maîtresse de sa vie. Elle jeta un coup d'œil vers la porte de leur cellule. Comme toujours, elle redoutait plus ou moins qu'une des nonnes n'apparaisse et ne lui interdise de prendre de l'exercice au grand air.

— Oui, ma dame.

Berthe entreprit de lui rassembler les cheveux en une natte toute simple, et Roxane s'efforça de ne pas s'énerver. Sa chambrière semblait mettre un temps infini à la coiffer du voile gris considéré comme convenable pour une jouvencelle qui allait bientôt prononcer ses vœux préliminaires. Elle l'ajusta et poussa une mèche dorée dessous.

— Ma dame, de grâce ne bougez pas ! J'ai failli vous piquer avec une épingle.

— Pardon, Berthe, mais j'ai hâte d'être dehors.

La chambrière donna un dernier petit coup au voile et recula pour admirer son travail.

— Voilà. Vous êtes charmante, ma dame. Prête à affronter le monde.

Son expression s'assombrit.

— Non que cela importe… Elles vont vous confiner bien assez tôt entre ces murs, et couper cette chevelure magnifique. C'est un crime, si vous voulez mon avis, ma dame.

Roxane lui lança un regard direct.

— Vous n'aimez pas être ici, n'est-ce pas ?

Berthe regarda autour d'elle. Compte tenu du rang de sa maîtresse, leur cellule était plus grande que celles de la plupart des nonnes. Suffisamment grande pour contenir un lit pour dame Roxane et un pour elle. Les murs étaient grossièrement plâtrés et blanchis à la chaux. Le seul ornement était un crucifix en bois au-dessus de la porte.

Elle haussa les épaules.

— Peu importe ce que je pense, n'est-ce pas, ma dame ? C'est vous qui allez rester ici, pas moi.

La gorge de Roxane se serra.

— C'est vrai.

Elle prit sa cravache. Elle aurait voulu demander à Berthe de rester avec elle au couvent. Le problème était que celle-ci ne semblait en rien apprécier la vie monacale, bien au contraire. C'était dommage, parce que Roxane l'aimait bien et que, dans cette abbaye, les dames étaient autorisées à avoir des chambrières, même si on ne les appelait pas ainsi. Hélas ! non seulement Berthe n'avait pas la moindre vocation, mais encore elle paraissait détester cet endroit autant qu'elle…

Roxane inspira vivement. Non ! A quoi pensait-elle ? Elle ne détestait pas cet endroit. L'abbaye était un lieu tranquille, paisible. Il était beaucoup plus reposant de vivre dans un couvent que dans un château. Dans les couvents, la personne qui détenait l'autorité était une femme. Et ici, à Sainte-Marie, mère Pauline avait indiscutablement la haute main sur tout. Les quelques hommes autorisés à franchir les portes — deux ou trois jardiniers, les valets d'écurie — ne songeraient en aucun cas à la contrarier. Entre ces murs, les femmes avaient indéniablement le pouvoir.

Roxane était déchirée. Elle avait proclamé à la face du monde qu'elle voulait être religieuse, et dit à tous qu'elle avait une vocation. Son père était un homme plus terre à terre que religieux, et elle avait dû batailler avec lui pour venir ici. Elle regarda sa cravache sans la voir. Bientôt, elle prononcerait ses vœux préliminaires. L'évêque devait venir à l'abbaye pour dire la messe le matin de la fête de la Visitation et, ensuite, elle prendrait l'habit de novice.

Brièvement, elle ferma les yeux. Elle avait une vocation, assurément. Serait-elle humaine si elle n'avait quelquefois des doutes ? Elle avait fait tant d'histoires pour être acceptée au couvent… Comment pourrait-elle avouer qu'elle ne s'habituait pas à cette vie aussi bien qu'elle l'avait imaginé ? Le problème était que son père voulait qu'elle se marie. Or elle ne pourrait jamais se marier ; la blessure laissée par la mort de Mathieu était trop à vif. Pauvre Mathieu… Il avait une nature si douce, si aimante ! Elle n'oublierait jamais comment ils s'asseyaient pendant des heures parmi les pâquerettes, dans la prairie au bord de la rivière, bavardant et fabriquant des couronnes de fleurs l'un pour l'autre.

— Ma dame, quelque chose ne va pas ?

Elle serra sa cravache dans sa main et pria pour avoir une vocation plus forte. Il fallait qu'elle y parvienne ! Lors de son arrivée à l'abbaye, elle était résignée à l'idée de prendre le voile. Son chagrin l'habitait trop pour qu'elle puisse envisager un mariage avec messire Gauvain, et le couvent avait été sa seule échappatoire. Cela avait été une rébellion contre un monde où on la considérait comme une marchandise que son père pouvait attribuer à sa guise. Au début, la vie ici lui avait paru satisfaisante. Mais à présent…

Malgré sa détermination à prendre le voile, elle se sentait parfois hésiter. Seigneur, les journées passaient si lentement ! La tranquillité, naguère si agréablement paisible, lui apparaissait maintenant comme la tranquillité de la tombe.

— Ma dame ?

Berthe la prit par le bras et la regarda dans les yeux.

— Dieu soit loué, vous vous êtes rendu compte que vous n'étiez pas faite pour prendre le voile !

— Non. *Non.*

— Si, je le vois sur votre visage. Vous avez changé d'avis sur le fait de devenir nonne.

Avec véhémence, Roxane secoua la tête et tendit la main vers le loquet de la porte.

— Vous vous faites des idées.

— Je ne crois pas. Regardez-vous, vous avez hâte de sortir des murs du couvent.

La chambrière lui adressa un sourire gentil.

— Ce n'est pas une honte, ma dame. En vérité, il vaut mieux décider que vous n'êtes pas faite pour le couvent avant de prononcer vos vœux. C'est pour cela que les nonnes ont insisté pour que vous passiez du temps avec elles avant de devenir novice. C'est un essai, en quelque sorte. Vous voulez rentrer chez vous, vous voulez redevenir dame Roxane. Votre père ne sera pas fâché ; il déteste l'idée que vous moisissiez ici.

— Mon père déteste l'idée que messire Armand mette la main sur ses terres.

Et il me contraindra à un mariage dont je ne veux pas. Je deviendrai religieuse.

Roxane ouvrit la porte et franchit le seuil. Elle savait parfaitement que les mois qu'elle venait de passer à Sainte-Marie avaient été une sorte d'examen de passage. Cependant, Berthe se trompait si elle pensait qu'elle aspirait à retourner à son ancienne vie. Dame Roxane de Sainte-Colombe devrait se marier sur l'ordre de son père et elle, Roxane, refusait de se marier. Mathieu lui manquait.

— Vous vous trompez, Berthe. Complètement. Je vois bien que vous détestez être ici, mais vous ne devez pas en conclure que c'est aussi mon cas. La vie au couvent est meilleure que la vie dans un château. Elle n'est peut-être pas aussi excitante, mais elle est paisible. Et c'est tout ce que je demande. La paix. Je veux vivre tranquille dans un endroit où des femmes commandent.

Tandis qu'elle s'élançait dans le couloir, la voix de Berthe la suivit.

— Une fois que vous aurez prononcé vos vœux, ma dame, elles ne vous laisseront pas sortir à cheval quand vous voudrez. Et elles couperont vos cheveux…

L'un des palefreniers du couvent tenait la jument grise de Roxane, Lily, sellée et prête lorsqu'elle arriva aux écuries.

— Merci, Raymond, dit-elle en approchant Lily du montoir.

Le jeune homme enfourcha un autre cheval.

— Où allons-nous aujourd'hui, ma dame ? En ville ?

— Pas ce matin. Ce matin, j'ai envie d'aller vers le nord.

— Comme vous voudrez, ma dame.

Roxane et Raymond franchirent les portes au trot et prirent le chemin qui traversait le verger du couvent. Roxane était dépitée de constater que son humeur ne s'améliorait pas, contrairement à ce qui se produisait d'habitude. Alors qu'elle avait les yeux posés sur la tête de Lily, elle fronça les sourcils.

En dehors de leurs habits, leur croix et leur psautier, les novices, comme les nonnes, ne pouvaient rien posséder. Quand elle prononcerait ses vœux, Lily ne serait plus à elle ; elle appartiendrait au couvent. Elle ravala une boule qui s'était formée dans sa gorge. La jument n'était encore qu'une pouliche quand on la lui avait donnée, et elle était contente qu'elles ne soient pas séparées, à l'avenir. Mais ses chevauchées lui manqueraient. Les novices n'étaient pas autorisées à se promener sur les terres de l'abbaye comme elle l'avait fait ces dernières semaines.

Elle se pencha en avant pour tapoter l'encolure de la jument.

— Tu fais partie de ma dot donnée au couvent, Lily. Bientôt, tu appartiendras à toutes les nonnes, en commun. Je n'aurai peut-être pas la permission de te monter, mais je pourrai encore te voir chaque jour.

Lily dressa les oreilles, comme si elle écoutait.

Ils avaient laissé le couvent et la ville derrière eux et longeaient un sentier qui montait en serpentant à travers des pommiers. Alors qu'ils se trouvaient à peu près à un quart de lieue de la route principale, ils virent deux cavaliers immobiles au sommet de la côte et qui regardaient vers l'abbaye.

Les doigts de Roxane se crispèrent sur ses rênes. Un chevalier et son écuyer. Son instinct seul le lui disait, mais elle était certaine d'avoir raison, même si les deux hommes ne portaient pas d'insignes visibles, et qu'ils étaient trop loin pour qu'elle puisse distinguer leurs traits. Elle remarqua alors ce qui devait être l'éclat brillant d'un éperon doré — oui, le plus grand, qui avait des cheveux sombres, était indiscutablement un chevalier — et éprouva une sensation de malaise. Elle se sentirait mieux si elle pouvait voir son visage.

Le chevalier montait un étalon, gris comme Lily. Roxane observa l'animal. Elle s'y connaissait en chevaux, et cet étalon en haut de la côte lui en rappelait fortement un qu'elle avait vu des années plus tôt dans les écuries de son père. A peine alarmée — après tout, elle se trouvait encore sur les terres du couvent, et si ce chevalier était l'un de ceux de son père elle n'avait sûrement rien à craindre —, elle talonna Lily pour gravir la colline.

Alors que Raymond et elle approchaient, le chevalier coiffa son heaume. En le voyant faire, Roxane ne se sentit plus vraiment tranquille. L'homme ne portait pas de cotte de mailles, simplement un justaucorps en cuir brun, mais, à la façon dont il avait enfoncé son heaume sur sa tête, on aurait dit qu'il ne voulait pas être reconnu.

Roxane jeta un coup d'œil à l'écuyer, un garçon d'environ quinze ans. Il avait d'honnêtes yeux bruns, des taches de rousseur sur le nez, et faisait penser à un enfant de chœur jouant au soldat. Cette fois, quelque chose en lui lui parut indéniablement familier. Elle s'arrêta à sa hauteur.

— Est-ce que je vous connais ?

Le garçon rougit jusqu'aux oreilles et, pour toute réponse, émit un bruit étranglé. Familier ou non, la façon dont il la fixait lui donna froid dans le dos.

La monture du chevalier bougea tout à coup et une grande main se referma sur le poignet de Roxane, comme un étau d'acier. S'étouffant et bafouillant sous l'outrage, elle lâcha ses rênes et se débattit pour se libérer.

— Comment osez-vous ? Lâchez-moi tout de suite !

Raymond cria :

— Ma dame !

Le chevalier resserra son emprise. Tandis que Roxane tentait de se dégager, Lily hennit et fit un pas de côté.

Roxane vit vaguement que l'écuyer se dirigeait vers Raymond, mais elle était trop occupée avec le chevalier pour lui accorder beaucoup d'attention. Quelques instants plus tard, elle entendit un bruit sourd et de nouveau la voix de Raymond, faible et pleine de détresse.

— Ma dame !

Le pauvre garçon était à terre, son épée à quelques pieds de lui. L'écuyer à l'air d'un enfant de chœur pointait sa lame sur sa gorge.

Le chevalier profita de son inattention pour saisir la main libre de Roxane et se mit aussitôt à lui lier les poignets. Une peur glacée se mêla à sa fureur. Il était impossible de voir le visage de son agresseur derrière la visière brillante de son heaume ; tout juste apercevait-elle le faible éclat d'yeux verts. Comme elle se mettait à hurler en se débattant de plus belle, il lui plaqua une main sur la bouche.

— Lâchez-moi ! ordonna-t-elle d'une voix étouffée. Lâchez-moi !

Son cœur battait follement tandis qu'elle luttait pour échapper à cette poigne de fer. Puis, juste comme elle pensait que la situation pourrait difficilement être pire, elle fut arrachée de sa selle et jetée à plat ventre — comme un sac de grain — devant le chevalier. Le scélérat l'avait mise en travers de sa selle !

Les harnais cliquetèrent et l'étalon se mit en marche. Cet homme l'enlevait ! Le sang lui montait à la tête ; elle pouvait voir les jambes du cheval gris, le sol — l'herbe, une pâquerette, un bouton-d'or…

— Qui… qui êtes-vous ? demanda-t-elle en haletant.

Bien qu'en plein désarroi, elle était certaine que ce qui lui arrivait était en rapport avec Jutigny. Qui était cet homme ?

Une grande main se posa au creux de ses reins, et elle

sentit des doigts se refermer sur sa ceinture, la tenant fermement.

— Ne craignez rien, je ne vous ferai pas de mal. Vous êtes en sécurité.

Il avait le dessus sur elle. Roxane laissa échapper un sanglot.

— Ma dame, vous êtes en sécurité, reprit l'inconnu. Vous avez ma parole.

Etonnamment, sa voix paraissait apaisante.

— Laissez-moi… descendre !

— Je vous laisserai descendre quand nous ne serons plus en vue de l'abbaye. Tenez-vous tranquille, ma dame.

Chapitre 2

Eric gardait une main ferme sur le paquet remuant et furibond qu'était dame Roxane. Quand elle était venue vers lui à travers le verger, il l'avait à peine reconnue. Depuis combien de temps ne l'avait-il pas vue ? Deux ans ? Trois ? Elle devait avoir dix-huit ans, maintenant.

Roxane de Sainte-Colombe avait été une jolie enfant, et il avait entendu dire qu'elle était devenue une très belle femme. Mais rien ne l'avait préparé à son apparition, mince et élégante malgré une terne cotte grise et un voile qui ne pouvaient provenir que d'un couvent. Alors que le gris aurait dû atténuer sa joliesse, il servait au contraire d'écrin à une beauté à couper le souffle. Ses yeux semblaient plus brillants, plus bleus que lorsqu'elle était enfant. Sa peau était sans défaut, parfaite. Quant à ses lèvres… Seigneur ! Il n'en avait jamais vu d'aussi roses et dignes d'être embrassées.

C'étaient les lèvres d'une femme qui voulait devenir nonne, se rappela-t-il en la tenant solidement par sa ceinture. Des lèvres qui ne désiraient rien faire de plus que de réciter des litanies et de chanter des psaumes. Dieu du ciel ! Cette femme avait choisi la vie dans un couvent au lieu de devenir comtesse de Meaux et, un jour, de Sainte-Colombe. Elle avait l'air très convenable, lorsqu'elle avait chevauché vers lui. Convenable et distante. Il n'avait repéré nulle trace de l'enfant insouciante qu'il avait connue.

Tandis qu'ils s'éloignaient, le voile gris de dame Roxane se déploya tel un étendard. Eric réprima un sourire. Elle ne paraissait plus aussi convenable, à présent. Craignant que son voile ne se prenne dans les sabots de Capitaine, il se pencha pour le saisir. Il se retrouva en train de tenir plus que ce qu'il avait escompté, car les cheveux de dame Roxane, soigneusement nattés, étaient pris dans le tissu. Il se débattit avec le voile et la tresse, s'efforçant de ne pas tirer dessus. Dans ce désordre, le ruban qui tenait la natte se défit, et les longues mèches dorées commencèrent à se libérer.

Tenant toujours fermement la ceinture de sa captive, Eric se redressa, fit arrêter Capitaine, et regarda par-dessus son épaule. Abélard avait mis pied à terre. Un bras passé dans sa bride, il tenait le palefrenier de dame Roxane à distance. Leurs chevaux broutaient placidement sous un pommier.

Eric fit à Abélard le signe dont ils étaient convenus plus tôt.

— Filez ! fit l'écuyer en chassant le pauvre garçon.

Le palefrenier, la mine affligée, hésita en se frottant le crâne.

— Et damc Roxane ?

L'épée d'Abélard refléta la lumière tandis qu'il se penchait vers lui.

— Filez. Vous reviendrez chercher votre épée plus tard.

Le jeune homme se dirigea en vacillant jusqu'aux chevaux.

— Vous pouvez prendre votre monture. Laissez celle de dame Roxane, dit Eric.

Il était certain que, dès son retour au couvent, le palefrenier rapporterait ce qui s'était passé ; il comptait sur lui pour le faire. Un message serait aussitôt envoyé à Jutigny, et le comte Faramus saurait que sa fille se trouvait en sa compagnie. On ne ferait donc pas appel à messire Bréon.

Tout se passait exactement comme il l'avait prévu.

Cela avait presque été trop facile… Quand il avait découvert que Roxane n'avait pas perdu son habitude de monter à cheval chaque matin, il s'était dit que ce serait le moment idéal pour agir. Et comme cela se passerait en plein jour, il avait pensé — et espéré — qu'elle aurait moins peur. Certes, elle serait effrayée par ce qui lui arrivait, mais il comptait bien, dès qu'ils seraient hors de vue du couvent, la rassurer et lui affirmer qu'elle ne risquait rien.

Eric grimaça en regardant le palefrenier clopiner vers son cheval, et se hisser péniblement en selle. Il était dommage qu'il ait dû subir ce coup sur la tête, mais il ne semblait pas en avoir trop souffert. Nul doute que l'abbaye serait bientôt sens dessus dessous.

Mal à l'aise, il baissa les yeux sur la femme jetée en travers de sa selle. Bien que dame Roxane soit indéniablement devenue une femme, elle était toujours petite, menue. Elle se méfierait de lui pendant un certain temps, mais ce serait mieux pour elle que si elle était tombée aux mains de messire Bréon. S'avisant que son regard s'attardait avec un peu trop de complaisance sur les courbes de son postérieur, il mit Capitaine au pas et se dirigea vers le petit bois de châtaigniers qui coiffait la colline. Il la ferait descendre à l'abri des arbres et s'expliquerait de son mieux.

Cela dit, il n'attendait pas avec impatience l'instant où il enlèverait son heaume. Elle le reconnaîtrait forcément. Après tout, il avait été l'un des chevaliers de son père pendant des années. En outre, quand dame Blandine avait entendu le comte refuser qu'il apprenne à lire et à écrire, elle avait risqué le courroux de son époux en lui permettant d'assister aux leçons de sa fille. Eric et Roxane se connaissaient très bien, à l'époque.

Il s'assurerait qu'elle comprenne qu'elle devait rester à l'écart du couvent pendant un certain temps, puis il la conduirait à son manoir de Monfort où ils attendraient que messire Faramus ait repris ses esprits. Même si l'idée d'épouser dame Roxane et de devenir un jour comte de Sainte-Colombe était tentante à plus d'un titre, il ne pouvait en toute conscience la contraindre au mariage.

Roxane sentit le vaurien qui l'avait enlevée prendre son voile et ses cheveux fermement en main. Les éperons de son ravisseur étincelèrent, et son cheval se mit au trot. Elle devait lutter pour respirer — à chaque pas de l'animal, son souffle était chassé de ses poumons. Sans doute devait-elle s'estimer heureuse que son ravisseur ait une selle ordinaire et non une selle de combat. Sinon, elle serait enroulée autour d'un pommeau bien plus haut et ne pourrait vraiment plus respirer.

Il a planifié cet enlèvement. Que va-t-il faire de moi ? Peut-il réellement être l'un des chevaliers de mon père ? Père va le tuer !

L'absence d'un haut pommeau fut une faible consolation pour elle tandis qu'ils gravissaient la pente. La peur l'étreignait et l'empêchait de respirer autant que la selle qui s'enfonçait dans ses côtes. L'ironie de sa situation lui traversa l'esprit. Dire que, peu de temps auparavant, elle avait souhaité une vie plus excitante ! Tournant la tête de son mieux pour y voir, et haletant sous l'effort, elle constata qu'ils avaient atteint le bosquet. L'ombre des arbres s'étendait sur l'herbe tandis qu'ils chevauchaient entre les châtaigniers.

— Restez tranquille, ma dame. Il n'y en a plus pour longtemps, dit le chevalier.

Conformément à sa parole, il arrêta l'étalon gris quelques minutes plus tard et mit pied à terre.

— Avec votre permission, ma dame.

Des mains chaudes la saisirent par la taille et elle fut à moitié soulevée, à moitié tirée de la selle, puis posée debout près d'un arbre. Elle avait des cheveux dans les yeux, et son voile tomba à terre. Le chevalier portait toujours son heaume, visière baissée, et elle ne pouvait voir ses traits. A part son heaume et ses éperons, il était vêtu comme un chasseur, d'un justaucorps en cuir brun par-dessus une tunique et de chausses bleues. Il la dominait de toute sa hauteur. Déterminée à ne pas se laisser impressionner, elle se redressa, prit une inspiration tremblante et lui jeta un regard noir.

— Mon père vous tuera ! dit-elle. Je sais que vous êtes l'un de ses chevaliers. Vous pourriez avoir la décence de montrer votre visage.

— Très bien.

Calmement, il défit la lanière et ôta son heaume.

Il secoua la tête et passa les doigts dans des cheveux sombres, emmêlés, qu'il portait un peu longs pour un chevalier. Il avait des yeux d'une teinte chaude, inoubliable. Elle se les rappelait bien… Ils étaient verts avec des points brillants qui paraissaient dorés ou ambrés selon la lumière. Ici, dans le bosquet, ils étaient dorés.

Elle sentit tomber sa mâchoire.

— Eric ? Messire Eric ?

Son esprit s'emballa. Messire Eric de Monfort n'était plus un chevalier de son père depuis quelques années, mais il l'avait bien été. Favori de messire Macaire, il avait obtenu ses éperons de bonne heure. Après cela, il avait gagné son manoir dans un tournoi et, ensuite, avait quitté le service du comte. Un chevalier possédant un domaine n'avait pas besoin d'être aux ordres d'un autre homme.

Le succès d'Eric l'avait ravie. La différence était grande entre la vie d'un chevalier nanti d'un domaine et celle d'un chevalier sans terres. Celui ayant des terres jouissait d'une certaine sécurité, disposait de revenus sur lesquels il pouvait compter et d'une maison à lui. Pour quelqu'un comme Eric, un enfant trouvé, cela devait signifier beaucoup. S'il était resté sans terres, sa vie aurait été tout autre. Il aurait dépendu de contrats à plus ou moins court terme avec des hommes comme son père. En bref, il aurait pu finir en n'étant guère mieux qu'un mercenaire. Les chevaliers sans terres trop vieux ou trop las pour se battre finissaient souvent à la rue, et elle n'aurait pas souhaité un tel sort à Eric.

Elle le regarda en fronçant les sourcils. Autrefois, elle avait eu beaucoup d'affection pour lui. Une affection peu commune. Elle s'était même entichée de lui. Avant qu'il gagne son manoir et s'en aille, le seul fait de le voir l'emplissait d'aspirations secrètes. Il n'avait sûrement pas pu changer autant !

— J'exige que vous me détachiez.

— Vous n'allez pas hurler ou essayer de retourner en courant au couvent ?

— Non.

Elle releva le menton.

— Pas tout de suite, en tout cas.

Les yeux d'Eric pétillèrent, et Roxane se souvint d'autre chose à son sujet. Il pouvait être charmant quand il le voulait ; les servantes du château l'adoraient. En soufflant légèrement, elle se tourna face à l'arbre afin qu'il puisse atteindre ses liens. Le front appuyé contre l'écorce, elle sentit ses doigts sur ses poignets.

— Ne bougez pas, ma dame, je ne veux pas vous couper.

La corde céda. Roxane pivota et le fusilla du regard en se massant les poignets.

— Pourquoi faites-vous cela, messire ?

Elle chercha une explication possible. C'était là Eric, pour l'amour du ciel ! Il avait joué avec elle quand elle était petite, ils avaient appris à lire ensemble. Il était difficile de penser du mal de lui.

— S'agit-il d'un pari quelconque ?

La mâchoire d'Eric se crispa. Il lui fit signe d'aller jusqu'à un endroit ensoleillé, et étendit sa cape par terre.

— De grâce, asseyez-vous, ma dame.

Roxane ne bougea pas. Elle tapotait le sol du pied.

— Messire ?

— Ce n'est pas un pari.

Il soutint son regard. Au-dessus d'eux, des feuilles bruissaient dans la brise. Des taches de lumière jouaient dans ses cheveux sombres.

Elle regarda en arrière, vers le bas de la colline.

— Qu'est-il arrivé à Raymond ?

— C'est votre palefrenier ?

Elle hocha la tête.

— Lui avez-vous fait du mal ?

— Il doit être sain et sauf au couvent, maintenant.

Le front de Roxane se plissa de perplexité.

— Vous savez qu'il va prévenir mon père ?

— J'espère bien qu'il le fera.

— Etes-vous fou ? Père vous tuera !

Un petit sourire releva un coin de la bouche d'Eric tandis qu'il secouait lentement la tête.

— J'en doute, ma dame. Voyez-vous, j'agis à la demande de messire Faramus.

Roxane sentit le sang se retirer de son visage.

— Père a demandé que vous m'enleviez ?

— Je vous en prie, ma dame.

De nouveau, il indiqua sa cape.

— Asseyez-vous, et je ferai de mon mieux pour vous expliquer.

Réduite au silence par la stupéfaction, elle se laissa choir sur la cape. Son père avait demandé à Eric de se comporter de la sorte ? Son père ?

Eric s'assit par terre à côté d'elle, jambes repliées, et posa les bras sur ses genoux. Roxane nota les poils sombres sur ses avant-bras et se mit à l'observer. Elle ne pouvait se rappeler quand elle l'avait vu pour la dernière fois… Il était à la fois tel que dans son souvenir et, en même temps, différent. Il était bien sûr plus âgé, même si des traces du jouvenceau qu'elle avait connu subsistaient. Ses traits étaient plus fermement dessinés — la ligne de sa mâchoire, son nez, ses lèvres. Elle sentit son cœur se mettre à battre plus vite et détourna vivement son regard de sa bouche. Ses cheveux étaient toujours aussi épais, châtain foncé, avec de beaux reflets auburn qui accrochaient la lumière lorsqu'il bougeait. Avec ses épaules larges, il paraissait fort et beaucoup plus viril. C'était un homme, un vrai.

Roxane n'appréciait pas beaucoup les hommes en général, et ne s'était pas trouvée en compagnie d'un homme aussi puissant qu'Eric depuis son entrée au couvent. Curieusement, cela ne l'inquiétait pas autant qu'elle l'aurait imaginé. Après tout, elle le connaissait depuis des années. Avec surprise, elle se rendit compte que la peur qui s'était emparée d'elle lorsqu'il l'avait jetée en travers de sa selle s'était dissipée dès qu'elle avait vu son visage. Son cœur battait toujours très fort, mais davantage d'excitation que de peur. Elle se sentait plus vivante qu'elle ne l'avait été depuis des semaines.

Sauf que… Elle ne pouvait songer qu'à une seule raison pour expliquer son enlèvement. Elle déglutit.

— Mon père ne veut pas que je prononce mes vœux.
— Non.
— Il vous a demandé de me ramener à Jutigny ?
Malgré elle, sa voix se brisa.
— Il a trouvé quelqu'un qu'il veut que j'épouse ?
L'air mal à l'aise, Eric remua. Saisissant un brin d'herbe, il le cueillit et le fit rouler entre ses doigts. Des doigts qui retinrent le regard de Roxane, même si elle ne voyait pas pourquoi. Eric avait des mains puissantes, aux doigts forts. Ces mains étaient celles d'un chevalier couronné de succès, et, pendant tout le temps où elle l'avait connu, elle ne l'avait jamais rien vu faire qui soit déshonorant. Elle ne pensait pas qu'il ait pu changer à ce point. Pourtant, l'arracher au couvent n'était guère le fait d'un homme d'honneur.
— Eric ?
— Oui ?
— Ramenez-moi chez moi. S'il vous plaît.
— Je suppose que par « chez vous », vous voulez dire le couvent, pas le château ?
— Oui.
Sans croiser le regard de Roxane, il secoua la tête.
— Je ne peux pas, ma dame. Cela me chagrine de l'admettre, mais le comte Faramus a en effet trouvé un autre homme à qui vous marier.
Elle frissonna et serra ses bras autour d'elle.
— Savez-vous… savez-vous qui c'est ?
Les yeux verts d'Eric se rivèrent aux siens.
— C'est moi. Messire Faramus m'a demandé de vous épouser.
— Vous ?
Roxane battit des cils et son cœur s'emballa.
— Eric, vous savez bien que je suis décidée à être religieuse !

La bouche d'Eric s'incurva et elle sentit ses joues devenir brûlantes sous l'intensité de son regard. Il soupira et détourna les yeux.

— Oui. Toute la Champagne connaît votre souhait de prendre le voile.

Elle se pencha en avant, et scruta son visage, ce visage si familier qui avait pourtant tellement changé. Le caractère d'Eric s'était-il modifié autant que ses traits ? Quand elle était petite, il était un compagnon de jeu divertissant. Elle se mordit la lèvre. Il lui avait appris à jouer aux échecs, et elle avait apprécié leurs parties, même s'il s'était lassé bien trop tôt de sa compagnie. Dès qu'il était devenu écuyer, il avait été impossible de lui arracher ne serait-ce qu'un sourire.

— Père ne peut pas m'obliger à me marier, dit-elle. J'ai eu le consentement du roi pour entrer au couvent. Le roi, qui est mon parrain, si vous vous en souvenez, approuve mon souhait de prononcer mes vœux.

— Hélas ! pas votre père.

Roxane se mordilla la lèvre, très consciente qu'alors même qu'ils parlaient son excitation grandissait sans qu'elle comprenne pourquoi. Sans doute Dieu mettait-il sa résolution à l'épreuve. Il la tentait en lui offrant un moyen d'échapper au couvent. Et il la tentait presque au delà du supportable en lui envoyant Eric.

— Messire, je ne peux revenir sur ma décision de devenir nonne.

A peine les mots avaient-ils franchi ses lèvres qu'elle se demanda ce qu'il se passerait si elle changeait effectivement d'avis. Que dirait le roi ? Elle ferait plaisir à son père et, même si elle ne pouvait oublier qu'il avait essayé de la contraindre à épouser messire Gauvain alors qu'elle n'était pas prête pour cela, elle n'avait pas aimé s'opposer à lui. De plus, leur affrontement avait vraiment bouleversé sa mère.

Mais le plus choquant de tout, c'était qu'elle commençait à se demander si épouser messire Eric ne serait pas une idée relativement acceptable, après tout. A condition qu'elle puisse s'assurer qu'il ne deviendrait pas un tyran comme son père… A quel point avait-il changé depuis leur jeunesse ?

— Seigneur ! dit-elle, troublée par la facilité avec laquelle ses pensées lui avaient échappé. J'étais certaine que si j'obtenais l'accord du roi pour prendre le voile, même mon père n'oserait pas s'opposer à lui.

— Je reconnais que c'est surprenant, répondit calmement Eric. Toutefois, je dois vous avertir que messire Faramus ne montre aucun signe de vouloir reculer.

Roxane lui toucha la manche et retira vivement sa main dès qu'elle se rendit compte de ce qu'elle faisait. Elle était presque sûre que cet homme lui plaisait autant que lorsqu'il était un jouvenceau, mais elle n'accepterait jamais de l'épouser. Le mariage était un si grand pas à franchir… Si elle se mariait avec ce chevalier, elle devrait lui obéir le reste de ses jours. Tout cela était une mise à l'épreuve de sa vocation, et elle devait résister.

— Messire, parlez-moi de vos plans. J'ai besoin de savoir ce que vous pensez.

Ce qu'elle ne pouvait pas dire, pas à voix haute, c'était qu'elle éprouvait réellement le besoin de savoir s'il avait pris modèle sur son père. Que comptait-il faire d'elle ? N'aurait-il aucun scrupule à faire fi des besoins d'autrui pour satisfaire ses ambitions ?

Il sourit.

— Ma dame, je dois avouer que je suis réticent à m'interposer entre vous et votre vocation.

— Alors pourquoi m'avoir enlevée ?

Elle regarda fixement son profil. Il y avait quelque chose qu'il ne disait pas et ne semblait pas décidé à lui dévoiler. Dès son plus jeune âge, il avait fait preuve d'une grande détermination. Messire Macaire lui avait dit un jour qu'Eric avait voulu devenir chevalier dès le moment où il était arrivé au château. Il avait quoi ? Six ans environ. Nul n'en était sûr.

Comme elle n'était pas née, à l'époque, elle ne pouvait se rappeler l'arrivée d'Eric, et devait donc se fier à ce qu'on lui avait raconté. Tout le monde à Jutigny connaissait l'histoire du petit garçon que la comtesse avait trouvé tremblant dans la neige devant les portes, une veille de Noël. Il n'y avait aucune trace de ses parents, alors dame Blandine l'avait fait entrer au château. Eric avait été un enfant trouvé, et il s'était élevé au rang de chevalier grâce à la charité de la mère de Roxane et à ses propres talents, remarquables.

Il s'était adapté à la vie au château comme s'il y était né, et était présent dans les souvenirs les plus lointains de Roxane — s'exerçant à l'épée avec une lame de bois ; se faufilant pour enfourcher des chevaux qu'un garçon deux fois plus grand que lui aurait hésité à monter ; lui apprenant à escalader le prunier dans le jardin de simples parce qu'elle ne se lassait pas des prunes mûres…

Eric était fier, il n'aimerait pas qu'on lui rappelle qu'il avait été un enfant trouvé. Pour autant qu'elle sache, il ne le mentionnait jamais. Elle s'avisa qu'il avait été stupide de sa part de demander pourquoi il s'était plié aux souhaits de son père ; il devait bien sûr se sentir redevable envers sa famille. Le comte lui avait permis de sortir du rang et de gagner ses éperons. Sans lui, il ne serait pas l'homme qui se tenait devant elle aujourd'hui.

Elle soupira. Si seulement le comte Faramus pouvait être moins intransigeant ! Il voulait qu'elle se marie, et il s'était souvenu qu'elle aimait bien Eric, naguère. De plus, il devait savoir qu'Eric convoitait des terres. La terre représentait la sécurité, et Eric devait forcément aspirer à la sécurité plus que la plupart.

Sa nature avait-elle changé ? Le gentil garçon était-il devenu un homme aimable ?

Il jeta le brin d'herbe et lui décocha un autre de ces regards intenses.

— Ma dame, ceci est très embarrassant... Je ne souhaite pas tout vous dire. Sachez simplement que messire Faramus m'a placé dans une situation où je n'avais d'autre choix que d'accepter de vous arracher au couvent.

— Messire, il y a sûrement une autre solution.

— Pas cette fois.

— Père vous a menacé ?

— Pas précisément.

— Mais il veut que vous m'épousiez ?

— C'est ce qu'il semble.

— Je ne peux m'empêcher de me demander ce que mère dirait si elle savait.

L'expression d'Eric s'assombrit.

— Ma dame, votre mère est au courant. Dame Blandine était présente lors de mon entretien avec messire Faramus.

Un doigt frais releva le menton de Roxane et des yeux verts plongèrent dans les siens, très sérieux.

— Vous n'avez pas à me craindre, ma dame.

Brièvement, son regard s'attarda sur ses lèvres et sa bouche s'incurva en l'un de ces sourires charmeurs qu'elle lui avait vu adresser aux servantes du château.

— J'aimerais beaucoup suivre la suggestion de votre père, mais je crois qu'elle est trop hâtive. Je suis sûr que lorsqu'il aura pris le temps de réfléchir, il changera d'avis.

La déception qu'éprouva Roxane était surprenante.

— Vous allez me ramener au couvent ?

— Hélas ! je ne le peux pas.

Il se passa la main dans les cheveux.

— Ma dame, je ne voulais pas vous le dire, mais si vous refusez de venir avec moi, votre père garde quelqu'un d'autre en réserve. Quelqu'un qui pourrait ne pas être aussi compréhensif que moi face à votre refus de l'épouser.

Roxane eut du mal à respirer.

— Est-ce que je le connais ?

— Oui, ma dame. C'est messire Bréon de Provins.

Les yeux d'Eric étaient rivés sur elle.

— Je pense que messire Bréon n'hésitera pas à employer la force. Et imaginez le chaos qu'il causera s'il a la bénédiction de votre père pour s'introduire dans le couvent.

— Pas messire Bréon ! Les sœurs seraient terrifiées.

Roxane porta une main à sa gorge, où une boule s'était formée. Elle avait très peur de fondre en larmes. En tant que chevalier, messire Bréon était assez efficace. En tant qu'homme, il était brusque et froid, et elle s'était toujours tenue loin de lui. Elle ne pourrait jamais éprouver de sympathie à son égard.

Elle se sentait piégée, exactement comme quand son père l'avait mise face à un mariage avec messire Gauvain.

— Je pensais que père me laisserait en paix une fois que j'aurais obtenu le consentement du roi pour entrer au couvent, murmura-t-elle. Je pensais que j'avais échappé au mariage. Je pensais avoir gagné le droit d'organiser ma propre vie, mais il semblerait que j'aie juste troqué une tyrannie contre une autre.

Elle fixa une tache de lumière qui jouait sur un tronc d'arbre et grinça des dents. Elle aurait dû savoir qu'il ne serait pas facile d'échapper à la volonté de son père.

A moins qu'elle n'épouse Eric.

Si elle le faisait, elle obéirait à son père et lui échapperait en même temps. Une voix dans sa tête chuchotait : *Mieux vaut Eric que le couvent. Mieux vaut Eric que messire Bréon.* Elle ne put toutefois se résoudre à prononcer les mots à voix haute.

Le visage de Mathieu flotta dans son esprit et elle ressentit un pincement au cœur. De toute évidence, on ne lui permettrait pas de le pleurer en paix.

Pouvait-elle épouser Eric ? Elle lui jeta un regard de biais. Ses bras forts n'avaient eu aucun mal à la maîtriser. Le garçon dont elle avait rêvé si longtemps auparavant était à présent un chevalier qui avait réussi, avec des terres. Nul doute que l'habitude de commander était devenue chez lui une seconde nature. Chercherait-il à la soumettre comme son père cherchait à dominer sa mère ?

— Messire Bréon est autant une victime que n'importe qui d'autre, murmura-t-elle.

Eric la dévisagea avec surprise.

— Vous appréciez messire Bréon, ma dame ?

Roxane frémit et s'empressa de secouer la tête. Elle n'aimait pas le chevalier, mais elle pensait qu'elle le comprenait. Au fil des années, elle avait vu l'ambition de messire Bréon gauchir sa nature. Il avait commencé petitement. Un hiver, il y avait eu un concours de tir à l'arc opposant les hommes de Jutigny à la garde de Provins, et messire Bréon avait été chargé de l'organisation. L'équipe de Jutigny avait gagné, à la grande joie de son père. Après cela, des rumeurs avaient commencé à courir, selon lesquelles le chevalier avait des contacts à Provins et avait soudoyé un ou deux archers pour qu'ils manquent leur cible. Provins avait perdu, pas de beaucoup, juste pour assurer que les gens de Jutigny gagnent.

— Mon père est un homme rusé, dit-elle.

Il était malin de la part du comte d'avoir offert sa main à Eric. En lui faisant miroiter la possession d'un comté, il lui proposait tout ce qu'il avait toujours désiré. Si Eric l'épousait, il ne se sentirait plus quelqu'un d'extérieur.

— C'est aussi un homme cruel, ajouta-t-elle.

— Cruel ?

Elle haussa les épaules.

— Il vous offre ce que vous désirez le plus, des terres, et se sert de votre meilleure qualité, votre loyauté, pour vous plier à sa volonté.

— Ma dame, je ne vous épouserai pas si vous ne le souhaitez pas.

La croix en or sur la poitrine de Roxane brilla tandis qu'elle inspirait profondément. Le cœur d'Eric se contracta. L'aspect de la furture nonne laissait plutôt à désirer. Elle ne semblait pas avoir remarqué que ses cheveux s'étaient défaits et ruisselaient dans son dos comme de la soie. Quant à ses yeux couleur de myosotis, ils brillaient de larmes contenues.

— Père est si difficile à supporter, murmura-t-elle. Parfois, je pense qu'il me déteste.

Il fit signe que non. Elle paraissait si menue, tellement sans défense. Tellement blessée… Il eut envie de lui prendre la main, de la réconforter.

Elle veut être nonne, ne la touche pas. Il est évident qu'elle n'aime pas la compagnie des hommes.

Il pouvait le comprendre. Il fallait un homme fort pour diriger un comté, et le comte Faramus en était un. Il pouvait se montrer terriblement inflexible, y compris en ce qui concernait les femmes de sa famille. C'était cependant plus compliqué que cela. Le père de Roxane s'était battu pour conserver son comté, et il voulait évidemment qu'il revienne à sa fille, et ensuite aux héritiers de celle-ci.

— Vous êtes une héritière, ma dame. Le comté de Sainte-Colombe est censé vous appartenir un jour.

— Je ne veux pas être une héritière.

Il sourit.

— C'est pourtant le rôle pour lequel vous êtes née.

Elle releva le menton.

— Que va-t-il se passer, maintenant ?

— Maintenant, je vais vous emmener dans mon manoir où nous attendrons, et je vous jure que vous ne serez forcée à rien. Je suis sûr que votre père va réfléchir. Ensuite, vous pourrez retourner au couvent en toute sécurité.

— Et si père ne cède pas ?

— Ma dame, je prendrai votre parti.

La jolie bouche de Roxane prit un pli amer.

— Pour le bien que cela me fera…

— Ma dame ?

— Messire Gauvain a pris mon parti lorsqu'il m'a dégagée de nos fiançailles. Il est allé à Paris et a convaincu le roi de me laisser entrer au couvent. Si père ne veut pas écouter le roi, messire, il ne vous écoutera pas davantage. Il est déterminé à me marier.

Eric haussa un sourcil.

— Je présenterais moi aussi une pétition au roi pour votre compte, s'il le fallait. Ne vous fiez-vous pas à moi ?

— Je me fie à vous.

Des yeux bleus scrutèrent les siens.

— Jusqu'à un certain point.

Eric se raidit.

— Ma dame, cette remarque est offensante. Vous avez ma parole que si tout le reste échoue, j'irai voir le roi.

— Merci.

Elle repoussa une mèche par-dessus son épaule et soupira.

— Tout cela est à cause de mon cousin, messire Armand.

— Oui. Le comte Faramus l'a mentionné.

— Père le déteste, il fera tout pour l'empêcher d'hériter du domaine. Donc, vous projetez de m'emmener à Monfort. Et après ? demanda-t-elle avec un regard suppliant.

— Nous attendrons que votre père recouvre ses esprits.

Elle secoua la tête et sa chevelure ondoya sur ses épaules.

— Ce jour n'arrivera jamais. Père pense vous gagner à sa cause en vous donnant une chance de prendre sa place. Il vous tente comme il a tenté messire Bréon au fil des années.

Eric la regarda fixement.

— Ma dame ?

— Vous avez dû le remarquer, fit-elle en haussant les épaules. Chaque fois que mon père veut faire exécuter une mission désagréable, il va trouver messire Bréon et lui offre une chose à laquelle il sait qu'il ne pourra pas résister. Et si déplaisante que soit la tâche à accomplir, messire Bréon y consent toujours. Si on lui offre de l'argent, il l'accepte d'autant plus facilement. Chaque fois.

— Je ne suis pas messire Bréon.

Il avait parlé d'un ton bourru. Que dame Roxane le compare à Bréon de Provins l'irritait au-delà de toute mesure. En particulier parce qu'un mariage avec elle lui donnerait effectivement la sécurité à laquelle il avait toujours aspiré. Lui ? Comte ? Auparavant, cela lui aurait semblé impossible, mais à présent…

— Vous devrez me faire confiance, ma dame.

Elle lui adressa un petit sourire qui lui rappela sa mère et secoua la tête.

— Messire, je vois bien que je n'ai guère le choix.

Il poussa un soupir de soulagement. Le ciel soit loué, elle était prête à mettre un peu de foi en lui ; il n'avait pas envie de retourner à Monfort avec une Roxane qui lutterait contre lui à chaque instant.

Dès que messire Faramus se rendrait compte qu'il

ne pouvait la contraindre au mariage — après tout, elle était la filleule du roi —, Eric ferait ce qu'il faudrait et la renverrait à l'abbaye.

Non loin d'eux, un cheval hennit. Abélard les avait suivis dans le bosquet et se tenait un peu à l'écart avec les montures.

Alors qu'il tendait la main pour aider dame Roxane à se lever, Eric songea qu'elle n'aimerait sûrement pas le toucher. Toutefois, à sa surprise et pour son plus grand plaisir, sa main menue prit la sienne et elle se mit gracieusement debout.

Elle redressa sa croix sur sa poitrine, secoua sa cotte grise et commença à arranger ses cheveux.

— Mon Dieu ! fit-elle en se colorant comme une rose quand elle s'avisa que toute sa tresse s'était défaite. Quel désordre ! Vous auriez dû me le dire.

Eric trouvait sa chevelure magnifique. De petites mèches dorées encadraient son visage, de longues vagues brillantes cascadaient dans son dos. Il faillit le lui dire mais se retint. Une femme sur le point de prononcer ses vœux de novice n'apprécierait pas ce genre de compliments.

Il s'éclaircit la voix. Tout bien considéré, dame Roxane prenait la chose mieux qu'il n'avait osé l'espérer. Le tremblement de ses mains tandis qu'elle nattait ses cheveux lui indiqua néanmoins qu'elle était nerveuse. Avait-elle peur de lui ? Seigneur, il espérait que non ! Mais il ne serait pas étonnant qu'elle le craigne. Etre enlevée ainsi du couvent devait être effrayant.

Eric l'avait jugée gâtée et choyée, quand elle était petite. A présent, il mesurait à quel point il s'était trompé. Le fait qu'il n'ait pas eu de parents l'avait empêché de voir la réalité. « Choyer » n'était absolument pas le terme à employer pour la façon dont le comte traitait sa seule enfant. Assujettir serait plus juste. Quand dame Roxane était petite, messire Faramus la surveillait comme un faucon sa proie puis, dès qu'elle avait quitté l'enfance, elle avait passé le plus clair de son temps dans un couvent.

Les nonnes avaient dû recevoir pour consigne de lui enseigner ce qu'il fallait savoir pour devenir l'épouse d'un grand seigneur. Il réprima un petit sourire. Elles ne semblaient pas avoir très bien suivi leurs instructions ; tout ce qu'elles avaient réussi à lui inculquer était le désir de devenir l'une d'elles. Ainsi qu'une aversion pour son père, et une méfiance vis-à-vis des hommes en général. Heureusement, elle n'avait pas refusé de venir avec lui à Monfort.

Il regarda les petits doigts tremblants qui nattaient rapidement cette splendeur dorée en la tresse la plus serrée et la plus sévère qu'il ait jamais vue. Elle devait avoir la sensation que le monde s'écroulait autour d'elle. Il chercha ce qu'il pourrait dire pour la mettre à l'aise.

— Jusqu'à ce que je parle à votre père, j'avais d'autres plans pour aujourd'hui.

Elle lui jeta un bref coup d'œil.

— Vraiment ?

Il ramassa sa cape et la secoua. Allant jusqu'à Capitaine, il vérifia la courroie de la selle.

— J'avais l'intention de me rendre à Bar-sur-Aube, pour acheter des chevaux.

Elle vint se placer près de lui et le reste de ce qu'il voulait dire lui sortit de la tête. Elle était vraiment une toute petite chose, et son père était une brute de vouloir la forcer à se marier. Il ressentit une douleur dans la poitrine.

— Ma dame, je jure que je ferai de mon mieux pour vous aider.

— Merci, messire Eric.

Il déglutit.

— Vous allez monter devant moi.

Elle regarda sa jument.

— Ne puis-je pas monter Lily ?

— Je regrette, ma dame, pas pour le moment.

— Vous pensez que je vais retourner au couvent au galop ?

Il ne put s'empêcher de sourire.

— Quelque chose dans ce genre. Abélard va s'occuper de Lily.

En se mordant la lèvre, elle acquiesça. Eric se mit en selle. Abélard aida Roxane à s'installer devant lui, puis il alla enfourcher son propre cheval et ils se mirent en route pour Monfort.

Eric, tenait les rênes d'une main et avait posé l'autre sur la taille de Roxane qui se tenait bien droite, le dos raide. Elle essayait sans doute de garder de l'espace entre eux. Il inspira à fond. Cela n'allait pas être la plus facile des chevauchées…

Le temps qu'ils atteignent la grand-route, dame Roxane avait glissé en arrière contre lui. Les narines d'Eric frémirent. Lorsqu'il penchait la tête vers elle, il pouvait sentir un parfum de fleurs qui évoquait une prairie en été. Il garda fermement la main sur sa taille fine. Elle se redressa et bougea pour s'écarter un peu tandis que Capitaine continuait à avancer au pas. Peu à peu, elle glissa de nouveau contre lui. Dès qu'elle le toucha, elle se raidit et s'écarta aussitôt.

Eric soupira.

— Ma dame, la chevauchée serait plus facile pour nous deux si vous vous détendiez. Je ne vais pas vous faire de mal.

Elle marmonna une excuse d'une voix tendue et le laissa l'attirer plus fermement à lui.

— Merci, ma dame. Ce sera plus aisé ainsi.

Après cela, elle resta tranquille, mais Eric pouvait

sentir sa tension. Elle avait dit qu'elle lui faisait confiance. Alors pourquoi gardait-elle le dos aussi raide ? Elle serait sûrement courbatue lorsqu'ils atteindraient son manoir. Il tint sa langue, songeant qu'elle lui en voudrait certainement de faire d'autres commentaires.

Au moins, elle avait accepté de venir avec lui. Il pourrait la garder en sécurité jusqu'à ce qu'il soit parvenu à convaincre le comte de revoir ses plans pour elle. Sa réaction quand il avait mentionné messire Bréon avait été éloquente : elle le détestait et le craignait. Cela justifiait en partie la corvée d'avoir à la ramener à Monfort. Une corvée qui pourrait durer quelque temps, si messire Faramus s'obstinait.

Eric aurait aimé que dame Roxane ne soit pas aussi jolie, que sa taille ne soit pas aussi fine et qu'elle n'embaume pas les fleurs. Il aurait également préféré être moins proche d'elle. Tout cela lui suggérait des pensées qui choqueraient tant cette future nonne qu'elle ne voudrait plus jamais lui parler. Cela lui donnait envie de prendre le comte au mot et de lui demander de l'épouser. Elle n'accepterait évidemment pas. Il rêvait, tout simplement. Elle serait son épouse et il aurait le plaisir de lui apprendre que les hommes n'étaient pas tous des monstres. Il prendrait également plaisir à découvrir les délices du lit conjugal avec Roxane de Sainte-Colombe. Son sang s'échauffa à cette pensée.

Messire Faramus avait-il mesuré à quelle tentation il l'exposait ?

Bien sûr. Comme dame Roxane l'avait fait remarquer, il était aussi rusé qu'un renard. Sauf que… il pensait visiblement que le véritable trophée était les terres qui allaient avec sa fille, et non sa fille elle-même.

Devant eux, un homme se rendait au marché, menant une mule chargée de ballots de tissu. Tandis qu'ils la croisaient au trot, un geai cria quelque part dans les bois sur leur gauche. Eric fixa son regard sur un grand chêne et s'efforça de ne pas penser à ce que ce serait d'épouser effectivement dame Roxane.

Elle n'avait pas besoin de savoir que messire Faramus lui avait demandé de la séduire. Quel genre de père ferait une chose pareille ? Eric secoua la tête. Un père impitoyable. Ce qui ramena ses pensées à messire Armand. Lorsqu'ils arriveraient à Monfort, il se renseignerait sur lui. Quelle sorte d'homme était-il pour pousser le comte à faire enlever sa fille de l'abbaye dont elle avait choisi de faire son refuge ?

Courbant un peu la tête, il inspira. Un parfum de fleurs d'été… Sa main bougea sur la taille de dame Roxane.

Seigneur ! Le seul fait de penser à l'épouser lui embrasait le sang.

Pauvre innocente dame Roxane.

Elle va prononcer ses vœux. Elle va devenir nonne, et je ne dois pas penser à elle de cette façon.

Chapitre 3

Des moineaux s'envolaient de haies de rosiers sauvages émaillées de fleurs et replongeaient dedans avec vivacité. Monfort se trouvait à deux heures environ de Provins. Ce ne fut qu'après être arrivé à mi-parcours et avoir tourné dans le chemin qui coupait à travers champs qu'Eric remarqua les cavaliers à quelque distance derrière eux. Ils étaient trois. Il ne pouvait en être certain, mais il eut le sentiment qu'ils les suivaient depuis qu'ils avaient quitté le couvent. Se tournant sur sa selle, il riva son attention sur eux. Ce chemin ne conduisait nulle part, hormis au manoir de Monfort et au village du même nom qui s'était développé autour. Quelle raison pouvaient avoir ces cavaliers d'aller par là ?

Jurant à mi-voix — messire Faramus avait promis de ne pas interférer —, il jeta un coup d'œil à son écuyer qui chevauchait à côté de lui.

— Abélard ?

— Messire ?

Eric fit un signe de tête en direction du trio.

— Avez-vous remarqué ces cavaliers ?

— Oui, messire.

— Depuis combien de temps sont-ils là ?

— Pour ainsi dire depuis que nous nous sommes remis en route. Je pensais que vous les aviez vus.

Eric soupira. Il aurait dû les remarquer dès qu'ils avaient quitté la grand-route ! Le parfum de fleurs d'été devait lui troubler l'esprit. Il jura encore entre ses dents. Le comte allait se mêler de cette affaire, il en était sûr. Il était également sûr que cela aggraverait les choses. Pour l'heure, dame Roxane se fiait tout juste à lui.

Elle tourna la tête pour le regarder.

— Y a-t-il un problème, messire ?

— Derrière nous.

Il désigna les cavaliers.

— Votre père semble nous tenir à l'œil.

Elle se pencha sur le côté, s'agrippant à son bras, et son regard bleu se fixa sur les trois hommes. Elle avait les plus longs cils qu'Eric ait jamais vus, et sa bouche couleur de cerises mûres tellement tentante se pinça.

— Père ne peut pas s'en empêcher. Il faut qu'il contrôle tout.

Son emprise sur son bras se resserra.

— Eric, vous n'allez pas les laisser me prendre ?

Le pouls d'Eric s'emballa. Lorsqu'elle l'appelait ainsi, c'était comme si les années s'évanouissaient et qu'ils étaient de nouveau des enfants. Ce manque de formalisme lui donnait l'impression qu'ils n'avaient jamais cessé d'être amis. Détachant son regard d'elle, il se concentra sur les hommes derrière eux. S'ils en venaient à se battre, ce serait à trois contre deux. Il ne doutait pas de pouvoir la protéger, à condition qu'elle ne soit pas assise devant lui quand il devrait porter ou recevoir des coups.

— Ils ne vous prendront pas, ma dame. Vous pouvez être tranquille, vous venez avec moi à Monfort.

— Je ne veux vraiment pas voir mon père. Ni être donnée à messire Bréon.

Que le comte vérifie ce qu'il faisait après lui avoir promis le contraire irritait Eric au plus haut point. Toutefois, dame Roxane n'y était pour rien. Et il supposait que le fait que messire Faramus veuille savoir que sa fille allait bien démontrait une certaine attention pour elle. Il lui adressa le sourire le plus rassurant qu'il put.

— Vous ne le serez pas. Je suis sûr que votre père nous a envoyé une escorte juste pour s'assurer que je vous ramène en toute sécurité à Monfort.

Il soupira. Ce serait bon de penser que dame Roxane était contente de venir avec lui parce qu'elle l'appréciait sincèrement, mais il ne pouvait se faire d'illusions — ils s'étaient à peine parlé depuis des années. Elle était seulement heureuse de l'accompagner car messire Bréon lui déplaisait plus que lui.

— Il ne voudrait pas que vous soyez enlevée par quelqu'un d'autre que moi.

Elle le regarda en face et le surprit par un rire qui ne se refléta cependant pas dans ses yeux.

— C'est probablement vrai. Père ne demande qu'aux chevaliers en qui il a confiance d'exécuter les basses besognes.

Il déplut à Eric qu'elle considère qu'il obéissait aux ordres de son père.

— Je croyais que vous aviez compris, ma dame. Je donne seulement l'apparence de suivre les plans de votre père. Il changera d'avis, j'en suis certain, et vous serez bientôt de retour au couvent.

Les grands yeux bleus scrutèrent les siens, puis elle eut un petit haussement d'épaules et lâcha son bras.

— C'est ce que vous dites.

Son ton le contraria. Si elle ne le croyait pas, pourquoi acceptait-elle de l'accompagner ? Pourquoi l'avait-elle appelé par son prénom ?

Lorsqu'elle se retourna vers l'avant, il reposa la main sur sa taille. Cette fois, elle ne fit aucun mouvement pour s'écarter de lui. Il ne savait pas très bien ce qu'elle pensait de lui. Elle l'aimait bien quand elle était petite, mais à présent ? Sa vision de lui avait-elle beaucoup changé ? Si oui, pourquoi ? Etait-ce simplement parce qu'ils n'étaient plus des enfants ?

Elle n'aime pas les hommes. En avait-il toujours été ainsi ? Sa relation avec son père avait constamment été enflammée. Naguère, Eric avait considéré cela comme un signe de son caractère. Deux volontés bien trempées s'opposaient forcément de temps en temps. Y avait-il plus que cela là-dedans ? S'était-il passé quelque chose depuis qu'il ne l'avait plus vue ? Quelque chose qui la rendait méfiante vis-à-vis des hommes ?

Ses pensées concernant la femme qui partageait sa selle devenaient de plus en plus confuses. L'emmener à Monfort et la garder en sécurité jusqu'à ce que son père se calme aurait dû être une affaire toute simple. Hélas ! il n'avait pas prévu l'effet qu'elle produirait sur lui. Dame Roxane n'était plus une jolie enfant ; elle était devenue une femme d'une rare beauté. Cela, au moins, était clair. Le problème était qu'il voyait son côté distant lié au couvent comme un défi à relever. Elle l'utilisait comme un bouclier, trop innocente pour se rendre compte que cela donnait à Eric une envie folle d'écarter ce bouclier pour voir ce qu'il cachait. Etait-elle aussi austère qu'elle en avait l'air ? Il goûtait beaucoup trop la façon dont son corps se nichait contre le sien. Il appréciait la douceur de ses cheveux lorsqu'ils effleuraient son visage, sans parler de son parfum d'été. Son corps délicat, un corps de dame, était bien trop séduisant pour sa tranquillité d'esprit. Les choses n'allaient pas être aussi faciles qu'il l'avait imaginé.

Elle voulait être religieuse. Il se retrouva en train de fixer sa nuque, et fronça les sourcils en souhaitant pouvoir lire dans son esprit. Ce désir semblait si déplacé !

Souhaitait-elle vraiment prendre le voile, ou n'était-ce que sa façon de contrecarrer son père ?

Quand elle était jouvencelle au château de Jutigny, dame Roxane était aimée des enfants des serviteurs. Elle ne prenait pas de grands airs. Soir après soir, les enfants se rassemblaient autour d'elle, réclamant des histoires avant d'aller dormir. Elle était heureuse de leur faire plaisir, racontant encore et encore. Bien sûr, la plupart de ces histoires étaient des récits tirés de la Bible, mais de temps en temps un conte de fées ou une légende chevaleresque se glissaient parmi les paraboles. Si elle n'insistait pas pour entrer au couvent, elle ferait une excellente mère. Seigneur ! Penser qu'elle allait moisir dans un cloître jusqu'à la fin de ses jours lui faisait froid dans le dos.

Il fit presser le pas à Capitaine. Tandis qu'ils longeaient les champs, il regardait en arrière de temps à autre. Les cavaliers ne se rapprochaient pas, mais ne prenaient pas de retard non plus ; ils restaient à la même distance, comme s'ils la mesuraient au pouce près. Quand lui et ses compagnons eurent traversé le village de Monfort et atteint le manoir, il regarda de nouveau derrière lui. Leur escorte indésirable s'était arrêtée à la sortie du village, assez près pour qu'Eric puisse voir la queue de leurs montures qui fouettait l'air.

Dame Roxane suivit son regard. Son front se plissa.

— Mon père est l'homme le plus têtu qui soit, marmonna-t-elle. Je me demande lesquels de ses hommes il a envoyés pour nous suivre. C'est curieux, je ne reconnais pas les chevaux.

Eric haussa les épaules, héla l'homme de garde à la poterne et ils entrèrent dans la cour intérieure du manoir.

Dame Roxane avait regardé autour d'elle avec intérêt depuis qu'ils avaient atteint le village, et Eric se demanda ce qu'elle voyait. Elle était allée à Paris ; elle était habituée à Provins avec sa ville haute et sa ville basse, son immense marché et sa place centrale. Par comparaison, le village de Monfort était très simple : deux rangées irrégulières de chaumines, une église, une forge, une taverne. Quant au manoir, il ne pouvait se comparer au château de Jutigny ni même aux autres propriétés de son père dans le domaine de Sainte-Colombe. A ses yeux, les yeux d'une fille de comte, Monfort devait apparaître comme un bien piètre endroit.

A son arrivée, Eric avait fait réparer les écuries ; la tour principale avait été nettoyée de haut en bas, et des commodités avaient été construites dans la muraille nord, en deux endroits. Il était néanmoins très conscient qu'il manquait à sa demeure de nombreux éléments du confort que dame Roxane avait connu à Jutigny ou à Sainte-Colombe. Sa maisonnée était relativement petite. Le bâtiment des cuisines était minuscule, et la nourriture qui en sortait était bonne, mais très simple.

— Bienvenue à Monfort, ma dame.

Il s'arma à l'avance contre sa réaction.

— Merci.

Il l'aida à descendre et elle observa les lieux d'un air intéressé, ne laissant pas penser qu'elle voyait quoi que ce soit d'insatisfaisant dans ce qui l'entourait, puis elle se tourna vers lui.

— Eric, si vous imaginez que mon père va changer d'avis pendant que je serai logée sous votre toit, vous vous trompez grandement. Il a l'intention de vous obliger à m'épouser.

Eric mit une main sur son cœur.

— Ma dame, je ne songerais pas à me placer entre vous et votre souhait de devenir nonne. Je jure que vous serez en sécurité ici.

Elle lui dédia un faible sourire.

— Vous comptez respecter les convenances.

— Mais bien sûr !

— Où dormirai-je ?

Il indiqua le donjon.

— Il y a une chambre à côté de la galerie des ménestrels, j'ai donné des ordres afin qu'elle soit préparée pour vous.

— Merci, messire. Vous vous êtes procuré une chambrière ?

Eric sentit son visage se défaire.

— Vous voulez une chambrière ?

Bon sang ! Bien sûr qu'elle voulait une chambrière ! Elle ne s'était probablement pas habillée seule depuis des années. Il parcourut rapidement du regard sa cotte grise. Les lacets étaient dans le dos. Des lacets serrés. Elle était sans doute trop candide pour imaginer à quel point ce laçage mettait en valeur chacune de ses courbes. Elle était magnifique.

Elle pencha la tête de côté, et la croix sur sa poitrine brilla. Eric eut la nette impression qu'elle avait vu son regard s'attarder sur son corps.

— Messire, je suis capable de m'habiller. Toutefois, si les convenances doivent être respectées, vous devriez faire en sorte qu'une servante dorme dans ma chambre. Et la plupart de mes affaires sont au couvent, j'aurai besoin d'autres habits.

— Ce sera fait.

Il lui offrit son bras.

— Aimeriez-vous voir votre chambre ?

La grande salle de Monfort était loin d'être aussi vaste que celle du père de Roxane à Jutigny, mais elle était bien proportionnée, avec de lourdes poutres qui s'entrecroisaient au plafond. Roxane vit une table en chêne disposée devant une cheminée en pierre. Une jeune femme était agenouillée près du foyer et ramassait des cendres froides qu'elle versait dans un seau de cuir. La table était propre, quand bien même Roxane aurait juré qu'elle n'avait jamais été cirée ; les coups d'herminette se voyaient clairement sur le bois. De chaque côté de l'âtre étaient disposés quelques tabourets et des tables basses. Les murs blanchis à la chaux paraissaient propres eux aussi. Il n'y avait toutefois pas de tapisseries, ni aucune étoffe, quelle qu'elle soit. Pas de coussins pour adoucir les banquettes. Cela indiquait clairement que Monfort était presque entièrement un domaine masculin.

Alors qu'ils approchaient de la porte à l'autre bout de la grande salle, la femme qui s'occupait du feu les regarda. Eric lui fit signe de venir.

— Héloïse ?

Elle s'essuya les mains dans son tablier et se leva. Roxane vit qu'elle avait à peu près le même âge qu'elle. Elle attendait un enfant et n'était plus très loin du terme.

— Messire ?

— Héloïse, voici dame Roxane de Sainte-Colombe, qui va rester quelque temps à Monfort.

— Oui, messire, je me rappelle que vous l'avez dit hier soir.

— Sa chambre est-elle prête ?

— Oui, messire.

Eric hocha la tête.

— Merci, Héloïse.

Son front se plissa.

— Je vais conduire dame Roxane en haut et j'aimerais que vous nous accompagniez. Pour la forme.

Le regard de la femme alla lentement d'Eric à Roxane et vice versa. Sans qu'elle sache pourquoi, Roxane se sentit rougir.

— Pour la forme, marmonna Héloïse. Bien sûr, messire.

Ils gravirent un escalier en colimaçon éclairé par d'étroites meurtrières et arrivèrent sur un palier à un bout de la galerie qui surplombait la grande salle. Il y avait deux portes. Eric en ouvrit une.

Suivis par Héloïse, ils entrèrent dans une chambre plongée dans la pénombre. Elle n'était pas grande ; ils y tenaient tout juste tous les trois. Roxane se plaqua contre le mur proche d'une croisée fermée par des volets. Eric les ouvrit, et une bouffée de brise printanière vint jouer dans ses cheveux tandis que la lumière inondait la pièce.

La croisée donnait sur une aire boisée. Roxane pouvait voir la rivière briller à travers le feuillage et un homme qui conduisait un âne le long d'un étroit chemin. Il y eut du mouvement sous les frondaisons, et l'un des cavaliers qui les avaient suivis s'avança à cheval dans un carré de soleil pour dire quelque chose à l'ânier.

Roxane soupira. L'homme de son père vérifiait sans doute où ils étaient. Lorsqu'il tourna la tête pour examiner le donjon, elle s'écarta instinctivement de la croisée.

— Eh bien ? demanda Eric qui guettait sa réaction. Est-ce que cela vous conviendra ?

Dans un coin de la chambre se trouvait une cheminée, très petite ; sur le mur opposé, une rangée de crochets. A part le lit, il n'y avait rien, la pièce était aussi nue que sa cellule au couvent.

— C'est très bien, dit-elle. Merci, messire.

Il se passa la main dans les cheveux.

— Elle est très simple, je sais, et la cheminée est petite. Vous pourriez prendre ma chambre qui est plus grande, mais j'ai pensé que vous n'y seriez pas à l'aise.

— Non, en effet, et la requête de mon père vous a déjà suffisamment dérangé.

Le lit occupait la majeure partie de l'espace. Les draps

semblaient être en toile, et deux ou trois couvertures étaient empilées au pied.

— Je vous assure, messire, que cette chambre me conviendra très bien.

Eric hocha la tête et sourit à Héloïse. C'était le sourire séducteur et plein d'assurance d'un homme habitué à obtenir ce qu'il voulait des femmes. Elle se souvenait de l'avoir vu user de son charme ainsi lorsqu'il était à Jutigny.

— Héloïse, connaissez-vous une servante qui serait prête à faire ses armes comme chambrière ? Une femme disposée à effectuer des tâches plus légères, pendant quelque temps.

— Vous voulez dire moi, messire ?

— Si vous le souhaitez.

— Merci, messire, je l'apprécierais, répondit Héloïse d'un ton frais qui semblait dire le contraire.

— Cela impliquera que vous couchiez ici, avec dame Roxane.

— Pendant tout le temps qu'elle sera là, vous voulez dire, messire ?

— Oui.

— Eric, et l'époux d'Héloïse ? coupa alors Roxane. Il ne sera sûrement pas d'accord. Il voudra être avec elle, en particulier alors qu'elle est si près de son terme.

Le silence soudain lui indiqua qu'elle venait de commettre un impair. L'expression d'Eric, dont le visage se figea, le lui confirma. Il s'éclaircit la voix et ouvrit la bouche, mais Héloïse le devança.

— Ne vous inquiétez pas pour ça, ma dame.

Elle releva le menton dans une attitude si défensive que Roxane comprit sans qu'on le lui dise qu'elle n'était pas mariée.

— Je suis plus que contente de vous servir de chambrière. J'en ai assez de remuer des bûches.

Les joues en feu, embarrassée par sa bévue, Roxane hocha la tête. Héloïse n'était pas mariée et allait avoir un enfant. C'était extrêmement choquant. Qui était le père de l'enfant ? Une pensée horrible lui vint brusquement.

Se pourrait-il que ce soit Eric ? Ce n'était pas une question qu'elle avait envie de se poser, mais son père l'avait mise dans une situation où elle pourrait peut-être avoir à envisager sérieusement d'épouser cet homme. Il fallait qu'elle sache quel genre d'époux il ferait. Eric avait tout d'un charmeur. Prendrait-il ses vœux de mariage au sérieux ? L'idée qu'il puisse être infidèle ne lui plaisait guère. La question résonnait dans son esprit : Héloïse était-elle la maîtresse d'Eric ?

Il fit un geste vers la porte et s'inclina.

— Si cela vous convient, je vais vous montrer le reste du manoir.

— Merci.

Roxane sortit puis le suivit dans la galerie des ménestrels, le regard fixé sur ses larges épaules. *Il est si grand !* songea-t-elle tandis qu'il indiquait les portes à l'autre bout en disant quelque chose à propos d'installer d'autres commodités. Les pensées de Roxane se bousculaient. L'idée qu'il puisse avoir des aventures lui déplaisait vraiment. Pourtant, elle n'allait sûrement pas l'épouser, alors pourquoi trouvait-elle si désagréable le fait qu'il puisse avoir une maîtresse ? C'était très singulier.

L'année précédente, quand elle avait été fiancée à messire Gauvain, elle avait découvert qu'il avait une maîtresse de longue date. Voyant qu'il aimait cette femme, elle se rappelait lui avoir dit qu'après leur mariage, il lui serait égal qu'il cherche son plaisir ailleurs. Et ce n'était pas parce qu'il ne lui plaisait pas, bien au contraire. Malgré son profond chagrin, messire Gauvain lui plaisait beaucoup. Il lui avait semblé être un homme droit, raisonnable. Néanmoins, cela ne lui aurait rien fait qu'il garde une maîtresse. Alors pourquoi la pensée d'épouser Eric et d'avoir à le regarder batifoler avec une autre lui répugnait-elle autant ?

Sans doute était-ce en rapport avec le fait qu'elle idolâtrait Eric quand elle était petite. Chaque fois qu'elle le voyait taquiner une servante de Jutigny, ses entrailles se nouaient. Elle était jalouse. Aujourd'hui encore, elle percevait de faibles échos de ses désirs d'enfant.

Ses parents avaient essayé de protéger son innocence, mais ils n'y avaient pas complètement réussi. Elle savait très bien que beaucoup d'hommes mariés avaient des maîtresses. Et lorsqu'elle avait donné à messire Gauvain la permission de garder la sienne après leur mariage, elle le pensait ; cela ne lui aurait vraiment rien fait.

Se trouvait-elle dans cet état d'esprit parce qu'elle était encore bouleversée par l'horreur de la mort prématurée de Mathieu ? Cela semblait probable. A l'époque, sa peine était encore trop vive. Il était bien trop tôt pour qu'elle songe à épouser quelqu'un d'autre. La seule pensée d'être embrassée par messire Gauvain lui donnait envie de prendre ses jambes à son cou.

Elle entendit Héloïse prendre congé et murmura des remerciements. Comme il était étrange qu'elle puisse encore percevoir des échos de ses aspirations enfantines ! L'idée de l'infidélité d'Eric n'était vraiment pas agréable. D'une certaine manière, cependant, c'était un soulagement. Cela devait signifier qu'elle surmontait enfin le choc d'avoir perdu Mathieu.

Eric lui désigna une porte de l'autre côté de la galerie en lui disant que c'était sa chambre. Elle acquiesça d'un hochement de tête et se pencha par-dessus la balustrade pour regarder en bas, dans la grande salle. Une porte claqua et peu après Héloïse apparut, traversant la salle.

— Elle se rend aux cuisines, murmura Eric en suivant son regard.

— Héloïse dirige votre maison ?

— Depuis que j'ai repris ce manoir, elle est chargée des affaires domestiques, oui.

Il fronça les sourcils.

— Elle est très capable et très obstinée.

— Que voulez-vous dire ?

— Qu'étant donné que son enfant va arriver bientôt, elle en fait beaucoup trop.

Il couvrit sa main de la sienne.

— Elle ne veut pas se reposer, et je cherchais un moyen d'alléger ses tâches.

Il lui dédia l'un de ses grands sourires insouciants et lui pressa la main. Le cœur de Roxane fit un petit bond.

— Je ne me serais jamais attendu à ce que votre père me demande de vous enlever, mais puisque c'est le cas, je suis très content que vous acceptiez Héloïse comme votre chambrière. Il faut l'obliger à en faire moins.

— Je suis contente de pouvoir aider.

— J'ai conscience qu'Héloïse ne fera peut-être pas une chambrière idéale. Il faudra la former.

Elle scruta le visage d'Eric, cherchant un indice qui révélerait ses sentiments pour la servante. Il se tenait assez près pour qu'elle voie que les petits points dans ses yeux verts étaient ambrés, ici, dans la pénombre de la galerie. Héloïse et lui étaient-ils amants ? L'enfant était-il de lui ? Son expression ne trahissait rien. Roxane savait qu'elle devait être patiente ; en temps voulu, elle apprendrait peut-être la vérité.

— Eric, qui va diriger la maison si Héloïse me sert de chambrière ?

Il la regarda d'un air perplexe, puis son visage s'éclaira.

— Il y a une femme au village, l'épouse du forgeron, Maude. Je pourrais lui demander.

Roxane se surprit à secouer la tête.

— Messire, on m'a appris à diriger une maison. Je serais heureuse d'aider pendant que je suis ici.

Il la dévisagea, étonné.

— Vous, diriger ce manoir ?

— Vous m'en croyez incapable ?

Légèrement offensée par ses doutes, elle se raidit.

— Je vous assure que j'ai été entraînée à gérer des maisons bien plus grandes que celle-ci.

Et si elle dirigeait ce manoir, ce qu'elle apprendrait sur Eric serait sans prix. Les serviteurs en révélaient davantage sur leurs maîtres que la plupart des gens le pensaient. Elle en découvrirait bien plus sur sa nature si elle mettait la main à la pâte que si elle restait assise à ne rien faire. Avec un sursaut, elle se rendit compte qu'elle commençait à prendre au sérieux l'idée d'épouser Eric. Pouvait-elle le faire ? Serait-ce possible ?

— Roxane… ma dame…vous m'avez mal compris. Tout ce que je tentais de dire, c'est que je ne vous ai pas fait venir ici pour travailler. Je vous ai amenée ici pour…

— Me sauver de messire Bréon ?

Elle haussa un sourcil.

— Est-ce vraiment pour cette raison que vous m'avez amenée ici ?

— Vous savez que oui.

— Vous pensez que mon père va changer d'avis ? Vous pensez que je pourrai retourner au couvent ?

Il la regarda.

— Si j'avais une fille, je ne pourrais en aucun cas la forcer à se marier.

— Vous le feriez peut-être si vous possédiez les terres de mon père.

Roxane inclina la tête en arrière pour soutenir son regard.

— Eric, vous avez oublié messire Armand… Mon père le déteste ; il ne changera pas d'avis.

Elle déglutit, et la question dont elle brûlait d'entendre la réponse lui tomba des lèvres.

— Souhaitez-vous m'épouser ?

— Ma dame, avez-vous oublié l'abbaye ? Vous devez prendre le voile.

Il étudia son visage et baissa la voix.

— J'ai été choqué quand j'ai entendu dire que vous vouliez devenir nonne.

— Choqué ?

— Cela semblait tellement éloigné de la jouvencelle que je connaissais… Vous, une religieuse…

Il secoua la tête.

— Tout ce que j'ai pu penser, c'est que vous aviez pris cette décision pour contrecarrer votre père.

— En partie.

Elle ne vit aucune raison de lui parler de Mathieu. Sa relation avec le jeune homme avait été secrète. Nul ne savait qu'elle était tombée amoureuse de lui et qu'elle espérait l'épouser un jour. Quoi qu'il en soit, il ne s'était rien passé entre elle et Mathieu ; quelques baisers volés ne comptaient pas.

Il y avait cependant quelque chose qu'elle avait besoin de dire à Eric. Il fallait qu'il sache que, s'il le souhaitait, elle pourrait envisager de l'épouser. Messire Bréon était hors de question, mais Eric s'était arrangé pour qu'elle ait une chambrière, comme elle l'avait demandé. Jusqu'ici, il donnait l'impression de vouloir respecter les convenances pendant qu'elle était sous son toit. Elle avait confiance en lui. Peut-être pourraient-ils passer les quelques jours à venir à apprendre à se connaître et découvrir s'ils pouvaient réellement conclure une union.

Elle prit une grande inspiration.

— Eric, messire, j'aimerais vous demander quelque chose d'important.

— Oui ?

— Si… si j'étais consentante, m'épouseriez-vous ?

Des yeux scrutateurs plongèrent dans les siens.

— Vous êtes sérieuse ?

— Vous savez que je ne pourrais jamais épouser messire Bréon. Hélas ! mon père le sait aussi. C'est pourquoi il vous a placé dans la situation d'avoir à me sauver. Il comptait sur votre sens inné de la chevalerie.

Eric pinça les lèvres.

— Mon sens inné de la chevalerie ?

— Il vous respecte aussi, bien sûr. Il ne vous aurait jamais demandé de m'épouser, sans cela.

Elle crispa les mains sur la balustrade. C'était plus qu'embarrassant mais, puisqu'elle s'était lancée, elle irait jusqu'au bout. Maintenant qu'elle était loin de Sainte-Marie, elle commençait à voir le monde, et sa place dans ce monde, avec des yeux neufs. Elle avait cru qu'elle était faite pour être religieuse, et la pensée de retourner au couvent aurait dû lui faire plaisir. Or ce n'était pas du tout le cas. Elle n'avait pas envie de revenir en arrière. Jamais. Comment cela se pouvait-il ? Son estomac était noué et son pouls s'emballait. Elle inspira.

— Ces derniers temps, j'étais mal à l'aise au couvent et je ne savais pas très bien pourquoi. Je commence à comprendre que je redoutais de prononcer mes vœux.

— Continuez.

— Je pensais que Dieu me mettait à l'épreuve.

— Il est possible que vous ne soyez pas faite pour être nonne.

— J'avoue que je ne sais pas. Tout ce que je peux dire, c'est que je me suis sentie à moitié morte, ces dernières semaines. Avec votre accord, j'aimerais envisager de vous épouser.

Il la regarda d'un air ironique.

— Vous pensez que m'épouser vous ramènerait à la vie ?

Avec difficulté, elle soutint son regard.

— Je l'ignore, mais je souhaiterais considérer cette possibilité. Nous étions amis, quand nous étions plus jeunes, nous nous aimions bien.

— En effet.

— Des mariages ont été fondés sur bien moins. Je pense que nous devrions mettre les prochains jours à profit pour voir si nous pourrions nous convenir.

Il eut un mouvement de surprise.

— Vous seriez heureuse de devenir mon épouse ?

— Je suis heureuse d'envisager cette idée, mais seulement si vous le voulez.

Lentement, Eric la regarda de haut en bas. Ses yeux étaient sombres, et quelque chose dans son expression échauffa les joues de Roxane.

— N'importe quel homme serait heureux de vous appeler son épouse.

Son visage s'éclaira. Il prit sa main dans la sienne et la posa sur son cœur.

— Ma dame, même si vous n'aviez pas un sou, vous seriez une femme désirable.

Avec un grand sourire, il porta brièvement sa main à ses lèvres.

— Dame Roxane, vous êtes sans pareille.

Elle eut un petit pincement désagréable au cœur. Naturellement, Eric voudrait d'elle pour ses terres. Comme n'importe quel homme. Elle avait toujours eu conscience de sa valeur en tant qu'héritière du comté de Sainte-Colombe. Aucun homme sensé ne placerait jamais sa personne avant ses terres. Ignorant ce coup — ce ne pouvait être de la déception —, elle le regarda et attendit. Elle avait besoin d'entendre les mots.

— Ainsi, vous seriez heureux de considérer la proposition de mon père ? insista-t-elle comme il ne disait rien.

— Si nous parvenions à un accord, est-ce que ce serait un vrai mariage ? demanda-t-il enfin en fixant sa bouche.

Elle sentit une onde de chaleur inexplicable la traverser.

— Ce… ce devrait être un mariage de nom seulement, je pense. En tout cas au début.

Il fit une grimace.

— Eric, cela… cela fait longtemps que nous ne nous sommes pas vus. Nous sommes devenus des étrangers l'un pour l'autre.

Il s'éclaircit la voix et lui pressa les doigts.

— Si nous décidons de nous marier, tout sera fait selon vos souhaits, ma dame. Mais je dois vous avertir que l'idée d'un mariage de nom seulement n'a guère d'attraits pour moi. Un mariage n'est pas considéré comme valide tant qu'il n'a pas été consommé.

Elle se mordit la lèvre.

— Je ne me sens pas prête pour la consommation, messire.

— Je ferai tout mon possible pour que vous changiez d'avis à ce sujet, et promptement. Je veux des héritiers.

Les joues en feu, Roxane acquiesça.

— A la longue, bien sûr. Je connais les devoirs d'une épouse.

— Nous devons nous retirer, murmura-t-il.

La faisant reculer dans l'ombre à l'écart de la balustrade, il prit son autre main.

Roxane en perdit le souffle. Elle se prépara à fuir tandis que de larges épaules lui cachaient la vue de la grande salle. L'odeur d'Eric, un mélange entêtant de cuir, de cheval, de fumée de bois, lui emplit les narines.

— Détendez-vous, Roxane, dit-il doucement. Si je peux vous appeler ainsi…

— Je vous en prie.

Parvenant à libérer une de ses mains, elle la posa sur son justaucorps avec la vague intention de le repousser — avant de s'apercevoir qu'elle n'avait pas peur. Elle déglutit.

— Que… que faites-vous ?

— Je vais sceller notre accord de fiançailles, je vais vous embrasser.

Le regard de Roxane se posa vivement sur sa bouche qui souriait et était extraordinairement attirante. Etrangement, elle n'était pas effrayée, elle ne redoutait pas son baiser.

— Nous ne sommes pas vraiment fiancés, Eric, remarqua-t-elle aussi posément qu'elle le put. Nous considérons simplement l'idée de nous fiancer. Nous devons voir si nous pensons que nous irons bien ensemble.

Le sourire d'Eric s'élargit et ses yeux pétillèrent.

— Comme vous dites.

Souriant toujours, il baissa la tête, et les doigts de Roxane se crispèrent sur le cuir de son justaucorps.

Légèrement, il l'embrassa sur le front.

Son estomac fit un bond.

Il lui embrassa ensuite les tempes, tout aussi légèrement, et les muscles de son ventre se crispèrent.

Son odeur lui paraissait familière, et quelque chose là-dedans envoyait des messages à son cerveau, des messages qui parlaient de sécurité. De bienveillance. D'un refuge dans un monde qu'elle n'avait jamais compris.

Puis les lèvres d'Eric trouvèrent les siennes et elle ne put plus penser. Il y avait là de la chaleur et de la douceur. Elle entendit une respiration altérée, la sienne. Elle manquait d'air. Son cœur battait à toute allure, et ses doigts mouraient d'envie de se glisser dans ses cheveux.

La saisissant par la taille, il l'attira contre lui. Lorsqu'elle entendit un murmure de satisfaction très masculin, elle s'avisa qu'elle s'était mise sur la pointe des pieds pour mieux l'atteindre. Quelque chose dans cet homme — son baiser, la façon dont il la tenait avec précaution — lui donnait l'envie de se fondre en lui.

Prise de timidité, elle cacha son visage dans son justaucorps. Que lui arrivait-il donc ? Elle s'était perdue dans ce baiser. Perdue corps et âme. Pas une fois, pendant qu'il l'embrassait, elle n'avait songé aux vœux qu'elle était censée prononcer bientôt. Pas une fois elle n'avait pensé à Mathieu.

— Roxane.

L'humour dans sa voix eut raison de sa timidité et de sa honte. Elle se redressa pour le voir secouer la tête.

— Notre mariage sera consommé très vite, je crois.

En fronçant les sourcils, elle s'écarta.

— Messire, le fait que nous ayons partagé un baiser ne signifie pas que je vais vous épouser. Nous n'en avons pas encore décidé. Nous pourrions découvrir que nous nous détestons.

Eric haussa un sourcil sombre. Il repoussa sous son voile une boucle qui s'en était échappée et lui offrit son bras.

— Comme vous dites, ma dame. Retournons-nous dans la grande salle pour voir ce qu'Héloïse a trouvé pour nous sustenter ?

Chapitre 4

Cette nuit-là, couché dans sa chambre à l'autre bout de la galerie, Eric ne put cesser de penser à Roxane. Dame Roxane de Sainte-Colombe était ici, à Monfort ! Et il avait la bénédiction de son père, en quelque sorte, pour l'épouser.

Devrait-il lui faire la cour ? Vu qu'elle avait avoué être disposée à le considérer comme un époux possible, il serait fou de ne pas au moins essayer de se faire apprécier d'elle. S'il la courtisait, s'il lui donnait d'autres raisons de le vouloir comme époux, cela ne pourrait que compter en sa faveur. Il avait toujours espéré se marier un jour. Pourquoi pas avec Roxane ?

Elle ne serait pas forcément une épouse docile. Son éducation privilégiée le garantissait, sans mentionner le fait qu'elle était aussi fière que son père. Et il n'allait pas se bercer de l'illusion qu'elle l'aimait, ce qui impliquait qu'il était encore plus crucial de l'amener à l'estimer. Il devait faire en sorte de lui rendre impossible de le refuser. Une telle chance ne se représenterait jamais à lui.

Un mariage avec Roxane lui procurerait le sentiment d'appartenance qu'il avait désiré depuis ce soir où il s'était tenu, grelottant, devant les portes de Jutigny. Il aurait une famille, une famille qu'il connaissait et comprenait. Et peut-être, peut-être, aurait-il quelqu'un à son côté lorsqu'on lui lancerait des insultes à propos de son humble naissance. Il avait appris à se défendre sans aide, bien sûr, et cela lui avait donné de la force, mais ce serait bon de savoir qu'il n'était plus seul. Sans oublier que, plus tard, il aurait la sécurité d'avoir des terres en Champagne et à Sainte-Colombe. Quel cadeau ce serait !

Il ne pouvait nier que les événements des deux derniers jours l'avaient ébranlé. La requête de messire Faramus avait été si inattendue ! Et pas seulement cela : il éprouvait des sentiments contradictoires en ce qui concernait Roxane elle-même. Il la désirait de la façon la plus charnelle. Avec son corps délicat, ses yeux couleur de myosotis et ses longs cheveux blonds, elle était absolument parfaite. Il se la représenta mentalement et sourit dans le noir. C'était une créature qui paraissait si fragile…

Toutefois, il n'était pas aveugle concernant sa nature. Cette fragilité apparente masquait la plus opiniâtre des volontés. Roxane était assez forte pour s'opposer à son père. Pour preuve son refus d'épouser messire Gauvain, et le fait qu'elle se soit servie du couvent comme refuge. Elle était aussi assez intelligente pour savoir quand elle devait reculer. Elle avait de la fierté, mais elle était trop sensée pour permettre à cette fierté de la piéger jusqu'à la fin de ses jours dans un couvent.

Dieu merci, il semblait qu'elle soit disposée à changer d'avis sur le fait de devenir nonne. Il était impatient de la voir perdre un peu de ce côté distant de future novice.

Et elle était encline à considérer l'idée d'un mariage avec lui. Il voulait être celui qui déferait cette tresse dorée si serrée, il voulait avoir le droit de passer les doigts dans ces mèches soyeuses qui avaient le parfum d'une prairie en été.

Changeant de position, il croisa les mains sous sa tête.

Pour couronner le tout, elle était devenue si belle ! Il lui suffisait de la regarder pour que ses pensées s'embrouillent. Il désirait Roxane et souhaitait éprouver un sentiment d'appartenance, deux besoins si étroitement imbriqués qu'on ne pouvait les séparer. Epouser Roxane lui donnerait ces deux choses-là.

Il lâcha un soupir exaspéré. Il ne l'aimait pas et elle ne l'aimait pas non plus. Peu importait. Ce qui comptait était de l'amener à le trouver à son goût. S'il l'épousait et que leur mariage ne devait pas comporter d'amour, soit. Peu de mariages avaient cette chance. En revanche, il ferait de son mieux pour s'assurer que leur union soit harmonieuse. Qu'elle soit une réussite.

Il avait franchi le premier obstacle ; elle avait accepté de l'envisager comme époux. Il était à peu près certain qu'elle l'aimait bien, il partirait de là. Cela valait la peine de tout mettre de côté durant les prochains jours afin de la courtiser. Convenablement.

Se rappelant sa réaction effarouchée à propos de la consommation du mariage, il fronça les sourcils dans l'obscurité et pria pour que sa réticence ne soit pas trop profonde. Probablement la tenait-elle des nonnes. Il devait lui montrer qu'elle n'avait rien à craindre. Il désirait d'explorer les aspects charnels du mariage avec Roxane de Sainte-Colombe. S'il se fiait à leur baiser, elle était plus que prête à s'y mettre.

Seigneur ! S'il jouait bien cette partie, il pourrait avoir bientôt une épouse consentante dans son lit.

Dans la chambre de l'autre côté de la galerie, une seule bougie brûlait dans un support mural. Le sommeil fuyait Roxane aussi, mais pour des raisons très différentes de celles d'Eric. Héloïse n'était pas une servante très docile. En vérité, elle se montrait si difficile qu'elle ne pouvait en conclure qu'une chose : Héloïse la détestait. Pour l'instant, malgré toutes ses tentatives pour la faire changer de place, sa chambrière était allongée sur une simple paillasse à côté de son lit. S'appuyant sur un coude, Roxane la regarda, les sourcils froncés. Ce n'était pas qu'Héloïse lui avait vraiment désobéi, mais…

— Héloïse ?

La paillasse crissa. Contrairement au matelas de Roxane qui était garni de duvet, la couchette d'Héloïse était bourrée de paille et Roxane se sentait coupable. Il y avait si peu de place dans la chambre qu'afin d'y faire tenir la paillasse, il avait fallu en pousser la moitié sous son lit. Le résultat était que la servante était tassée dans un coin, alors qu'elle était grosse d'un enfant. Elle devait utiliser le lit.

— Oui, ma dame ?

— Je ne peux pas dormir.

— J'en suis désolée, ma dame.

— C'est votre faute, si le sommeil me fuit.

— Comment cela, ma dame ?

— Vous ne devriez pas dormir sur cette paillasse pleine de bosses.

— C'est mon matelas, et j'y suis habituée.

— Peut-être, mais j'insiste pour que vous changiez de place avec moi.

— Ma dame, ce ne serait pas bien. Messire Eric serait très mécontent.

— Pour l'amour du ciel, Héloïse ! Messire Eric n'a pas besoin de le savoir. Je ne le lui dirai pas.

Roxane émit un soupir exaspéré et rabattit ses couvertures.

— Vous attendez un enfant et vous avez besoin d'une bonne nuit de sommeil. J'insiste pour que nous changions de place.

La paillasse crissa de nouveau tandis qu'Héloïse s'asseyait.

— Je vous en prie, ma dame, vous devez garder le lit.

— Je n'en ferai rien.

Se levant, Roxane prit Héloïse par la main. Elle la tira et la poussa pour la faire monter sur le lit.

— Allongez-vous et dormez. Si vous ne dormez pas, je serai obligée de dire à messire Eric que vous ne me donnez pas satisfaction comme chambrière.

Héloïse se mordit la lèvre et Roxane réprima une bouffée de culpabilité. Son dernier commentaire avait été un coup bas. Héloïse s'était montrée distante toute la soirée, il était clair qu'il ne lui plaisait pas d'être sa servante. Toutefois, il était également clair que quoi qu'elle pense de son nouveau rôle, elle cherchait à complaire à Eric. Roxane ne tenait pas à réfléchir à ce que cela impliquait.

Héloïse batailla avec les draps, tirant celui de dessus pour l'offrir à sa maîtresse.

— Très bien, ma dame, mais vous devez prendre ce drap. Hier, messire Eric a envoyé quelqu'un à Provins afin de les acheter spécialement pour vous.

Satisfaite d'avoir enfin mis fin à la discussion, Roxane accepta le drap et bourra la paillasse de coups de poing pour faire disparaître les bosses.

— Bonne nuit, Héloïse.

— Bonne nuit, ma dame.

La voix d'Héloïse était si triste ! Il vint à l'esprit de Roxane qu'elle la jugeait peut-être mal. Elle avait sauté sur la conclusion qu'Héloïse ne l'aimait pas, mais elle pouvait se tromper. Il était évident que la jeune femme était profondément malheureuse.

Comme Roxane fermait les yeux, elle décida de faire en sorte de découvrir pourquoi dès le lendemain matin. Roulant sur le côté, elle serra les poings puis se força à les rouvrir. La réponse ne lui plairait peut-être pas, mais il fallait qu'elle sache. Qui était le père de l'enfant d'Héloïse ? Si ce n'était pas Eric, de qui s'agissait-il ? Que lui était-il arrivé ? Pourquoi Héloïse était-elle seule ?

Roxane avait l'habitude de se lever tôt ; Héloïse et elle descendirent dans la grande salle pour rompre leur jeûne peu après l'aube. Un bon nombre de serviteurs et de soldats les avaient précédées. Roxane en connaissait déjà quelques-uns par leur nom.

— Bonjour, sergent Robert.

— Bonjour, ma dame.

Echangeant des sourires et des salutations avec la maisonnée d'Eric, Roxane prit la place qu'elle avait occupée la veille. Le siège d'Eric était vide. Ni lui ni son écuyer ne se trouvaient dans la grande salle.

Une servante nommée Pascale, Roxane s'en souvint, s'approcha avec une corbeille pleine de miches de pain.

— Où est messire Eric ? demanda-t-elle.

— Messire Eric est aux écuries. Voulez-vous du pain, ma dame ?

Avec un sourire, Pascale lui tendit le panier.

— Merci, Pascale.

Au lieu de s'éloigner quand Roxane eut pris son pain, la servante mit la main dans la corbeille et en sortit un bouquet de violettes attaché par un ruban vert.

— Pour vous, ma dame, de la part de messire Eric.

Consciente du regard triste d'Héloïse et du sourire amusé du sergent Robert, Roxane se sentit rougir en prenant les violettes.

— Merci, elles sont ravissantes.

Les fleurs tremblèrent lorsqu'elle les posa à côté de son pain. Personne ne lui avait offert de fleurs, auparavant, et même si elle savait qu'Eric avait fait ce geste pour la gagner, elle le trouvait étrangement touchant.

— Messire Eric a dit que si vous vouliez monter à cheval ce matin, ma dame, il serait ravi de vous escorter, ajouta Pascale. Quand vous aurez rompu votre jeûne, vous le trouverez aux écuries.

Eric et Abélard discutaient dans la cour lorsque Roxane sortit. Deux montures — elle fut contente de voir que Lily en faisait partie — attendaient, leurs rênes passées dans un anneau du mur.

— Les violettes sont ravissantes, dit-elle en relevant ses jupes pour éviter de la paille, tandis qu'elle s'approchait. Merci.

Eric fit une courbette.

— C'était un plaisir pour moi. Voudriez-vous monter ce matin ?

— J'aimerais beaucoup.

Eric la parcourut du regard et fronça les sourcils.

— Abélard, allez demander à Héloïse la cape de dame Roxane, voulez-vous ? Il y a une forte brise.

Tandis qu'Abélard se dirigeait vers le manoir, Roxane s'avança pour caresser les naseaux de Lily qui hennit pour la saluer.

— Je suis contente que vous n'ayez pas laissé Lily, dit-elle. Elle m'aurait manqué.

— Je sais. Vous avez toujours beaucoup aimé vos chevaux.

Eric vint près d'elle et, de nouveau, elle fut frappée par sa haute taille, qu'elle trouvait un peu écrasante. Jeune homme, il était grand et dégingandé. Depuis, il avait pris beaucoup de muscles. Il semblait si fort ! Voudrait-il la dominer comme son père dominait sa mère ? Puis il lui décocha un sourire chaleureux, et elle aperçut l'ami qu'il avait été pour elle naguère ; ses craintes se dissipèrent.

— Vous auriez dû me laisser monter Lily pour venir ici, dit-elle. Cela aurait été plus confortable pour vous.

Il secoua fermement la tête.

— Vous auriez pu vous enfuir au galop.

Ses yeux pétillèrent alors qu'il prenait sa main pour la porter à ses lèvres.

— Je n'aurais jamais pensé que l'on me demanderait de veiller sur une gemme aussi précieuse que vous. Je ne pouvais risquer de vous perdre.

Lentement, sans la quitter des yeux, Eric retourna sa main et posa un baiser dans sa paume. La bouche de Roxane s'assécha.

— Messire, de grâce…

Embarrassée, elle libéra sa main. Par tous les saints ! Que lui arrivait-il ? Il semblait que cet homme n'avait qu'à la toucher pour qu'elle ait l'impression de fondre. Mathieu ne lui avait jamais fait éprouver ce genre de choses.

Le regard d'Eric s'attarda sur sa bouche.

— En outre, cela m'a plu de chevaucher avec vous. C'était bien plus amusant avec vous dans mes bras.

Il s'approcha et se pencha pour chuchoter :

— Nous pourrions essayer de nouveau aujourd'hui.

Roxane s'aperçut que l'un des palefreniers souriait largement en les observant et s'écarta en hâte.

— Je ne pense pas.

— Dommage.

Elle recula jusqu'à se trouver contre le flanc de Lily. Les badinages éhontés d'Eric lui rendaient la respiration difficile.

— Messire, vous allez trop vite. Nous ne sommes pas encore convenus que nous allons nous marier. Nous devrions d'abord refaire connaissance.

L'expression d'Eric redevint sérieuse.

— Mes excuses.

Il se tourna vers son cheval pour vérifier la sangle et Roxane put de nouveau respirer.

— Je prie pour que vous disiez oui, dit-il. Roxane, je jure que si vous m'acceptez, je ferai de mon mieux pour être un bon époux.

Roxane détacha Lily. Elle ne put s'empêcher de penser à Héloïse et faillit demander à Eric s'il considérait qu'être un époux fidèle faisait partie intégrante du mariage, mais elle n'en fit rien. C'était une question qui l'engagerait bien trop, et ils s'étaient retrouvés depuis trop peu de temps pour qu'elle se risque à la poser. Elle souhaitait néanmoins connaître la réponse, car elle pensait vraiment qu'elle pourrait en venir à l'épouser. C'était Eric, après tout. Une crainte sous-jacente demeurait malgré tout : elle ne voulait pas être fiancée à un homme qui avait déjà une maîtresse. Cela lui était arrivé une fois et, bien que son cœur n'ait pas été engagé, cette situation n'avait pas été simple.

Son moral sombrant, elle dévisagea Eric. Elle doutait de pouvoir l'épouser si elle devait le partager. Et il avait indéniablement tendance à badiner avec toutes les femmes qu'il rencontrait… Son pouls s'emballa.

Abélard apparut en haut des marches, sa cape sur le bras.

— Voilà, ma dame, dit-il en s'empressant de la rejoindre. J'ai apporté vos gants, aussi.

Eric l'intercepta et les lui prit.

— Merci. Abélard. S'il vous plaît, ouvrez les portes.

— Oui, messire.

Tout en lui drapant la cape sur les épaules, Eric posa un rapide baiser sur son nez avant qu'elle ait le temps de l'éviter. Ses lèvres frémirent.

— Permettez-moi de vous monter, ma dame.

Son ton et le choix de ses mots étaient plus que suggestifs. Les orteils de Roxane se recroquevillèrent. Les joues en feu, elle se mordit la lèvre pour cacher son sourire. Seigneur ! Cet homme était incorrigible ! Pendant qu'elle enfilait ses gants, elle tapa du pied.

— Arrêtez. Eric ! Vous devez arrêter cela tout de suite, ou je refuserai de chevaucher avec vous.

Les yeux verts brillèrent, et un sourcil sombre se haussa.

— Arrêter quoi ?

— Vous savez parfaitement ce que je veux dire. Cette phrase à double sens. Du badinage, je suppose… Cela marchait peut-être avec les servantes de Jutigny, mais cela ne fonctionnera pas avec moi.

— Dommage, murmura-t-il.

La saisissant par la taille, il la hissa sur sa selle. Ses mains s'attardèrent.

— Messire Eric, je vous en prie !

Il eut un grand sourire. Abélard poussa les portes du manoir qui s'ouvrirent en grinçant. Les chevaux se mirent en route, trottant côte à côte.

Eric avait eu raison à propos du vent, il était vif pour le mois de mai. Au-dessus d'eux, des nuages blancs mouchetaient le ciel bleu. Dans les branches les plus hautes d'un frêne dont le feuillage ondoyait, des corbeaux croassaient.

— Nous nous arrêterons d'abord chez le forgeron, dit Eric.

Roxane lui lança un regard acéré.

— Si vous pensez demander à sa femme de vous servir de gouvernante, rappelez-vous ce que je vous ai dit hier soir. J'aimerais réellement aider.

— Roxane, vous êtes mon invitée.

Elle secoua la tête avec fermeté.

— Si nous devons frotter nos caractères avant de parvenir

à une décision, il faut le faire convenablement. Comment saurez-vous si je ferai une bonne épouse, autrement ?

La bouche d'Eric se releva d'un côté.

— Roxane, vous n'avez rien à prouver. Je vous veux déjà.

Il tendit une main gantée et pressa brièvement la sienne. Lorsqu'elle fronça les sourcils, il soupira.

— Inutile de prendre cet air-là. Je le pense.

— Vous voulez mon héritage.

Il haussa ses larges épaules.

— Seul un fou n'en voudrait pas.

Son expression s'adoucit et il soutint son regard. Il lâcha sa main, passa un doigt ganté sur sa joue puis s'éclaircit la voix.

— Soyez assurée que je vous veux, vous. Roxane, vous êtes devenue une très belle femme.

La vision de Roxane se brouilla et elle fixa sans la voir une chaumine qu'ils dépassaient.

— Ne dites pas cela, Eric, je vous en prie.

La main douce se reposa sur la sienne.

— Qu'y a-t-il ? Seigneur, Roxane, vous ne pleurez pas, n'est-ce pas ?

— Bien sûr que non ! Je ne pleure pas.

— Qu'ai-je dit ? Qu'ai-je fait ? Bon sang ! Je pensais vous courtiser, ce matin. Je voulais vous faire rire, pas pleurer.

Il se pencha, le regard très sérieux. Sombre. Elle le soutint.

— C'est bon, Eric, je n'ai pas besoin d'être courtisée.

L'air choqué, il recula.

— Pas besoin d'être courtisée ? Vous vous trompez. Vous avez plus besoin d'être courtisée que la plupart des femmes.

— Vraiment ?

— Vous avez été surprotégée, Roxane. Je ne critique

pas vos parents, ils vous ont élevée de la manière qu'ils estimaient la plus judicieuse. Vous êtes leur seule enfant, et vous êtes précieuse pour eux. Mais vous avez besoin d'apprendre quelle est votre valeur en tant que femme, aussi.

Roxane avait retenu son souffle en l'écoutant. Eric se trompait à propos de ses parents. Elle n'était pas sûre d'être vraiment précieuse pour eux. Pour sa mère peut-être, mais pour son père ? D'après son expérience, le comte la traitait plus comme une commodité que comme une fille. Pour lui, elle était quelque chose à échanger pour s'assurer que les arpents de la famille passent dans des mains fermes et honorables. Elle avait rejeté son premier choix, messire Gauvain, et maintenant elle était face à son second choix, un homme qu'il avait formé lui-même.

Elle lui jeta un regard de biais. Elle ne pouvait nier que le second choix de son père lui convenait bien mieux que le premier. Certes, c'était peut-être simplement parce que, cette année, elle était prête à envisager le mariage. L'an dernier, avec la mort de Mathieu qui faisait encore saigner son cœur, elle ne l'était indéniablement pas.

Le beau visage d'Eric était tourné vers elle avec sollicitude ; on aurait dit à le voir qu'il ne pensait qu'à elle. Cependant, elle était lucide et consciente de ses motivations. Il pensait à son héritage. L'héritage auquel quelqu'un comme lui, un enfant trouvé, n'aurait jamais pu aspirer à moins d'épouser dame Roxane de Sainte-Colombe.

Elle soupira. Il ne devait pas être convenable qu'elle, une femme entrée au couvent convaincue qu'elle devait devenir religieuse, ait envie qu'il la veuille pour elle-même. Mais il en était ainsi. Il avait dit qu'il l'avait toujours bien aimée, et la réciproque était vraie. Lorsqu'elle était enfant, il lui plaisait vraiment beaucoup. Seigneur, elle rêvait de lui ! Elle le connaissait, avait confiance en lui, et se sentait à l'aise en sa compagnie. Et c'était important.

Elle pouvait faire bien pire que d'épouser messire Eric de Monfort. Sauf que… elle ne cessait de se demander si l'enfant d'Héloïse était de lui. Eric était un tel charmeur. Le serait-il toujours ? Etait-il capable de fidélité ?

— Pourquoi vous refuser le plaisir d'être courtisée ? demanda-t-il d'une voix douce.

— Etre courtisée est un plaisir ?

— Cela devrait certainement en être un.

Roxane pensa aux servantes de Jutigny, à Héloïse.

— Messire, vous êtes un charmeur incorrigible. Je ne suis pas certaine de pouvoir vous prendre au sérieux comme prétendant.

Ouvrant de grands yeux, il posa une main sur son cœur.

— Que voulez-vous dire, ma dame ?

— Votre réputation vous précède. Vous aimez les femmes.

Un sourcil sombre se haussa.

— Et c'est une mauvaise chose ? Je peux voir à votre visage que telle est votre opinion.

— Si vous devez me courtiser, il y a quelque chose que je voudrais savoir d'abord.

— Oui ?

— Ce que vous pensez de la fidélité.

Détournant vivement le regard, Roxane fixa la fumée qui montait de la forge en avant d'eux et entortilla ses rênes autour de ses doigts.

— Si nous nous mariions, seriez-vous un époux fidèle ?

— Vous voudriez que je le sois ?

Elle hocha la tête et son voile voltigea autour d'elle.

— Pensez-vous que vous y arriveriez ?

Eric battit des cils et regarda fixement le profil de Roxane. La réponse traversa presque aussitôt son esprit.

Oui, je serais complètement fidèle.

Son estomac se noua. La conviction qui sous-tendait

cette pensée le troublait. Il aimait les femmes, en effet, et, alors qu'il avait espéré se marier un jour, il n'avait jamais vraiment réfléchi à ce que cela signifierait de promettre fidélité à son épouse. Il écarta ses appréhensions. Ce n'était pas comme si son bonheur devait reposer entièrement entre les mains de Roxane. Il n'y avait pas une femme sur terre à qui il ferait confiance à ce point.

Sans doute l'idée de la fidélité le déstabilisait-elle parce qu'il n'avait jamais considéré sérieusement le mariage auparavant. S'avancer en territoire inconnu était toujours inquiétant.

Refusant de croiser son regard, Roxane continua à fixer la forge. Tandis que son voile dansait dans la brise, il aperçut la longue natte aussi brillante que le soleil.

Il s'éclaircit la voix. Le mariage le déconcertait. L'observation lui avait montré que bien des hommes considéraient comme une punition de rester fidèles à leur épouse alors que le monde était empli de jolies femmes. Il était néanmoins flatteur de savoir que Roxane voulait qu'il lui soit fidèle. Il le serait. Cette pensée s'incrusta dans son esprit. Il serait fidèle à Roxane. Il en était capable, il le savait. C'était troublant, déconcertant, et pourtant…

Nous nous appartiendrions l'un à l'autre.

Une boule de tension s'était formée dans son ventre, et il était incapable d'en identifier la cause. Quand il grandissait à Jutigny, il n'avait jamais eu l'impression d'être à sa place. Même ici à Monfort, dans le manoir qu'il avait gagné par la force des armes, il se voyait comme un intendant, quelqu'un qui gardait les terres pour le propriétaire suivant.

— Ma dame, je vous fais la promesse, si vous m'épousez, de vous être fidèle.

Elle tourna la tête, sa bouche se relevant d'un côté.

— Cela en vaudrait la peine, je suppose, pour les terres que je vous apporterais.

— Cette remarque est blessante, mais aucune importance.

Il sourit.

— Je vois que je devrai prouver que j'accorde plus de valeur à votre personne qu'à votre héritage.

Son regard bleu soutint le sien. Capitaine frappa le sol du sabot, et Eric s'aperçut qu'ils étaient à l'arrêt ; les chevaux avaient dû s'arrêter depuis un moment, et il ne l'avait pas remarqué. Il tendit la main.

— Roxane, j'aimerais vous épouser et je ferai tout mon possible pour prouver que je suis digne de votre confiance.

Lorsqu'elle tendit à son tour sa main gantée, Eric se détendit. Il lui pressa les doigts avant de la lâcher et de faire un geste vers la route.

— Avez-vous envie de voir le village ?

— Oui, bien sûr.

— Je dois vous prévenir, il ne peut se comparer à Provins.

Eric chevaucha avec elle à travers Monfort, et tout commença bien. Les villageois, qui avaient dû entendre parler de l'arrivée de dame Roxane de Sainte-Colombe, semblaient curieux de la voir. Dans les lopins de terre, les gens interrompaient leur travail pour s'appuyer sur leurs houes et leurs bêches et les regarder passer. Des têtes se montraient aux fenêtres, des portes s'ouvraient. Des femmes qui rapportaient de l'eau de la rivière s'arrêtaient et se tournaient vers eux. En voyant Roxane hocher la tête et leur sourire avec aisance, Eric sentit son cœur se réchauffer.

— Vous n'avez pas changé. Vous êtes aussi aimable que vous l'étiez enfant, dit-il.

Elle haussa les épaules.

— Dans l'ensemble, j'aime les gens.

Une telle déclaration de la part de la femme qui avait eu l'intention de se cloîtrer dans un couvent ?

Ils passèrent au trot devant la forge, suivant le chemin qui conduisait dans la forêt. Des myosotis de la couleur exacte de ses yeux fleurissaient au bord du sentier. Quelque part dans l'ombre mouchetée de soleil, un pic-vert frappait un tronc. Eric sourit pour lui-même ; il n'aurait pas pu souhaiter une meilleure journée pour lui montrer ses terres.

— Aimeriez-vous voir la réserve de chasse ?

— Certainement.

Elle plissait les paupières pour regarder dans la forêt tandis que les chevaux avançaient d'un pas ferme et que les arbres se resserraient autour d'eux. Des chênes, des frênes, des bouleaux…

— C'est étrange, dit-elle d'un ton perplexe.

— Hmm ?

— Quelqu'un bouge, regardez, par là.

Eric ne vit d'inhabituel, juste un buisson agité par le vent.

— C'est probablement un daim. Nous avons du bon gibier, quantité de daims et d'assez nombreux sangliers.

— Et des braconniers ?

Elle le regardait, les sourcils froncés.

— Eric, je ne crois pas que c'était un daim.

La peau d'Eric le picota désagréablement, mais il était trop tard. Quelque chose passa à toute vitesse près de lui et se planta avec un bruit sec dans le tronc d'un châtaignier.

Une flèche !

Elle avait manqué Roxane d'à peine un pouce. Eric eut l'impression que ses entrailles se liquéfiaient. Le temps parut s'arrêter. Cette flèche avait failli la frapper ! Il regarda fixement l'empenne blanche qui vibrait ; elle était aussi pâle que le visage de Roxane.

Il n'eut qu'une idée, la mettre en sécurité. Faisant volter Capitaine, il arracha littéralement les rênes des mains de Roxane et éperonna son cheval pour sortir de la réserve de chasse. Lorsqu'ils atteignirent les premières chaumines et qu'il estima avoir mis assez de distance entre eux et celui, quel qu'il soit, qui avait tiré la flèche, il mit les chevaux au pas.

— Je peux chevaucher seule, Eric, dit-elle d'une voix tremblante en lui reprenant ses rênes.

Ses mains tremblaient aussi, et elle regarda par-dessus son épaule. Ses traits étaient tirés, ses joues avaient la blancheur de la neige. Il s'en était fallu de si peu qu'elle soit blessée, ou pire !

Saisi d'une rage froide et de quelque chose d'autre qu'il n'avait pas le temps d'analyser, Eric se concentra sur la forêt au-delà du village. Il devait trouver qui avait décoché cette flèche.

— Mon Dieu ! Vous auriez pu être tuée ! Le coupable doit être puni.

Il fit un brusque signe de tête en direction du manoir.

— Je vais vous ramener à l'intérieur et organiser une battue. Je trouverai cet archer.

Il l'entendit déglutir ; elle luttait pour garder son calme, mais son regard trahissait son anxiété.

— Eric, c'était probablement un braconnier. Il a dû mesurer son erreur, et je ne pense pas qu'il va rester dans la réserve à attendre que vous le trouviez.

— Ma dame, je ne peux pas laisser passer pareil incident.

Messire Faramus lui avait confié sa fille, et il ne tolérerait pas qu'elle soit terrorisée pendant qu'elle était sous sa garde. Une fois qu'il l'aurait mise en sécurité au manoir, il passerait la forêt au crible pour retrouver celui qui avait tiré cette flèche.

Il serra la mâchoire.

— Hélas ! notre chevauchée est terminée. Je vais vous escorter jusqu'aux écuries, puis je vous prierai de m'excuser.

Chapitre 5

Lily confiée à un palefrenier, Roxane se dirigea lentement vers la grande salle. La cour que devait lui faire Eric s'arrêtait là, pensa-t-elle avec ironie. Il était résolu à trouver celui qui avait décoché cette flèche. Derrière elle, il criait des ordres à ses hommes. Elle s'arrêta sur la marche du haut. Des sabots claquaient sur les pavés tandis que des cavaliers sortaient leurs chevaux des écuries ; une demi-douzaine de fantassins se rassemblaient près des portes, ainsi qu'une poignée d'archers. Pour sa part, elle doutait qu'ils trouvent quiconque. Tout braconnier digne de ce nom aurait disparu depuis longtemps.

Tandis qu'elle entrait dans la salle principale, il lui vint à l'esprit que la croisée de sa chambre donnait sur une grande partie de la réserve de chasse de Monfort. Certes, elle ne pourrait l'embrasser du regard en totalité, mais elle pourrait voir le chemin qui longeait la rivière au-delà du village et du manoir…

Arrivée dans sa chambre, elle ouvrit les volets et se pencha.

Il était plus de midi quand elle revit Eric. A ce moment-là, elle était assise sur un banc dans le jardin et cousait. Coudre la calmait toujours, et après le choc d'avoir été frôlée par cette flèche — qui l'avait manquée d'un cheveu ! — elle avait besoin de s'occuper. Elle avait trouvé de l'étoffe et faisait un ourlet quand le bruit du portail du jardin attira son attention.

Elle piqua son aiguille dans le tissu, qu'elle plia pour cacher ce qu'elle faisait, et sourit à Eric qui venait vers elle.

— Vous avez vu l'archer ?

En secouant la tête, il s'assit à côté d'elle.

— Comme vous le pensiez, il était parti depuis longtemps. J'ai demandé aux villageois, s'ils voyaient des étrangers dans la réserve de chasse, de venir en faire part au manoir.

— Je suis certaine qu'il s'agissait d'un braconnier, dit Roxane.

— Vous avez probablement raison.

Eric regarda avec curiosité l'étoffe pliée sur ses genoux.

— Que faites-vous ?

— Je couds.

Elle garda les mains sur le tissu et espéra ne pas rougir. Elle cousait une chemise pour lui et ne voulait pas qu'il le sache avant qu'elle soit finie. En son absence, elle avait persuadé Héloïse de la laisser inspecter le linge de la maison.

— J'espère que vous n'êtes pas contre, mais Héloïse m'a dit que la toile qui restait d'avant était conservée dans un coffre au fond de la galerie des ménestrels. Nous l'avons triée. J'espérais ourler une nappe pour la table, mais il n'y avait pas assez de tissu.

Il lui décocha un sourire ironique.

— Cela ne m'étonne pas. Quand le propriétaire précédent est parti, il a emporté le plus gros du linge.

Il couvrit la main de Roxane de la sienne.

— S'il vous plaît de coudre, nous pouvons aller à Provins pour acheter de l'étoffe. De toute façon, il vous faut des habits. Et comme c'est ma faute si vous êtes arrivée ici sans vos affaires, je devrais me racheter.

— Mon père est plus fautif que vous. Il vous a forcé la main.

Eric grogna. Son pouce bougeait doucement sur les doigts de Roxane, en une douce caresse. Un peu étonnée, elle le regarda fixement. La façon dont il la touchait produisait sur elle le plus curieux des effets, et elle n'y était pas encore habituée. Elle avait le souffle court, comme si elle venait de courir. La croix sur sa poitrine tremblait. Elle se passa la langue sur les lèvres, vit qu'il l'avait remarqué, et sentit ses joues s'empourprer. Par tous les saints ! Maintenant il allait penser qu'elle réclamait un baiser…

Dieu merci, la brise souleva son voile et joua avec une longue mèche de cheveux, lui fournissant une excuse pour détourner son regard du sien tandis qu'elle entreprenait de remettre de l'ordre dans sa coiffure.

Eric lui reprit la main.

— Laissez, dit-il.

Elle lui jeta un coup d'œil. Son regard était sombre, bien trop brûlant pour qu'elle se sente à l'aise.

— Je n'aime pas que ma tenue soit en désordre.

Pinçant les lèvres, elle fixa son attention sur un papillon qui voletait près d'un pommier et continua à essayer de libérer sa main.

— A mes yeux, vous n'êtes pas assez en désordre, ma dame. Vous me plaisez beaucoup telle que vous êtes, mais je suis certain que je vous adorerais si vous vous autorisiez à être un peu plus… désordonnée.

C'était un tel charmeur ! Roxane se demanda s'il se rendait seulement compte de ce qu'il faisait. Puis elle se ressaisit.

Bien sûr qu'il le savait. Il l'avait avertie qu'il allait la courtiser, et c'était sa façon de le faire. Cela ne voulait rien dire. Il espérait la séduire pour avoir ses terres. Il devait se rappeler qu'elle l'aimait bien quand elle était petite, et il avait manifestement le sentiment qu'elle était attirée par lui maintenant qu'elle était une femme. Ce qu'elle ne pouvait nier. N'importe quelle femme avec du sang dans les veines le trouverait attirant. Messire Eric de Monfort était vraiment très beau, si viril. Et la façon qu'il avait de la regarder ! L'émotion semblait couver dans ses yeux, comme s'ils exprimaient qu'elle était la seule femme au monde. Oui, Eric était indéniablement attirant. Elle aurait juste aimé qu'il ne le sache pas. Elle aurait aimé aussi qu'il n'ait pas fait tomber la moitié des femmes de Champagne sous son charme. Est-ce que l'une d'elles, Héloïse, vivait en ce moment même sous son toit ?

Lâchant sa main, Eric repoussa son voile par-dessus son épaule. Il plissa les paupières et la soumit à un regard si scrutateur qu'elle en sentit la portée jusque dans ses orteils. Il jeta un coup d'œil vers le portail — il n'y avait personne en vue — et lui caressa la joue. L'estomac de Roxane palpita et sa bouche s'assécha. Son souffle se bloqua dans sa gorge. Ce n'était pas juste. La combinaison de cheveux sombres et brillants, d'yeux verts et d'un charme naturel était quasiment irrésistible. Et lorsqu'il posa de nouveau sur elle son regard intense, elle eut presque l'impression d'être le centre de son monde. Savait-il à quel point c'était séduisant ?

— Eric, je vous en prie…

Sa protestation parut faible, même à ses propres oreilles. Elle se prépara à ce qu'il pourrait faire ensuite.

Je dois m'armer contre lui. Je dois résister. Il se sert de son charme parce qu'il espère me persuader de faire sa volonté. Mais si nous devons nous marier, j'ai besoin de savoir que ses méthodes ne changeront pas.

Quitter le couvent pour toujours était un grand pas, il

fallait qu'elle soit sûre de prendre la bonne décision. Elle n'allait pas se laisser bousculer.

Pour l'instant, cela suffirait. Il serait bon de penser qu'un jour elle pourrait retrouver l'amour, mais Eric n'était pas Mathieu. Il n'avait jamais montré la moindre volonté de nouer un lien profond avec une femme, quelle qu'elle soit. Mathieu était doux, aimable et attentionné. Le regard de Roxane passa sur les larges épaules d'Eric, ses bras forts. Mathieu avait été un jouvenceau, comparé à Eric, mais il lui avait appris quelque chose de très important : les hommes ne dominaient pas tous les femmes par le biais de leurs muscles. Eric, comme elle le savait, utilisait son charme. Que ferait-il si ses volontés se trouvaient contrecarrées ?

Il pencha la tête de côté. Le voile de Roxane frémit tandis qu'il glissait les doigts dessous et trouvait sa natte. Lentement, il la sortit. C'était un geste relativement innocent mais, d'une manière quelconque, il produisait un effet… puissant. L'air entre eux sembla crépiter d'une façon qu'elle n'avait jamais connue avec Mathieu. L'éclat des yeux d'Eric et la courbure sensuelle de ses lèvres lui donnaient l'impression qu'ils étaient dans sa chambre et qu'il la déshabillait. Son corps se contracta, son souffle devint irrégulier.

— Oui, murmura-t-il en souriant. Et peut-être encore un peu plus de désordre.

Il repoussa son voile et ses doigts se coulèrent dans ses cheveux. Les caressant. Défaisant sa natte. Lui donnant l'envie de s'abandonner à la sensation qu'il faisait naître. La chaleur du corps d'Eric était comme une longue caresse contre le sien. Il courba la tête et la fit attendre, ses lèvres à un pouce des siennes.

— Vous êtes un démon, dit-elle.

C'était cela ou grogner d'impatience dans l'attente

de ce qui allait se passer. Au-delà du mur, les corbeaux croassaient dans la forêt. Roxane eut l'impression qu'elle pouvait entendre le heurt du marteau du forgeron sur du fer. Elle devait se tromper, car ils étaient sûrement trop loin du village pour qu'elle puisse percevoir les bruits de la forge.

— Je le serais encore plus, si vous le permettiez, répliqua-t-il.

Et il l'embrassa.

Roxane resta immobile. Elle résista au désir de saisir ces larges épaules et de s'y accrocher. Elle l'avait fait la veille, se rappela-t-elle avec honte ; elle ne le referait pas. Eric était trop sûr de lui. Il était bien trop charmeur, et elle ne devait pas lui céder aussi facilement. Pas après hier.

Alors elle se raidit, laissant juste ses lèvres s'adoucir un peu. Elles s'ouvrirent de leur propre gré et la langue d'Eric pénétra dans sa bouche. Elle retint son souffle et — tant pis pour sa résolution ! — tendit les mains vers ses épaules. Elle pouvait sûrement l'embrasser… Toute réflexion lui devint impossible. Il y avait seulement l'odeur d'Eric, puissante, virile et étrangement rassurante, et la chaleur de son baiser.

Il émit un murmure appréciateur et le baiser se prolongea. Son voile était parti, il devait l'être, car le vent jouait dans ses cheveux avec les doigts d'Eric. Elle ne s'en souciait plus. La chemise qu'elle cousait pour lui tomba dans l'herbe, et elle se pressa contre lui. Une foule de pensées indécentes s'emparèrent d'elle. Elle avait envie de presser ses seins sur son torse. A quoi cela ressemblerait-il d'être couchée nue avec cet homme ?

Et il l'embrassait toujours… Juste après, elle lui rendit son baiser. Ils étaient tous deux très appliqués. Ce n'était pas la première fois qu'elle était embrassée aussi profondément, mais c'était la première fois qu'elle se perdait aussi complètement dans un baiser. Mathieu avait essayé de l'embrasser ainsi, mais elle s'était écartée, choquée. Elle avait craint d'être découverte. Le baiser d'Eric la submergeait, il ne laissait pas de place aux doutes.

Voilà pourquoi il était si populaire auprès des servantes du château.

Finalement, quand elle ne put plus entendre que son cœur qui tambourinait, elle parvint à se libérer. Elle avait l'impression que ses joues étaient en feu.

Les yeux d'Eric brillaient.

— Là, dit-il en lui caressant les cheveux. Comme je le suspectais, vous êtes tellement plus belle en désordre ! Vraiment adorable.

— Franchement, Eric, vous êtes pire que le vent.

Se déplaçant sur le banc, elle ramassa la chemise en veillant à ce qu'il ne puisse voir ce que c'était. Elle voulait lui faire une surprise quand elle serait finie. Les habits d'Eric, bien que de bonne qualité, étaient très simples. Ressemblant presque à ceux d'un manant, ils auraient pu être faits pour n'importe qui. Elle voulait lui confectionner quelque chose de particulier, cousu spécialement pour messire Eric de Monfort. Elle entreprit de s'arranger.

— Je n'ai plus mes épingles à cheveux. Qu'en avez-vous fait ?

— Je ne m'en souviens pas.

Il s'adossa au banc avec un grand sourire, serrant son voile dans son poing.

— Et si je m'en souvenais, je ne vous le dirais pas. Vous aviez besoin d'être mise en désordre. Je ne pouvais pas vous atteindre, avant. Je commençais à me demander si j'y arriverais jamais.

— Que voulez-vous dire ?

Il lui tendit le voile.

— Merci.

Roxane paraissait troublée. Parfait. Avec ses joues aussi roses que ses lèvres et ses cheveux lâchés, elle était magnifique. Et adorable. Exactement comme il avait su qu'elle serait. Elle feignait d'être fâchée contre lui, du moins l'espérait-il. Il n'aimait pas l'idée que sa colère pourrait être sincère. Elle lui avait rendu son baiser. La future nonne se réchauffait à son égard. Malheureusement, elle se retranchait déjà derrière son habit. C'était comme si elle avait brièvement émergé d'une retraite et y retournait aussi vite qu'elle le pouvait.

Elle se cache de nouveau. Pourquoi ?

— Roxane ?

— Mmm ?

— Que vous est-il arrivé ?

Les yeux bleus se tournèrent vers lui avec méfiance tandis qu'elle fixait son voile.

— Que voulez-vous dire ?

— Vous êtes difficile à atteindre, et vous n'étiez pas ainsi quand vous étiez enfant. Que s'est-il passé ?

Elle fronça les sourcils.

— Rien. J'ai grandi, je suppose.

Il l'observa pensivement. Elle était si ouverte, quand elle était plus jeune ! Le contraste entre la jouvencelle heureuse qu'il avait connue et cette femme réservée n'aurait pu être plus marqué.

— Y a-t-il eu un affrontement de trop avec votre père ? demanda-t-il. Est-ce cela ?

Elle se mordit la lèvre et ne dit rien. De toute évidence, elle ne souhaitait pas répondre, mais Eric ne pouvait tout simplement pas laisser tomber le sujet. Il y avait trop de questions, trop d'éléments incompréhensibles. Comment la jeune Roxane était-elle devenue la femme assise à côté de lui sur ce banc ? Une femme qui s'abritait derrière une attitude si distante qu'elle pinçait les lèvres au premier indice de légèreté ou de plaisanterie. Pourtant, Seigneur, elle était capable d'embrasser ! Quand leurs langues s'étaient touchées, il n'avait eu d'autre envie que de lui faire quitter ce banc et de la posséder, là, dans l'herbe.

Comment faire coïncider les deux Roxane — l'enfant du passé et la femme d'aujourd'hui ?

Une explication possible, choquante, lui traversa l'esprit. Roxane avait eu un amant et n'était plus innocente. Elle avait perdu sa virginité et était terrifiée à l'idée d'être découverte. Etait-ce cela ?

Il l'étudia, elle avait déjà retrouvé son air guindé, presque sévère. Ses cheveux étaient dissimulés, son voile bien en place. Il était très inhabituel pour une jouvencelle bien élevée, une noble dame, de se donner à un homme hors des liens du mariage, mais cela arrivait. Etait-ce pour cette raison qu'elle avait refusé messire Gauvain ? Elle avait dû craindre sa réaction lorsqu'il découvrirait la vérité.

— Roxane ?

De grands yeux bleus se levèrent vers les siens. Tout ce qu'il pouvait y voir était de la timidité et de la candeur. Cependant, son baiser avait été loin d'être innocent, il l'avait brûlé jusqu'à l'âme.

— Pourquoi avez-vous refusé messire Gauvain ? C'est un homme qui présente bien, et qui est riche, depuis qu'il a hérité du comté de Meaux. Pourquoi ne l'avez-vous pas épousé ?

— Nous sommes tombés d'accord sur le fait que nous ne nous convenions pas.

Eric haussa un sourcil.

— Cela aurait été une excellente union.

Du moins si elle n'était pas déjà amoureuse de quelqu'un d'autre. Auquel cas son honnêteté foncière l'aurait mise dans l'impossibilité d'épouser messire Gauvain. Certain d'être sur la bonne piste, il insista.

— Il se serait agi d'un mariage de convenance, tel que votre père l'avait toujours prévu pour vous. Cela n'a pas pu vous surprendre. Quant à messire Gauvain, ce n'est pas un homme déraisonnable, il ne vous aurait pas maltraitée. Songez à la position que vous auriez eue en tant que comtesse de Meaux et un jour de Sainte-Colombe.

— Je sais.

Elle tortilla l'étoffe sur ses genoux.

— Je ne pouvais pas l'épouser, Eric. Il avait une maîtresse qu'il aimait. Il l'aimait tant qu'il m'a demandé de le délier de nos fiançailles.

Elle haussa les épaules.

— J'ai simplement accepté.

— Et vous retirer dans un couvent vous a semblé une bonne idée ?

Le regard morne qu'elle lui adressa le toucha au cœur.

— Oui, à l'époque.

Elle continua à tortiller le tissu. Eric avait du mal à croire que messire Gauvain ait demandé à être libéré de ses fiançailles. Toutefois, le comte de Meaux était chevaleresque jusqu'au bout des ongles. S'il avait découvert que Roxane ne désirait pas l'épouser, il n'aurait pas hésité à faire en sorte de passer pour celui qui avait rompu leur engagement. Il avait dû considérer que Roxane s'attirerait probablement le courroux de son père en refusant son offre et, dans ce cas, il avait voulu la protéger.

Il secoua la tête. Roxane produisait cet effet sur un homme : elle lui donnait envie de la protéger.

Il était certain d'avoir élucidé l'énigme qu'était Roxane. Elle avait perdu sa virginité et l'idée qu'on le découvre la terrifiait. Qui cela avait-il pu être ? Il était évidemment trop tôt pour le lui demander. Elle n'était pas prête à répondre. Il soupira. Il se dit qu'il devait s'estimer heureux qu'elle se soit lassée de jouer à la nonne et qu'elle semblât le considérer comme un époux potentiel. La pensée de Roxane contrainte d'épouser Bréon de Provins lui donnait la chair de poule.

Si elle avait un amant, où était-il ? L'avait-il abandonnée ? Etait-elle amoureuse de cet homme ? Cela pourrait expliquer qu'elle soit aussi farouche. Seigneur ! Il devait être fou pour l'avoir laissée. Si elle avait perdu sa virginité, cela pouvait aussi expliquer pourquoi messire Faramus l'avait convoqué, lui, à Jutigny. Les nobles qui voulaient garder leur lignage pur accordaient beaucoup de prix aux fiancées vierges. Un grand seigneur s'attendrait à ce que sa jeune épouse soit immaculée.

Des doigts glacés descendirent le long de son échine. Le comte de Sainte-Colombe avait dû découvrir que Roxane n'était plus vierge. Son cœur se serra.

Je suis de basse naissance. Messire Faramus m'a choisi non parce qu'il m'estime comme homme d'honneur, mais parce qu'il sait que je n'ai pas de lignée. Je ne suis pas noble. Je ne suis personne. Il ne s'attendra pas à ce que je me plaigne quand je découvrirai que mon épouse n'est pas aussi innocente qu'elle le prétendait. Il m'a offert Roxane parce qu'il la considère comme souillée.

Un vieux souvenir refit surface.

Un jour, peu après avoir été recueilli par dame Blandine, il s'était trouvé dans les écuries de Jutigny. Philippe, le chef palefrenier, brossait les flancs boueux de l'étalon noir du comte, et Eric le regardait faire, fasciné. Il avait découvert qu'il adorait les chevaux et les observait en cachette chaque fois qu'il le pouvait. Ce jour-là, il avait dû faire un bruit, car Philippe s'était retourné.

— Que fais-tu là ? avait-il demandé sèchement.

— Je regarde, c'est tout, messire.

Eric était si nouveau au château qu'il se perdait encore dans la hiérarchie. Par prudence, il s'adressait à tous les hommes comme s'ils étaient des chevaliers. L'idée qu'il puisse insulter un chevalier sans le vouloir lui donnait le frisson.

Philippe lui avait tourné le dos et s'était remis à brosser l'étalon.

— Tu aimes regarder les chevaux, hein, petit bâtard ?

Son ton était si froid qu'Eric avait hésité avant de répondre. Il avait déjà commencé à apprendre que tout le monde, au château, ne se montrait pas aussi accueillant que dame Blandine. Malgré tout, il répondit sincèrement :

— Oui, messire.

Philippe avait posé la brosse sur le haut de la stalle et pivoté brusquement. Devant son expression malveillante, Eric avait reculé en se faisant tout petit et s'était cogné la tête à un seau suspendu à un crochet.

— Eh bien, regarder est tout ce qu'un bâtard comme toi fera jamais.

Le palefrenier s'était penché sur lui, l'air mauvais.

— Si tu crois que tu pourras travailler dans mon écurie, tu te trompes.

Il avait indiqué la porte.

— Dehors ! Je ne veux pas de bâtard ramassé dans la rue ici. Trouve du travail ailleurs. La cuisine manque de souillons.

Son sourire était féroce.

— Et s'ils ne veulent pas de toi, tu pourras toujours aller nettoyer les fosses d'aisances.

Eric chassa ce souvenir. « Bâtard » n'avait pas été la pire insulte qu'on lui avait lancée, mais cette première rencontre avec des préjugés aveugles avait encore le pouvoir de le blesser. Par bonheur, tous à Jutigny ne s'étaient pas conduits comme le chef palefrenier. Il s'était fait des amis ; messire Macaire avait été l'un de ses soutiens les plus solides. Et il aimait se flatter en se disant que, enfant trouvé ou non, il avait gagné le respect de messire Faramus.

Quoi qu'il en soit, il était de fait de basse extraction. Le comte avait dû le convoquer à Jutigny pour cette raison.

Ravalant son amertume — il était cuisant de découvrir que l'on accordait plus de valeur à sa naissance qu'à ce qu'il avait accompli —, il plongea son regard dans celui, couleur myosotis, de Roxane.

Elle le gratifia d'un sourire timide, adorable. Il ne put s'empêcher de lui sourire en retour.

A vrai dire, peu lui importait que Roxane ne soit pas aussi pure qu'elle était censée l'être. Naguère, il avait apprécié sa compagnie ; il la savait foncièrement aimable, généreuse. De plus, elle était jolie. Non. « Jolie » ne lui rendait pas justice. Elle était splendide. Une beauté et une héritière. Et elle lui faisait l'honneur de le considérer comme un époux possible.

Alors quelle importance si son père l'avait choisi, lui, parce qu'il était un enfant trouvé ? Quelle importance si le comte pensait que quelqu'un comme lui serait moins susceptible de créer des problèmes après avoir constaté que Roxane n'était plus innocente ? Il promena son regard sur elle, s'attardant sur sa poitrine avant de prendre conscience de ce qu'il faisait. Il était difficile de ne pas penser à partager sa couche avec elle, et plus il passait de temps en sa compagnie, plus cela devenait ardu. Il était vraiment impatient de la prendre pour femme.

Quelque chose se mit en place dans sa tête. Il voulait la gagner. Il allait la gagner ! Même si elle n'était pas la vierge pour qui il l'avait prise.

Il se leva et tendit la main.

— Si vous voulez, ma dame, nous pourrions nous rendre à cheval à Provins cet après-midi et aller au marché aux étoffes.

Elle mit sa main dans la sienne.

— Merci, Eric. C'est une excellente idée.

Pour Roxane, l'après-midi passa dans un tourbillon. Il fut vite évident pour elle que si Eric savait tout ce qu'il y avait à savoir sur les chevaux et le métier de soldat, il ne connaissait absolument rien aux étoffes. Ils achetèrent des mètres de toile crème au marché de la Basse-Ville. Eric avait insisté pour prendre une escorte, et les hommes ne tardèrent pas à chanceler sous de gros ballots de tissu.

— Celui-ci fera un merveilleux linge de table, dit Roxane en tâtant une étoffe sur l'un des étals.

— Et celui-là ? demanda Eric en regardant un coupon rouge.

Elle secoua la tête et se surprit à étudier la forme de sa bouche plutôt que la qualité du tissu. Elle éprouvait de nouveau cette sensation de trouble dans le ventre. C'était si étrange… Tandis qu'ils discutaient des mérites d'une toile par rapport à une autre, ses pensées ne cessaient de vagabonder, et elle devait se forcer à revenir à la tâche qui les occupait.

— Ce rouge ne se lavera pas bien, lui dit-elle. Vous voyez comme la trame est lâche ?

Elle désigna un autre tissu à la trame plus serrée.

— Cette étoffe-là est meilleure. Ou même celle-ci.

Elle jeta un autre coup d'œil à sa bouche, si fascinante, et s'efforça de ne pas penser à ce qu'elle avait éprouvé en l'embrassant. Elle n'aurait rien contre un autre baiser. Sauf que, bien sûr, ils ne pouvaient guère s'embrasser en plein milieu du marché.

Le drapier l'observait avec un regard entendu. Se sentant rougir, Roxane toucha la main d'Eric. Des yeux verts croisèrent les siens. Il se tenait si près qu'elle pouvait voir les points dorés qui les émaillaient. Des doigts chauds placèrent sa main sur son bras.

— Ma dame ?

Elle l'attira légèrement à l'écart et chuchota :

— Les gens savent-ils que je demeure à Monfort ?

— Vos parents le savent, bien sûr, et certainement messire Macaire aussi. Quant aux sœurs, on peut le supposer. Mais je ne pourrais dire qui d'autre peut le savoir également.

Se mordant la lèvre, Roxane hocha la tête.

— Y a-t-il un problème ? demanda Eric.

Elle fit signe que non.

— Le marchand m'a lancé un regard si étrange… Je me demande s'il sait qui je suis.

L'expression d'Eric se ferma et elle le sentit se crisper sous sa main.

— Vous ne voulez pas être vue avec moi.

— Non ! Eric, de grâce, ne pensez pas cela ! C'est juste sa façon de me regarder. Il pense que je suis votre bonne amie.

— Si seulement vous l'étiez…, marmonna-t-il.

— Eric !

Il sourit.

— Ma dame, vous êtes mon invitée à l'instigation de votre père. La nuit dernière, nous avons respecté les convenances. Si nous devions être mis en cause, Héloïse se porterait garante pour nous, comme tout le monde à Monfort. Vous n'avez pas à craindre pour votre réputation.

Ils refirent face à l'étal. Eric suivit l'avis de Roxane et ils se retrouvèrent avec plusieurs coupons de tissu — de l'étoffe pour des chemises et des nappes. Ainsi que du ravissant drap vert destiné à une cotte pour elle. Elle essaya de protester.

— Eric, je ne pense pas que vous devriez acheter de

l'étoffe pour moi. Puisque nous sommes à Provins, nous pourrions très facilement nous arrêter au couvent en rentrant à Monfort et prendre mes affaires.

La réponse fusa.

— Non.

Sa sécheresse déstabilisa Roxane.

— Pourquoi donc ?

— Les sœurs ne me laisseront pas entrer avec vous, n'est-ce pas ?

— Pas dans les cellules, non.

— Alors vous n'y retournerez pas.

Elle fronça les sourcils. Il paraissait si contrarié qu'elle comprit qu'il devait penser aux terres de son père ; il s'inquiétait à l'idée de perdre son trophée. Aussi s'empressa-t-elle de le rassurer.

— Eric, je ressortirai. Je le promets.

— Vous n'irez pas dans ce couvent.

Voyant sa détermination, elle haussa les épaules. Elle n'allait pas se quereller avec lui au marché.

— Très bien.

L'expression d'Eric se radoucit.

— Vous allez me permettre d'acheter le drap vert ?

— Si vous voulez.

Ils procurèrent ensuite du fil et des aiguilles neuves.

— Vous devriez avoir cette étoffe aussi, dit-il en désignant un coupon alors qu'ils passaient devant un autre étal. Le bleu est assorti aux couleurs de votre père.

Il se pencha vers elle avec un sourire suggestif.

— Et à vos yeux.

— Il ne peut pas vous avoir échappé que le bleu est assorti à vos couleurs, aussi, répliqua-t-elle froidement. De toute façon, on dirait du damas, de la soie d'Orient.

— Vous n'aimez pas le damas ?

— Vous ne pouvez pas m'acheter cela, c'est bien trop

coûteux. Je n'ai pas encore donné mon accord formel à notre mariage.

— Alors vous ne me laisserez pas vous vêtir de bleu ?

— Pas encore. Je vous permets seulement de m'acheter le drap vert parce qu'il faut que j'aie quelque chose à me mettre et que vous ne voulez pas que j'aille chercher mes affaires au couvent.

Il poussa un gros soupir.

— Quand nous serons mariés, je vous achèterai le damas bleu.

Il lui fit une petite courbette.

— Roxane, il faudra que vous me donniez bientôt votre accord.

Les points dorés dansaient dans ses yeux.

— Je vais dépérir, si vous tardez.

Elle se mordit la lèvre pour réprimer un sourire. Il semblait incapable de s'abstenir de badiner plus de quelques instants.

— Vous n'êtes pas obligé de me courtiser tout le temps, Eric. Nous sommes censés acheter de l'étoffe.

— Et alors ? Cela ne signifie pas que nous devons nous ennuyer à mourir pendant que nous le faisons, n'est-ce pas ? Il me plaît de vous courtiser.

Le cœur de Roxane s'emballa. En vérité, qu'il la courtise lui plaisait aussi. Bien plus qu'elle ne l'aurait imaginé. Elle aimait particulièrement la partie « baisers ». Lançant un regard furtif à sa bouche, elle fut certaine qu'il y avait là un autre baiser pour elle, en réserve. Quand elle le voudrait. Elle n'avait qu'à demander. Eric semblait déterminé à la séduire.

Certes, elle avait beaucoup à apprendre. Jusqu'ici, chaque fois qu'ils s'étaient embrassés, c'était à l'initiative d'Eric. Que devait-elle faire pour lui signifier qu'elle désirait un autre baiser ?

Il m'aime « en désordre ». Hmm...

Derrière elle, les cloches de Saint-Ayoul sonnèrent l'heure. Elle retint son souffle. A peine un peu plus d'un jour s'était écoulé depuis la dernière fois qu'elle les avait entendues. Ses vœux de novice l'attendaient, alors. Et maintenant, elle ne pensait plus qu'à voler un autre baiser à Eric ?

Lorsqu'elle était tombée amoureuse de Mathieu, elle n'avait pas passé autant de temps à rêver à des baisers. Ils devaient être discrets. La discrétion lui paraissait capitale, naguère, mais elle commençait à ne plus s'en soucier. Etait-il possible d'avoir à ce point changé, et si vite ? Elle aurait dû être choquée. Or elle ne l'était pas. Cet homme était Eric, ce n'était pas comme s'il s'agissait d'un parfait étranger.

Elle leva les yeux vers lui, et promena son regard sur ses épais cheveux bruns, sur son profil plein de force. Elle devait cesser de penser à l'embrasser.

— Cela pourrait être décevant la prochaine fois, murmura-t-elle.

— Quoi ?

Elle sursauta. Seigneur ! Elle avait parlé à voix haute.

Eric s'arrêta de marcher et se tourna vers elle, perplexe.

— Décevant, ma dame ? Vous parlez du damas ?

— Aucune importance.

— Avez-vous tout ce qu'il vous faut ?

— Oui, merci.

Eric renvoya la moitié de ses hommes à leurs chevaux avec ce qu'ils avaient acheté, puis ils quittèrent la place du marché à pied, suivis par le reste de leur escorte, et gravirent la colline en direction de la Ville Haute. A l'autre bout de la rue, les murailles du château de Provins semblaient toucher le ciel. Un souvenir revint à Roxane. La dernière fois qu'elle était entrée dans ce château, elle était tombée sur son fiancé qui se trouvait en compagnie de la femme qu'il aimait.

Messire Gauvain était torse nu et Elise Chantier, devenue depuis sa comtesse, était allongée sur le lit avec un tel abandon que ce qu'ils venaient de faire ne laissait aucun doute. A l'époque, Roxane avait cru mourir de mortification.

Elle monta la colline d'un pas ferme, la main sur le bras d'Eric. Elle adorait son contact, sa chaleur. Les muscles d'Eric seraient aussi impressionnants que ceux de messire Gauvain, cela ne faisait aucun doute.

Elle se sentit rougir. Une autre église se mit à sonner l'heure, et ils continuèrent à monter la rue Saint-Thibault avec le son des cloches qui résonnait sur la ville. Tandis qu'ils marchaient, Roxane songea soudain qu'elle n'avait plus besoin de prendre le voile et se sentit plus légère. Ce temps-là était derrière elle. Elle s'était leurrée en se disant qu'elle pourrait devenir nonne. Berthe l'avait su, tout comme ses parents, mais c'était Eric qui lui avait fait entrevoir un avenir différent et bien plus excitant.

Il était toutefois trop tôt pour se lier à lui. Par tous les saints ! La veille encore, elle prévoyait de se cloîtrer pour la vie ! Mais même ainsi, un mariage avec lui était une réelle possibilité.

— Eric ?

— Oui ?

Elle s'arrêta tout à coup, et dit posément :

— Je ne suis pas certaine à propos de vous et de moi, mais je veux que vous sachiez que je ne deviendrai jamais religieuse.

Elle comprit immédiatement qu'elle avait dit ce qu'il fallait. Car même s'il faisait grand jour, qu'ils étaient au centre de Provins et que les convenances devaient être observées, Eric fit ce qu'elle avait désiré qu'il fasse depuis plus d'une heure : il la prit dans ses bras et l'embrassa. Les passants et les hommes d'armes d'Eric les regardèrent avec de grands sourires, mais Roxane ne s'en souciait pas. C'était un baiser délicieux. Et, comme celui qu'ils avaient échangé dans le jardin de Monfort, il était très… troublant.

La troupe d'Eric quitta la grand-route et prit la route de Monfort. Le soleil qui baissait striait les champs d'ombres noires.

Pour le trajet de retour, Eric avait fait en sorte que Roxane et lui chevauchent entre quatre cavaliers. Les mules qui portaient les étoffes suivaient, avec deux autres cavaliers. Il ne s'attendait pas à ce que quelque chose aille de travers, mais après cet incident troublant de la flèche, dans la réserve de chasse, il préférait se montrer prudent et tout mettre en œuvre pour garder Roxane en sécurité.

Elle regarda en fronçant les sourcils quelques nuages d'un gris d'étain qui s'amassaient dans le ciel au-dessus de la forêt.

— Il va pleuvoir bientôt, dit-elle. Avec un peu de chance, nous y échapperons.

— Oui.

Tandis qu'ils allaient au petit trot, Eric l'étudiait, s'émerveillant de la différence entre l'enfant qu'il avait connue et la femme qu'elle était devenue. Quand la jolie jouvencelle s'était-elle transformée en cette très belle femme ? Les changements, minuscules, étaient impossibles à définir. Toujours aussi menue, Roxane n'avait pas beaucoup grandi. La courbe de son nez et de sa joue paraissait la même ; elle avait les mêmes longs cils fournis, et ses yeux bleus étaient tout de suite reconnaissables. Pourtant, elle semblait mille fois plus belle que lorsqu'elle était une fillette.

Sa poitrine était contractée par une émotion qu'il ne pouvait pas davantage identifier que les changements survenus chez Roxane. Du triomphe ? De la fierté parce qu'elle le considérait vraiment — lui, un enfant trouvé ! — comme un époux potentiel ? Peut-être un peu de tension, bien qu'il ne voie pas du tout pourquoi il serait tendu. Il était déterminé à ce que la cour qu'il lui ferait soit couronnée de succès, et elle le serait. Roxane deviendrait son épouse.

Certes, dame Roxane de Sainte-Colombe n'avait pas encore accepté de l'épouser, mais elle lui avait donné un baiser choquant, en public, au milieu d'une rue de Provins. Un baiser qui les avait laissés tous deux dans un état très… désordonné. Bien sûr, Roxane s'était prestement redonné une contenance après coup, et la jeune dame qui chevauchait maintenant à son côté était la Roxane distante et à la mise nette. Son voile était proprement glissé sous sa cape, et il avait beau essayer, il ne pouvait apercevoir la moindre mèche dorée.

Il réprima un sourire. Il était impatient de la mettre de nouveau « en désordre ». Ce soir peut-être, après le repas. Son pouls s'accéléra et il remua sur sa selle. Seigneur ! Plus tôt elle accepterait de l'épouser, mieux ce serait. Elle n'était peut-être plus vierge, mais il comptait bien la traiter avec respect. Ils ne partageraient leur couche qu'après avoir prononcé leurs vœux de mariage, ce qui avait intérêt à arriver rapidement. Il eut l'impression qu'une boule se formait dans son ventre et se sentit soudain peu sûr de lui, ce qui ne lui ressemblait pas. Il fallait que Roxane accepte de l'épouser ! Comment se faisait-il qu'il la désire autant ? Cela n'avait pas de sens, alors qu'ils ne s'étaient pas vus pendant des années.

Ils venaient de traverser Monfort et approchaient des portes du manoir quand Abélard se porta à leur hauteur.

— Messire, derrière nous. Les cavaliers qui nous suivaient hier.

Se tournant sur sa selle, Eric vit le groupe d'hommes que le comte avait envoyés pour garder un œil sur sa fille. Fronçant les sourcils, il tira sur ses rênes. La pensée que messire Faramus maintenait sa surveillance ne lui plaisait pas. Il devait pourtant savoir que Roxane ne risquait rien avec lui ! Sa naissance était peut-être douteuse, mais le comte le connaissait depuis son enfance. Pendant des années, il avait nourri l'illusion que le seigneur de Sainte-Colombe le jugeait digne de confiance. Apparemment, ce n'était pas le cas. Il jura à mi-voix.

Roxane s'arrêta à son côté.

— Eric ?

Il indiqua les cavaliers d'un brusque mouvement de la tête. Leur groupe avait augmenté, ils étaient une demi-douzaine, ce jour-là.

— Les chiens de garde de votre père sont de retour.

Elle étudia les cavaliers, un petit pli sur le front.

— Que font-ils ?

— Votre père ne me fait pas confiance.

— Sottise, Eric ! Bien sûr qu'il vous fait confiance.

— Alors pourquoi ces chiens de garde ?

Le pli s'accentua sur le front de Roxane.

— Quelque chose ne va pas, Eric. Ces chevaux ne sont pas les bons.

— Oubliez les chevaux. Ce qui compte, c'est que votre père n'a pas une haute idée de mon sens de l'honneur.

L'air sérieux, elle se pencha et lui posa la main sur le bras.

— Ce n'est pas vrai. Père m'a dit maintes fois à quel point il était fier de vous avoir formé.

— Alors pourquoi diable nous fait-il surveiller ?

Il lança un regard noir en direction des cavaliers et secoua la tête. Il était furieux que le comte ne juge pas nécessaire de respecter leur accord.

— C'est ridicule ! Votre père a juré de me laisser libre d'agir. Ou il se fie à moi, ou pas.

Contrairement à la veille, les cavaliers ne semblaient pas chercher à garder leurs distances. Ils approchaient à un trot rapide.

Roxane le gratifia d'un doux sourire.

— Ils apportent peut-être un message.

— Peut-être.

Le visage impassible, il reporta son attention sur les cavaliers. L'homme de tête portait une cotte de mailles et son voisin avait à l'épaule un carquois plein de flèches. Le regard d'Eric s'acéra. Les flèches étaient empennées de plumes blanches. Des plumes blanches ? Son estomac se contracta.

Le message que ces hommes apportaient n'était pas du père de Roxane. Ce n'était pas non plus un message dont il avait envie de prendre connaissance.

— Abélard !

— Messire ?

— Faites entrer dame Roxane. *Vite !*

Eric prit son écu et tira son épée. Son esprit s'emballa tandis qu'il se concentrait sur l'archer. L'homme prit une flèche dans son dos et l'ajusta sur son arc.

Dieu merci, Abélard avait été entraîné à répondre immédiatement aux ordres. Du cuir craqua, des éperons tintèrent. Eric entendit un bruit de sabots qui s'éloignaient et son écuyer qui criait aux gardes d'ouvrir les portes. Roxane serait en sécurité derrière les murs.

— Sergent ?

— Messire ?

— Formez une ligne. Les écus sont prêts ?
— Oui, messire.
— Ces hommes ne passeront pas.
— Non, messire.

Chapitre 6

Dans la grande salle, Roxane faisait les cent pas devant la cheminée. Son cœur battait la chamade et elle ne savait pas très bien pourquoi. Si ces cavaliers servaient son père, pourquoi Eric l'avait-il fait rentrer au manoir d'une façon si théâtrale ? Que se passait-il dehors ? Qui étaient ces hommes ? Eric était-il en danger ?

— Abélard ?

L'écuyer lui jeta un regard méfiant. Elle lui avait laissé voir à quel point il lui déplaisait d'être traitée d'une manière aussi irrespectueuse.

— Oui, ma dame ?

— Je monte dans la chambre de jour.

— Alors je dois venir avec vous.

Elle soupira, agacée.

— Je ne vois pas pourquoi. Je ne craindrai absolument rien, là-haut.

La croisée de la chambre de jour surplombait la cour intérieure et la cour des écuries, et l'idée lui était venue qu'elle aurait par là une bonne vue de ce qui se passait dehors.

Abélard la scruta en fronçant les sourcils.

— Vous ne songeriez pas à regarder par la croisée, ma dame ?

Roxane se raidit.

— En quoi cela vous concerne-t-il, si je le fais ? Je veux savoir ce qu'il se passe.

— Il y avait un archer dans cette troupe de cavaliers.

Un frisson glacé passa sur la nuque de Roxane.

— Ses flèches étaient empennées de plumes blanches, poursuivit Abélard. Ma dame, cette croisée est tout à fait à la portée d'un bon archer, et messire Eric me pendrait si quoi que ce soit vous arrivait. Vous feriez mieux de rester ici, dans la grande salle.

— Des plumes blanches ? Vous en êtes sûr ?

— Oui, ma dame.

— Messire Eric vous a dit ce qui est arrivé dans la réserve de chasse ?

— Oui, ma dame.

Elle se mordilla la lèvre.

— Les plumes blanches pourraient n'être qu'une coïncidence. Beaucoup de flèches sont empennées de blanc.

— Quoi qu'il en soit, messire Eric ne voudrait pas prendre de risques. Ma dame, vous devez rester ici.

En hochant la tête, Roxane fixa le feu.

— Si ces hommes ne servent pas mon père, qui sont-ils ?

— Je l'ignore. Ma dame, je vous en prie, ne vous inquiétez pas. Messire Eric va s'occuper d'eux.

La gorge de Roxane était sèche. Elle s'efforçait de rester calme. Il était de son devoir de dissimuler son anxiété, car il ne serait pas bon de saper la confiance d'Abélard dans son chevalier. Elle avait toutefois du mal à cacher son inquiétude ; il lui semblait qu'un nouveau souci lui tombait dessus à chaque respiration. Dieu merci, Eric et ses hommes étaient plus nombreux que les étrangers, mais s'ils en venaient à se battre quelqu'un pourrait être blessé. Une flèche bien placée pouvait tuer ou rendre infirme même un homme en armure. Et Eric n'avait pas mis sa cotte de mailles pour se rendre à Provins, il ne portait que son justaucorps en cuir. Une image du jeune homme frappé d'une flèche lui traversa l'esprit. *Non !*

Déglutissant difficilement, elle se remit à faire les cent pas. Cela n'avait pas de sens. Pourquoi un braconnier voudrait-il attirer l'attention sur lui de cette façon ?

— Si Eric ne se dépêche pas de rentrer, je le tuerai, marmonna-t-elle.

Abélard lui adressa un faible sourire.

— Comme vous dites, ma dame.

A l'instant où l'écuyer parlait, la porte de la grande salle fut poussée et Roxane entendit tinter des éperons. Eric ! Elle poussa un soupir de soulagement. Il n'y avait sur lui ni sang ni trace de blessure, mais il avait le souffle court et son front luisait de sueur. Il glissa ses gants dans sa ceinture et la rejoignit à grands pas.

— Eric, ces hommes… sont-ils partis ?

— Oui, ils ont assez vite tourné bride une fois que vous êtes entrée dans le manoir. Nous les avons poursuivis jusqu'aux abords de Provins, où ils ont disparu.

— Est-ce que ce sont des braconniers ?

Son regard vert se riva sur elle.

— Tout ce que vous avez besoin de savoir, c'est qu'il ne s'agissait pas d'hommes de votre père.

— Je l'avais découvert toute seule. J'ai essayé plusieurs fois de vous dire que ce n'étaient pas les bons chevaux, mais vous ne vouliez pas m'écouter.

Il grimaça.

— Mes excuses. J'aurais dû le faire.

— Eric, les chevaux m'ont toujours intéressée. Chaque animal des écuries de mon père m'est familier, mais ceux-là, je ne les connaissais pas. Au début, j'ai cru possible que père en ait acheté de nouveaux, mais quand Abélard a mentionné que l'archer avait des flèches empennées de blanc, j'ai pensé à hier, bien sûr.

Il eut un sourire crispé.

— Cet homme n'était pas un braconnier.

— Alors qui ?

— N'y pensez plus. Nous devons nous occuper d'affaires plus importantes.

Il lui prit fermement le coude et la conduisit vers l'escalier.

— Ma dame, si vous voulez bien m'accompagner en haut, nous attendrons dans la chambre de jour. Abélard, trouvez messire Guy et demandez-lui de nous retrouver. Ensuite, allez chercher Héloïse et rejoignez-nous aussi.

— Oui, messire.

Dans l'ombre de la cage d'escalier, Roxane s'arrêta.

— Eric ? Qui attendons-nous ? Que se passe-t-il ?

— J'ai envoyé chercher le prêtre du village, le père Pierre.

L'emprise d'Eric sur son coude s'adoucit.

— Roxane, je suis désolé que cela doive être fait avec une telle hâte, mais je veux que vous soyez en sécurité. Nous allons nous marier aujourd'hui.

Elle battit des cils.

— Nous marier ? *Aujourd'hui ?* Eric, je n'ai pas donné mon consentement !

— Vous devez le faire.

Son regard était intense.

— Roxane, je vous en prie, nous n'avons pas de temps à perdre. Epousez-moi. Aujourd'hui. J'ai besoin de m'assurer que vous ne risquez rien, et je pourrai mieux le faire si vous êtes mon épouse.

La gravité de l'expression d'Eric lui indiquant qu'il avait vraiment l'intention de l'épouser, Roxane retint son souffle. Elle réprima la petite bouffée d'excitation qui montait en elle. Juste sortie du couvent, elle n'était pas prête à consentir à se marier avec lui. Tout cela allait beaucoup trop vite. Elle avait pensé disposer de jours, peut-être des semaines, pour se décider.

— Aujourd'hui ? Vous voulez m'épouser aujourd'hui ?

Il lui adressa un doux sourire et posa sa paume sur sa joue.

— Oui.

— Eric, c'est bien trop tôt !

Elle lui rendit néanmoins son sourire ; elle avait confiance en lui. Il n'était pas un tyran.

— Vous ne me forcerez pas à accepter.

— Je crains de le devoir.

Elle se raidit.

— Eric !

Il fit une grimace.

— Je le dois, Roxane. Vous m'épouserez aujourd'hui.

— Non.

A sa mine, on aurait dit qu'elle venait de le gifler.

— Roxane, je sais que je ne vous déplais pas. Et je jure que je prendrai soin de vous.

— Mais mes parents… Je pensais que si nous nous mariions, ils seraient là. J'espérais…

— Nous ne pouvons repousser ce mariage.

La tenant par la main, il la tira pour lui faire monter l'escalier.

— Vous n'avez rien à craindre. Le mariage sera légal en tout point et nous liera. Le père Pierre sera honoré de vous marier, et nous aurons des témoins.

— Messire Guy, Abélard et Héloïse ?

— Exactement. La cérémonie aura lieu dans la chambre de jour. Venez.

Roxane avait le tournis. Tout cela était trop à absorber d'un seul coup. Un instant, elle s'inquiétait à l'idée qu'Eric puisse être sérieusement blessé et, l'instant suivant, il la traînait à l'étage pour leur mariage. Dans la chambre de jour, il la lâcha et baissa les yeux sur elle, la mine sévère.

— Pourquoi ne pouvons-nous attendre que mes parents nous rejoignent ? demanda-t-elle.

— C'est pour votre sécurité, dit-il en se passant la main dans les cheveux.

Il prit une profonde inspiration.

— Je ne voulais pas vous alarmer, Roxane, mais je crois que l'archer qui a tiré sur nous dans la réserve de chasse faisait partie de ces cavaliers, tout à l'heure. Et je crois que vous étiez sa cible.

— Moi ?

Elle en resta bouche bée.

— Mais pourquoi quelqu'un voudrait-il me tuer ? Pourquoi ?

A l'instant où elle parlait, la réponse lui traversa l'esprit.

— Vous pensez que mon cousin est responsable !

Eric croisa les bras sur sa poitrine.

— Qui d'autre ?

— Il est vrai que messire Armand convoite les terres de mon père, mais il ne me tuerait pas pour cela !

— Pourriez-vous en jurer ? Messire Faramus n'a pas caché qu'il le détestait.

Il lui dédia un sourire réticent et s'approcha, si près qu'elle dut incliner la tête en arrière pour le regarder dans les yeux.

— Je me blâme moi-même, poursuivit-il. Je projetais de me renseigner sur messire Armand, mais une dame de ma connaissance a pris tout mon temps. Exigeant d'être courtisée, implorant mes baisers.

Il lui caressa doucement la joue.

— Je n'ai rien imploré du tout !

— Mais si, ne le savez-vous pas ? répliqua-t-il en

souriant largement. En ville, ces grands yeux bleus ont réclamé un baiser tout l'après-midi.

Roxane jeta un coup d'œil à sa bouche avant de se rendre compte qu'il essayait de la distraire, pour qu'elle ne pense pas à son cousin. Et il y réussissait. Son cœur se réchauffa. Béni soit-il ! Il ne voulait pas qu'elle s'inquiète.

D'un mouvement net, elle recula d'un pas. Elle avait besoin de réfléchir.

— Messire Armand..., dit-elle dans un souffle. Il aurait essayé de me tuer ?

C'était une idée horrible, mais tout à fait plausible. A en donner froid dans le dos.

— Il serait dangereux d'ignorer la possibilité que vous soyez sa cible. Il veut certainement empêcher notre mariage, mais n'y parviendra pas. En tant que mon épouse, vous serez sous ma protection, Roxane. Vos parents ont donné leur bénédiction à notre union. Nous allons donc nous marier.

Elle entendit des bruits de pas dans l'escalier. Héloïse entra, suivie de messire Guy et d'Abélard. Abasourdie par la rapidité des événements, Roxane regarda fixement Eric.

— Le père Pierre est en route, messire, annonça Abélard.

Eric prit la main de Roxane.

— Eh bien, Roxane, voulez-vous me prendre pour époux ? demanda-t-il d'un ton léger.

Des doigts forts caressèrent sa paume et elle sentit son estomac se contracter à ce contact. Les lignes de tension autour des yeux et de la bouche d'Eric lui indiquaient qu'en dépit de son attitude faussement détendue, sa réponse importait pour lui. Ce n'était pas une surprise. Il était ambitieux et la voulait pour ses terres. Et elle le voulait parce que... parce qu'elle le voulait, voilà tout. Certes, il lui offrait une échappatoire au couvent, mais cette raison devenait secondaire. Ce qu'elle désirait réellement, c'était Eric. Elle le voulait pour lui-même. Quand il était jouvenceau, elle avait rêvé de lui, et l'homme qu'il était devenu s'avérait irrésistible.

Elle lui sourit.

— Oui, Eric, je le veux.

Son regard s'éclaira et Roxane fut consciente d'une douleur aiguë, au fond d'elle. Etait-ce trop espérer qu'un jour Eric lui accorde de la valeur pour elle-même ? Qu'un jour ils puissent partager le genre d'amour qu'elle avait imaginé pouvoir partager avec Mathieu ?

— Par ici, ma dame, dit Héloïse en la conduisant à travers la galerie des ménestrels vers la chambre d'Eric. Messire Eric a dit que vous deviez partager sa chambre, dorénavant. Elle a été préparée.

Espérant paraître plus calme qu'elle ne l'était, Roxane hocha la tête et jeta un coup d'œil dans la grande salle, en bas. Son festin de mariage touchait à sa fin. Elle sourit pour elle-même et se demanda ce que sa mère dirait quand elle en aurait vent. Ce n'était pas vraiment le banquet de noces que dame Blandine, comtesse de Sainte-Colombe, avait escompté pour sa fille.

Il n'y avait eu ni musique ni divertissements. La galerie des ménestrels était restée vide et silencieuse. Eric et elle n'avaient pas été couverts de pétales de rose séchés, et il n'y avait pas eu de sanglier farci. A la place, on leur avait servi de la bonne cuisine rustique — une demi-douzaine de canards parfaitement rôtis, et de la tarte aux pommes. En bref, cela n'avait ressemblé en rien au festin que sa mère lui avait promis lors de ses fiançailles avec messire Gauvain. Quoi qu'il en soit, elle avait beaucoup apprécié le repas. Elle avait peut-être été précipitée dans ce mariage, mais jusqu'ici elle y prenait plaisir.

La soirée avait été agréablement informelle et il ne lui avait pas fallu longtemps pour se remettre du choc de se retrouver mariée avec une telle rapidité. L'atmosphère dans la grande salle de Monfort était chaleureuse. Les gens d'Eric l'aimaient bien, le respectaient, et se fiaient à lui. Il ne faisait aucun doute qu'ils étaient contents de le servir.

A Monfort, toute la maisonnée soupait ensemble, partageant une longue table sur tréteaux. En l'honneur du mariage du seigneur des lieux, une servante avait sorti la toile blanche achetée à Provins et l'avait étendue sur le plateau. Elle n'était même pas ourlée, mais cela n'avait pas eu d'importance. Tous étaient bien trop fascinés par le mariage hâtif de messire Eric pour le remarquer. Au centre de la table, des pichets emplis de jacinthes des bois alternaient avec des bougies, une touche charmante qui démontrait la chaleur dont Eric était entouré.

— J'aime beaucoup ces fleurs, dit Roxane.

Héloïse sourit.

— J'espérais qu'elles vous plairaient. Messire Eric n'a pas de plats en argent, et ces fleurs bleues sont assorties à ses couleurs. J'ai pensé que cela donnerait un air de fête.

Roxane hocha la tête et elles s'arrêtèrent près de la balustrade pour regarder la grande salle. Elle offrait un vif contraste avec les grandes salles de Jutigny et de Sainte-Colombe. Chez son père, les couleurs de ses chevaliers étaient accrochées aux poutres et aux chevrons, par rangs entiers. Ici, il y avait juste deux jeux de couleurs, bleu pour Eric, et violet pour messire Guy. A Jutigny et à Sainte-Colombe, les murs blanchis à la chaux disparaissaient sous des armes anciennes et des tapisseries brodées par sa mère et sa grand-mère. A Monfort, tout n'était que simplicité. L'ascendance d'Eric étant inconnue, il n'y avait pas d'armes rouillées. De toute façon, il était peu probable que ses ancêtres, quels qu'ils aient pu être, aient porté des armes. Et sa mère n'avait pas brodé de tapisseries pour lui.

Des rires montaient du groupe de convives, et la gorge de Roxane se serra. Eric n'avait peut-être pas de famille, mais il avait une grande capacité à se faire des amis. A sa droite, messire Guy lui remplissait sa coupe, et le vin, à la lumière des bougies, prenait une belle couleur rubis. A sa gauche, Abélard souriait à un commentaire d'une des servantes. La porte donnant sur les cuisines s'ouvrit en grand, la flamme des bougies vacilla, et des exclamations d'approbation un peu avinées s'élevèrent quand le cuisinier entra avec une autre tarte aux pommes. C'était la plus grande tarte que Roxane ait jamais vue. L'air sentait la fumée de bois, la viande rôtie et les fruits.

Ils sont comme une famille, constata-t-elle. Eric s'était fabriqué sa propre famille. Elle ouvrit la bouche pour le dire à Héloïse et la referma vivement. La chambrière fixait Eric avec ce qui ne pouvait être décrit que comme de l'adoration. Roxane éprouva un pincement au cœur.

— Héloïse ?

— Ma dame ?

— Vous l'aimez, dit-elle d'une voix sourde. Vous aimez messire Eric.

Héloïse lui adressa un regard perplexe.

— Messire Eric a été bon pour moi.

Puis elle fronça les sourcils et une expression horrifiée passa sur son visage.

— Oh ! Non, ma dame, ce n'est pas ce que vous pensez ! Messire Eric et moi… Non, non, vous ne devez pas penser une chose pareille !

Roxane ne put s'empêcher de jeter un coup d'œil au ventre de la jeune femme. Croisant les mains dessus d'un geste protecteur, Héloïse secoua la tête.

— Ma dame, je vois bien quelle pensée vous avez,

mais vous faites erreur. Vous ne devez pas laisser de telles idées gâcher votre nuit de noces ! Mes sentiments pour messire Eric sont simplement ceux d'une loyale servante. Je vous en prie, venez.

Se détournant de la balustrade, Héloïse conduisit Roxane dans la chambre d'Eric.

Roxane la suivit lentement, priant de pouvoir lui faire confiance — elle voulait la croire. L'idée qu'Héloïse et Eric aient pu être amants lui déplaisait. Cela ne devrait pourtant pas importer. Après tout, elle avait contracté ce mariage par convenance, et non par amour. Elle avait fini par renoncer à retourner au couvent, et le mariage avec un homme pour qui elle avait de l'estime, sinon de l'affection, était sa meilleure option. Au moins, elle se pliait aux souhaits de ses parents. Comme elle, ils aimaient bien Eric. Et le voir dans la grande salle ce soir, voir la façon dont il inspirait de la loyauté, de l'affection et de l'obéissance à ses vassaux, lui faisait comprendre pourquoi il s'était élevé aussi haut au service de son père. Le moment venu, Eric de Monfort ferait le meilleur des intendants. Avec lui, le comté de Sainte-Colombe serait en de bonnes mains.

Le pouls palpitant, elle entra dans sa chambre, plus spacieuse que celle qu'elle avait partagée avec Héloïse. Les volets étaient fermés pour la nuit, des bougies brûlaient dans des supports muraux, et une flambée crépitait dans l'âtre. La bouche de Roxane s'assécha tandis que son regard tombait sur le large lit. Eric exigerait-il de faire valoir ses droits d'époux ? Elle se sentit terriblement nerveuse. Il avait beau lui plaire, elle n'était pas encore prête pour cela. Elle commençait à le découvrir vraiment depuis deux jours seulement. Le fait qu'ils se soient connus plus jeunes n'était tout simplement pas la même chose.

La tête de lit en chêne, simple et très masculine, paraissait neuve. Le matelas et les oreillers étaient épais, et la courtepointe rabattue. Sur un lourd coffre, quelqu'un — probablement Héloïse — avait posé du vin et des douceurs sur un plateau.

— Ma dame, j'espère que cela ne vous ennuie pas, dit la chambrière, j'ai pris la liberté de couper de la toile que vous avez rapportée de Provins pour faire le lit. Je n'ai pas eu le temps de l'ourler.

— Merci, Héloïse.

Espérant qu'elle ne pouvait voir sa nervosité, Roxane se força à sourire.

— Nous aurons certainement des coudées d'ourlets à faire plus tard.

— Des lieues, je dirais, fit Héloïse d'un ton sec.

Elle s'avança, un pli entre les sourcils. Tandis qu'elle levait le bras pour ôter les épingles du voile de Roxane, son ventre toucha la main de celle-ci.

— Ma dame, vous ne devez pas être effrayée. Messire Eric ne vous fera pas de mal.

Roxane prit une grande inspiration ; elle avait la désagréable impression qu'Héloïse allait lui donner des conseils maternels, et elle n'était pas sûre de pouvoir les accepter d'elle.

— Je suppose que non. Comme vous le dites, messire Eric est un homme aimable.

Et il ne voudra pas s'aliéner l'épouse qui lui apporte autant en matière de terres et de prestige.

Héloïse lui ôta son voile, puis le plia et le posa soigneusement sur un coffre près du mur.

— Je suis contente que vous soyez devenue son épouse, dit-elle. Depuis que messire Eric a pris Monfort, il a souvent parlé du temps qu'il a passé à Jutigny. Il tient votre famille en grande estime.

— C'est bon à entendre.

— Ma dame, votre mère vous a-t-elle expliqué…

La lumière changea et Héloïse s'interrompit en rougissant ; Eric venait d'ouvrir la porte.

— Merci pour votre aide ce soir, Héloïse, dit-il. Je ne sais comment nous aurions fait sans vous.

Héloïse lui fit une révérence.

— C'était avec plaisir, messire. Est-ce que ce sera tout ?

— Oui, merci. Bonne nuit, Héloïse.

— Bonne nuit, messire.

Héloïse les laissa, refermant doucement la porte derrière elle.

— J'ai pensé que vous préféreriez éviter la cérémonie de la mise au lit, dit Eric en haussant un sourcil.

Roxane grimaça.

— Soyez béni. Je la redoutais, en effet. Et merci aussi d'être arrivé quand vous l'avez fait. Je crois qu'Héloïse était sur le point de m'enseigner des choses sur le devoir conjugal.

Eric parut très étonné.

— Dame Roxane de Sainte-Colombe, vous êtes une friponne…

Roxane se raidit.

— Que voulez-vous dire ?

Eric vint jusqu'à elle, saisit sa natte et dénoua le ruban avec un soin particulier.

— Je crois que vous, ma douce, avez plus d'expérience que vous vous plaisez à le laisser supposer.

Elle lui toucha la main.

— Mon expérience n'est pas grande, en vérité.

— Vraiment ?

Il lui sourit et défit sa natte avec douceur.

Roxane lui lança un regard surpris.

— Vous êtes au courant pour Mathieu… Comment ?

Il haussa les épaules et continua à défaire ses cheveux. Ses gestes étaient étonnamment délicats.

— J'ignorais son nom. Toutefois, il semblait probable qu'une aversion pour messire Gauvain n'était pas votre seule raison de vous enfermer dans ce couvent. Il devait y avoir autre chose.

— Pas grand-chose, dit-elle franchement. Quelques baisers volés ne comptent pas tellement.

— Que s'est-il passé ?

Elle fixa le cou d'Eric.

— Il a été tué.

Le regard intense, il la prit par le menton.

— Je me souviens qu'un écuyer de ce nom est mort lors d'une rixe dans une taverne à Provins, il y a un peu plus d'un an.

— Oui, c'était Mathieu.

— Je suis désolé. Vous l'aimiez ?

Il lâcha son menton.

— Non, ne répondez pas. Je n'ai pas le droit de le demander. Bien sûr que vous l'aimiez. Vous l'aimiez tant que vous ne pouviez supporter l'idée du mariage avec messire Gauvain.

Quelque chose dans les yeux d'Eric toucha le cœur de Roxane.

— Oui, je l'aimais, et sa mort m'a dévastée. Toutefois, quand j'y repense, je ne crois pas que nous nous connaissions très bien.

Elle soutint son regard.

— Nous avions le même âge.

— Alors il devait avoir dix-sept ans environ quand il est mort…

— Oui.

— C'est jeune. Pauvre garçon.

Eric prit une inspiration.

— C'est donc pour cela que vous avez refusé le comte de Meaux.

Quelque chose, une pointe de vulnérabilité dans la façon dont il la regardait, la poussa à mêler ses doigts aux siens.

— Mon père était furieux, mais je n'ai pas de regrets.

Le visage d'Eric s'éclaira.

— Je suis content de l'entendre.

La prenant par les épaules, il la fit pivoter, le dos vers lui. Elle sentit un baiser chaud dans son cou, puis Eric se mit à défaire les lacets à l'arrière de sa cotte. Tandis que celle-ci commençait à tomber, un autre baiser fut pressé sur son épaule.

— On ne peut pas compter sur l'amour, de toute façon, poursuivit-il de ce ton détaché qu'elle le soupçonnait d'utiliser pour dissimuler des sentiments indésirables.

En souriant, elle tourna la tête pour le regarder.

— Vous êtes expert en ce domaine, j'en suis sûre.

Ses doigts s'immobilisèrent.

— Comment êtes-vous parvenue à cette conclusion ?

Elle rit.

— Eric, vous avez vécu à Jutigny pendant des années ! Toutes les servantes du château vous faisaient les yeux doux. Autant que je m'en souvienne, vous en avez profité au maximum.

Elle s'arrêta.

— Vous aviez une certaine réputation.

— Ah oui ?

— Vous le savez bien…

Eric fit glisser sa cotte de ses épaules, écarta sa chevelure et un autre baiser fut posé sur son omoplate. Une autre petite traction et la cotte tomba à terre, la laissant vêtue seulement de sa chemise du couvent. Dieu merci, la toile était épaisse ; elle dissimulait son corps, et elle put voir qu'il l'examinait. Les joues en feu, elle enjamba la cotte et se baissa pour la ramasser.

Il déglutit.

— Laissez cela, dit-il d'une voix rauque, en lui offrant sa main. Seigneur, Roxane, votre chevelure… Vous… vous êtes splendide.

Le cœur battant la chamade, Roxane glissa ses doigts dans les siens. Consciente qu'il la regardait de haut en bas, elle lui dédia un sourire timide.

— Eric, je ne suis pas sûre de pouvoir faire ceci.

Il lui jeta un regard narquois.

— Bien sûr que vous le pouvez. Une femme expérimentée comme vous.

Elle fronça de nouveau les sourcils. Que voulait-il dire ? Il devait la taquiner…

— Je me sens ridiculement nerveuse.

La prenant par la taille, il l'attira à lui.

— Il ne faut pas. Tout ira très bien entre nous.

Il enfouit la bouche dans ses cheveux, jusqu'à son épaule, et le corps de Roxane s'échauffa comme chaque fois qu'ils s'étaient embrassés. Se sentant faiblir, elle passa les bras autour de son cou.

— Voilà qui est mieux, murmura-t-il en lui mordillant l'oreille.

Tournant la tête, elle embrassa son cou.

— Beaucoup mieux.

Le son de sa voix à son oreille faisait flageoler ses genoux, mais ne la rendait pas moins nerveuse.

— Eric ?

— Mmm ?

— Je n'ai pas l'impression de vous connaître assez bien.

Il releva la tête. Ses yeux étaient noirs à la lumière des bougies.

— Nous nous connaissons depuis des années.

Elle lui donna une bourrade dans la poitrine.

— Vous savez ce que je veux dire. Je ne suis ici que depuis deux jours.

— Mon Dieu, pas plus ?

Il eut un grand sourire.

— On dirait que cela fait dix ans.

— Merci, messire. Vous êtes le charme personnifié.

Elle enfonça les doigts dans sa tunique.

— S'il vous plaît, Eric… Ne pouvons-nous pas attendre d'avoir mieux refait connaissance ?

En souriant de plus belle, il secoua la tête.

— Roxane, nous consommerons notre mariage cette nuit.

Le pouls de Roxane s'emballa. Elle scruta son visage et dit une rapide prière, pour qu'un jour leur mariage puisse être plus qu'un mariage de convenance. Pour eux deux.

Eric prit son visage entre ses mains et posa un baiser sur son nez.

— Je ne veux pas vous perdre. Il ne doit y avoir aucun doute sur le fait que nous sommes bel et bien mariés. Si l'on vous questionne, je veux que vous puissiez dire que nous nous connaissons au sens biblique du terme.

Il se pressa contre elle, et elle ne put douter de sa détermination.

— Je vous veux, Roxane, et je vous aurai. Cette nuit.

Elle prit une inspiration tremblante et repoussa ses doutes. Eric était son époux ; son avenir était avec lui. Elle avait l'impression d'avoir des papillons dans l'estomac et trouvait cette sensation inhabituelle très agréable. Elle savait que c'était du désir. Ses seins lui semblaient soudain lourds, comme s'ils aspiraient à être caressés par lui. Alors que son esprit n'était peut-être pas prêt à ce qu'elle partage le lit d'Eric, son corps l'était indéniablement. Il demandait à être touché. Partout.

Elle n'était pas ignorante. Sa mère lui avait expliqué à

quoi elle devait s'attendre quand elle s'était fiancée avec messire Gauvain. Elle savait que cela pouvait faire mal, au début. Elle savait aussi, et espérait, que la douleur ne durerait pas longtemps. Ce qu'elle n'avait pas escompté, c'était ce désir qui criait en elle. C'était comme une fièvre au pouvoir effrayant.

Touchez-moi, Eric. Touchez-moi partout.

— Très bien.

Il prit son visage entre ses mains et lui donna un baiser lent et possessif. Il voulait qu'elle sache sans le moindre doute qu'il ne changerait pas d'avis. Ils deviendraient amants cctte nuit. Son sang se précipitait dans ses veines. Il se poussa doucement contre elle, profita de la vive inspiration qu'elle prit lorsqu'elle comprit ce qu'il pressait contre son ventre, et glissa sa langue dans sa bouche. Elle avait un goût suave. Son parfum était suave. *Elle* était suave. Follement. Elle le rendait fou alors qu'ils ne faisaient que s'embrasser !

Il entendit ses petits cris étouffés et la dirigea vers le lit, s'écartant assez longtemps pour voir ses joues roses et ses cils baissés. Il trouva de nouveau sa bouche et l'explora. Il avait beau la désirer, il craignait de la bousculer. Il devait aller lentement.

Nous avons le reste de notre vie à passer ensemble.

Cette pensée était nouvelle pour lui, à la fois agréable et intimidante. Il ne devait pas laisser sa hâte tout gâcher.

Il lui saisit la main et la posa sur la boucle de sa ceinture.

— Dévêtez-moi, si vous voulez bien.

Seigneur ! Cela n'allait pas. Il n'avait pas imaginé à quel point il serait pressé, et espéra ne pas gâcher les choses. C'était à peine s'il pouvait parler.

De grands yeux bleus se levèrent vers lui. La rougeur de Roxane s'intensifia.

— Si vous le souhaitez, mon époux.

« Mon époux. » Le cœur d'Eric bondit ; il était plus ému qu'il n'aurait pu le dire. Jamais il n'avait pensé qu'il serait un jour l'époux d'une femme aussi précieuse et délicate que dame Roxane de Sainte-Colombe.

Il ne comprenait pas comment elle faisait pour donner ainsi l'impression d'être parfaitement innocente. C'était extraordinairement séduisant, même s'il était certain qu'elle avait déjà eu un amant en la personne de son Mathieu. Eh bien, il s'y entendait un peu pour satisfaire une femme, et il allait faire tout son possible pour que ce ne soit pas le nom de Mathieu qu'elle gémirait cette nuit-là.

Des doigts menus défirent la boucle, et sa ceinture tomba par terre avec un claquement.

Elle le regarda d'un air hésitant, en saisissant timidement sa tunique.

— Ceci, maintenant ?

— Je vous en prie.

Eric grogna, sûr que cette timidité taquine aurait raison de lui. Son désir était tel qu'il avait l'impression que ses chausses allaient se déchirer.

Roxane prit la tunique par l'ourlet, la releva et eut un petit rire.

— Vous êtes si grand… Vous devez m'aider.

En quelques gestes rapides, la tunique et la chemise suivirent le chemin de sa ceinture. Roxane se mordit la lèvre et contempla son torse, les mains à quelques pouces de sa peau. Assez près pour qu'il perçoive leur chaleur. Elle laissa échapper un soupir, puis appuya avec précaution ses paumes sur sa chair dénudée. Un frisson le parcourut.

— Eric…, dit-elle dans un souffle.

Les entrailles d'Eric se nouèrent. C'était à la fois délicieux et douloureux.

Se penchant en avant, elle posa un baiser sur son torse. Elle le caressa, effleurant ses épaules, semant une traînée de sensations sur sa peau. Eric souffla deux bougies, puis il passa un bras autour de sa taille et s'assit avec elle au bord du lit.

Elle ne résista pas. A la lueur des bougies restantes et du feu, ses yeux paraissaient immenses, brillants de désir. Elle ne résista pas non plus quand, dans un bruissement d'étoffe, après plusieurs baisers et quelques gloussements nerveux de sa part, il l'encouragea à ôter sa chemise.

A la vue de sa nudité, il eut le souffle coupé. Comparée à beaucoup de femmes elle était très menue, mais son corps n'avait rien d'enfantin. Ses seins étaient hauts et petits, sa taille fine, la courbe de ses hanches exquise. Ses proportions étaient parfaites. Eric posa la main sur sa hanche et déglutit fortement. Sa peau était douce comme de la soie.

— Roxane…

Sa voix était rauque.

— Votre silhouette, vos courbes… Je suis le plus chanceux des hommes. Vous êtes tellement belle…

Elle avait les joues rouges comme des coquelicots, mais elle souriait avec douceur et confiance en le regardant apprendre à connaître son corps.

Il passa lentement la main sur sa hanche, en descendant ; il explora ensuite sa jambe et, pendant que sa main remontait toujours aussi lentement jusqu'à sa poitrine, il savoura la douceur de sa peau. Si lisse. Les yeux de Roxane étaient sombres. Ils l'invitaient. Dans un élan d'impatience, il ôta le reste de ses habits, puis il la fit s'allonger et se plaça sur elle.

Tout irait bien. Ce n'était pas comme s'il était dénué

d'expérience, il savait s'y prendre avec un corps de femme. Il prit son temps, joua avec elle, sourit et la caressa.

Elle lui rendit ses caresses. Leurs baisers étaient brûlants. La façon dont elle le touchait le brûlait tout autant. Il attendit de la sentir prête. En vérité, il attendit jusqu'à ce qu'il n'en puisse plus. Alors il se mit en position sur elle, sema une traînée de baisers le long de son cou, et poussa.

Le corps de Roxane se referma sur lui. Le bonheur suprême ! Il se mettait à bouger quand son cri étouffé, choqué, s'immisça dans cette béatitude sensuelle.

Il se figea.

— Roxane ?

Des doigts fins lui agrippèrent les épaules.

— Ne bougez pas. S'il vous plaît. Eric, donnez-moi un moment.

— Je vous ai fait mal ?

Ses yeux bleus étaient plongés dans les siens, graves et pleins de résolution.

— Cela va passer, je le sais.

Son petit rire, légèrement embarrassé, fit fondre quelque chose en lui. Il voulut se retirer.

Elle secoua la tête, ses mèches blondes volant en tous sens, et elle lui saisit les fesses pour le maintenir en elle.

— Non, Eric. Restez.

Eric avait le souffle court. Elle était vierge ! Il n'aurait su dire comment il en était arrivé là, mais il l'avait mal jugée. Elle était innocente, et il l'avait fait souffrir. Seigneur ! Qu'avait-il fait ?

— Mon Dieu, Roxane… Pardonnez-moi.

Il lui taquina la joue de son nez.

— Je suis un sot ignorant.

Elle glissa les doigts dans ses cheveux et l'embrassa sur la bouche.

— Il n'y a rien à pardonner, murmura-t-elle, en pressant légèrement ses hanches contre lui. C'est ainsi que ça devait se passer.

Lentement, en la regardant dans les yeux pour être sûr de ne pas lui causer davantage de douleur, Eric se mit à bouger.

Chapitre 7

— Vous étiez innocente. Pourquoi ne me l'avez-vous pas dit ? demanda Eric en tirant les couvertures sur eux.

Roxane était nichée contre son flanc, un bras passé sur sa taille, et il se sentait mal parce qu'elle n'avait pas eu de plaisir. Il avait été si atterré de lui avoir causé de la douleur qu'il s'était empressé de finir et s'était prestement retiré. L'idée de la toucher de nouveau le rendait fébrile. C'était très curieux ; il n'était jamais nerveux avec les femmes. Mais il ne s'agissait alors pas de son épouse.

Dieu merci, elle se blottissait contre lui. Elle ne devait pas le détester. Enfin, il l'espérait.

Elle leva la tête et il huma son parfum, son odeur de fleurs d'été. *Roxane.*

— Vous m'avez amené à croire que vous aviez eu un amant.

Des yeux bleus intrigués scrutèrent les siens.

— Non.

Il fouilla dans sa mémoire, essayant de se rappeler ce qu'elle avait dit exactement.

— Vous avez dit que votre écuyer et vous…

— Il se nommait Mathieu de Lyon, et il n'était pas mon écuyer. Je l'aimais, mais nous n'avons jamais été amants.

Elle dessina un cercle sur le ventre d'Eric, dont l'estomac se contracta.

— Nous étions la discrétion même. Mathieu disait qu'il me respectait trop.

Eric grimaça.

— J'aurais aimé le savoir. Je vous ai bousculée.

— Vous pensiez que je m'étais donnée à Mathieu ?

— Oui.

Il lui prit la main et posa un baiser dans sa paume.

— Vous me pardonnez ?

— Bien sûr.

Elle lui adressa l'un de ses doux sourires, et il respira plus aisément.

— Eric, vous savez qu'il n'est pas sage pour une dame non mariée de se donner hors des liens du mariage.

— Naturellement, je le sais. Néanmoins, cela arrive.

— Pas dans mon cas. Imaginez ce que mon père aurait dit si je lui avais présenté un enfant naturel !

Elle frémit.

— De toute façon, je pensais alors que je me marierais, et je voulais me garder pour mon époux, pour ma nuit de noces.

Eric passa pensivement les doigts sur une mèche d'or brillant emmêlée. Roxane lui appartenait, elle n'avait jamais appartenu à Mathieu de Lyon. Cette découverte le faisait se sentir différent. Fier et farouchement possessif.

— Je vous en remercie. Je regrette seulement de vous avoir fait mal.

— Ce n'était rien. Il faut s'attendre à une petite douleur, la première fois. Il paraît que l'on souffre moins la deuxième fois.

Il pressa sa tête contre lui et laissa le soulagement le submerger. Ils avaient tous deux été précipités dans ce mariage, et il était dommage qu'il n'ait pas eu plus de temps pour se préparer au rôle d'époux. Dieu merci, Roxane ne semblait pas lui en vouloir d'avoir laissé le désir prendre le dessus sur lui. Il fixa le plafond, les sourcils froncés, cherchant à comprendre comment il avait pu la juger aussi mal. Apparemment, il avait été aveuglé par son désir pour sa délicate petite épouse.

Elle bougea la tête et continua à tracer des cercles troublants sur son ventre, puis passa la main sur la légère toison de son torse. Il serra les dents en percevant la lente pulsation du désir qui renaissait. Roxane avait été innocente et, bien qu'elle ne soit plus vierge à présent, elle restait inexpérimentée. Elle n'avait aucune idée de l'effet que ses caresses avaient sur lui, sinon elle s'arrêterait sûrement.

Il laissa échapper un soupir et se demanda pourquoi messire Faramus avait choisi de donner sa précieuse héritière à un chevalier de basse naissance. Quelle que soit la façon dont on considérait la chose, le comte avait dû espérer une alliance plus prestigieuse. Sainte Mère, il avait fiancé sa fille au comte Gauvain de Meaux ! Il posa la main sur celle de Roxane, arrêtant ses caresses aguicheuses… et innocentes.

— Roxane ?

— Mmm ?

— Votre père était-il au courant de votre amourette avec Mathieu de Lyon ?

— Certainement pas. Mathieu était terrifié par père, aussi l'avons-nous gardée secrète. Pour autant que je sache, vous êtes la seule personne à la connaître.

Le cœur d'Eric se gonfla de joie. Le plaisir que lui donnait cette marque de confiance le disputait à la fierté pour ce que sous-entendaient ses paroles. Il n'avait pas été choisi pour dissimuler une faute. Le comte le voulait donc bien pour gendre. Posant les doigts sous son menton, il lui fit lever le visage vers lui.

— Alors votre père m'a vraiment choisi pour être votre époux.

Il reçut en réponse un autre regard scrutateur.

— Il vous a fait venir à Jutigny, non ? Il vous a demandé de m'enlever ?

— Oui.

— Eric, père vous a choisi. Il a toujours eu confiance en vous.

Elle lui prit la main et en baisa la paume.

— Tout comme il a confiance en vous pour prendre soin de ses terres un jour. Et je dois vous dire que je suis contente qu'il vous ait choisi.

Submergé par des émotions contradictoires qu'il ne pouvait nommer, Eric sourit à Roxane — son épouse ! — et s'efforça d'ignorer le désir qui palpitait dans ses veines. Il avait été trop brutal avec elle ce soir ; il ne pouvait lui imposer de nouveau ses attentions. Elle aurait besoin de temps pour s'habituer à lui. Il étudia ses cheveux brillants, la ligne de son nez et de sa joue, la couleur de ses lèvres. Elle était si jolie ! Il baignait dans le parfum d'une prairie en été, une senteur plus enivrante que n'importe quel vin.

Combien de temps devrait-il attendre avant de l'approcher de nouveau ? Une semaine ?

Seigneur ! Cela paraissait bien trop long. Quelques jours ?

Il retint un soupir. Elle passa les doigts sur sa peau avec un murmure ensommeillé, et il réprima un grognement. Demain. Elle serait sûrement remise demain.

Roxane était fascinée par le torse d'Eric. Il était si large, et il était merveilleux de pouvoir caresser sa peau, dessiner la forme de ces muscles qui, elle en avait eu la certitude, étaient cachés sous sa tunique. Elle aimait le contact un peu rêche de sa toison qui allait en diminuant vers le bas. Elle n'en était pas sûre car elle n'était pas assez téméraire pour faire descendre sa main, mais une bosse sous le drap semblait indiquer qu'il la désirait toujours.

En souriant pour elle-même, elle poursuivit un peu son exploration. La force de son épaule et de son bras, l'épaisseur de son poignet, ses mains de guerrier aux paumes légèrement calleuses à cause de l'épée. Tandis qu'elle l'explorait ainsi, elle découvrit qu'Eric était aussi agréable à toucher qu'à regarder. La pointe de ses seins durcit. Pour voir, elle se pressa contre lui, et sourit en l'entendant retenir son souffle. De tous les chevaliers de son père, Eric avait été le meilleur. Et maintenant, il était son époux. Mêlant ses doigts aux siens, elle jeta un coup d'œil au drap qui recouvrait son ventre et chantonna doucement. Leur union n'avait pas été aussi douloureuse qu'elle l'avait craint et, ensuite, elle était restée un peu tendue. Il devait y avoir davantage dans le fait de coucher avec un homme que ce qui venait de se passer entre eux. La façon dont les servantes de Jutigny suivaient Eric des yeux… Oui, il y avait sûrement plus que cela.

— Eric ?

— Oui ? Allez-vous bien ? Voulez-vous que je vous prépare du vin chaud ?

Sa voix était rauque. Bien. Portant la main à sa bouche, elle l'embrassa et constata avec satisfaction qu'il inspirait vivement.

— Pas de vin, merci. Mais il y a quelque chose que vous pouvez faire.

— Oui ?

— Nous devrions essayer de consommer de nouveau notre mariage.

Une grande main lui releva la tête.

— Je vous ai fait mal. Vous êtes une dame, vous avez besoin de vous remettre.

— Je ne suis pas en verre de Venise. Il faut que nous soyons sûrs.

Il eut un rire étranglé.

— Roxane, il n'y a aucun doute. Vous n'êtes plus vierge.

Elle fit une grimace et il abaissa les yeux sur sa bouche.

— Roxane ?

Elle haussa les épaules.

— J'avoue que je suis curieuse. On m'a dit que cela ne faisait pas mal, la deuxième fois.

— Je ne peux le dire. Je n'avais jamais défloré de vierge avant vous.

— Eh bien, c'est ce qu'il paraît. Eric, je suis curieuse…

Elle haussa un sourcil et l'embrassa sur la joue.

— Et affamée d'en savoir plus.

L'expression d'Eric s'adoucit et un sourire se dessina lentement sur son visage.

— Affamée ?

Il l'attira à lui et sa main descendit sur ses fesses. Il la serra contre lui.

— Nous ne pouvons tolérer cela !

Elle posa un autre baiser sur sa joue et il coula les doigts dans ses cheveux. Sa bouche se joignit à la sienne d'une façon qui prouva à Roxane qu'il était aussi affamé qu'elle. Ils gémirent tous les deux.

Des papillons se mirent à voleter dans le ventre de Roxane ; sa peau la picotait à la plus légère caresse d'Eric. Pour un homme aussi fort, il la traitait avec une infinie douceur. Il la mit sur le dos, doucement. Il couvrit sa poitrine de baisers puis lui écarta les jambes, tout aussi doucement. Il toucha la partie la plus secrète de sa personne avec des doigts habiles.

Les papillons voletèrent de plus belle. Roxane se surprit à se tendre vers sa main en gémissant. Elle le pressa de continuer, sans la moindre honte. Il y avait quelque chose juste hors de sa portée, et si seulement Eric pouvait…

— Eric, dit-elle dans un souffle.

Il se plaça sur elle et ils se mirent à bouger en ne faisant qu'un. Ce qu'elle cherchait parut bientôt un peu plus proche.

— Encore…

Toujours doucement, il lui mordilla le lobe de l'oreille et passa une main entre eux. Il la toucha, attisant sa faim, la nourrissant. Elle gémit et il répondit par un grognement qui affola les papillons. Il la toucha encore et ils se mirent à tourbillonner.

Le cœur de Roxane battait follement. Elle s'accrocha à Eric comme si sa vie en dépendait et les papillons disparurent soudain dans une explosion de lumière aveuglante. Elle prononça son nom dans un souffle.

Il enfouit la tête dans son cou et trembla sous la force de son propre assouvissement. Puis ils restèrent allongés, hors d'haleine.

La tenant fermement, Eric roula sur le côté et lui dédia un chaud sourire.

— C'était mieux ?

— Oh oui !

— Pas de douleur ?

— Aucune.

Ses lèvres s'incurvant, elle le serra contre elle. La façon dont elle se sentait en sécurité avec cet homme était extraordinaire. Elle lui faisait confiance et se sentait vraiment comblée.

— Merci, Eric. Je savais qu'il devait y avoir plus.

— Ce fut un plaisir, je vous assure.

Elle soupira et posa la tête sur son torse puissant. Eric savait comment amener une femme à le désirer. Plus encore, il savait comment donner du plaisir autant qu'en prendre. Elle avait vraiment de la chance ; les hommes ne comprenaient pas tous aussi bien les femmes et, d'après ce qu'elle avait observé en Champagne comme à Sainte-Colombe, la plupart d'entre eux ne se souciaient pas d'apprendre.

— Pourquoi ce soupir ?

Un long doigt lui caressa la joue.

— Qu'y a-t-il ?

— Rien.

En voulant repousser ses cheveux en arrière, elle constata à quel point ils étaient en désordre, et secoua la tête.

— Messire, vous avez horriblement emmêlé mes cheveux ! On dirait un nid d'oiseau.

Tendant la main, Eric les ébouriffa encore un peu plus et lui décocha un sourire nonchalant et sensuel qui la fit le désirer de nouveau.

— Vous êtes parfaite, pour moi.

A midi le lendemain, Roxane se trouvait dans la grande salle lorsqu'elle entendit résonner dans la cour le vacarme de ce qui semblait être une armée.

Eric était parti pour Jutigny au lever du soleil et, apparemment, il avait ramené toute une troupe avec lui. Roxane se précipita hors de la grande salle et se tint en haut des marches.

La cour grouillait de cavaliers en armure. Les couleurs de son père étaient accrochées à une lance et plusieurs des cavaliers inclinèrent la tête dans sa direction, montrant qu'ils la reconnaissaient. Ses yeux allèrent droit à Eric, qui mit pied à terre et tendit les rênes de Capitaine à Abélard.

Grimpant vivement les marches, il s'inclina sur sa main et la baisa.

— Bonjour, mon adorée.

Quand elle sentit le contact furtif de sa langue et brièvement de ses dents, elle ne sut plus où elle en était.

— Eric, de grâce ! Nous sommes en compagnie.

Elle s'empourpra et retira sa main qu'elle cacha dans ses jupes.

— Je vois que vous avez parlé à mes parents. Vous leur avez appris notre mariage ?

En se redressant, il hocha la tête, et reprit prestement la main qu'elle dissimulait.

— Bien sûr.

— Ont-ils été surpris ?

— Un peu.

Il baissa la voix.

— Toutefois, quand je leur ai expliqué les circonstances, ce qui s'est passé dans la réserve de chasse et plus tard, ils ont compris. Ils sont inquiets pour vous et m'ont chargé de vous suggérer de retourner à Jutigny sans délai.

Il désigna la troupe.

— Cette escorte doit assurer que vous y arriviez sans encombre.

Roxane se mordit la lèvre.

— Vous ne pensez pas que je suis en sécurité ici ?

Eric s'appuya de l'épaule au montant de la porte.

— Un manoir comme Monfort ne peut se comparer à Jutigny. Jutigny est une forteresse, et messire Faramus a dix fois plus d'hommes que moi.

Une pensée horrible traversa l'esprit de Roxane et elle s'agrippa à sa main.

— Eric, vous ne me renvoyez pas, n'est-ce pas ? Vous venez aussi ?

Il haussa un sourcil et elle vit les points dorés briller dans ses yeux.

— Essayez donc de m'en empêcher.

Se penchant, il planta un ferme baiser sur sa bouche. Il le fit durer et murmura :

— Vous m'avez manqué.

L'un des hommes lança un hourra. Un autre gloussa.

Les joues de Roxane s'enflammèrent de nouveau et elle recula la tête. Elle n'avait pas l'habitude d'être ainsi taquinée.

— Eric, conduisez-vous bien.

Il eut un grand sourire.

— Je vous embarrasse ?

— Vous le savez très bien.

— Dommage.

Il lui pressa les doigts.

— Cela vous plaît, néanmoins.

Elle ouvrit la bouche avec l'intention de le nier mais la referma. Elle n'allait pas mentir, elle aimait avoir son attention. Et la pensée qu'elle lui avait manqué la réchauffait. Il lui avait manqué aussi ; le lit avait été froid et vide, sans lui.

— Vous êtes un fieffé charmeur, messire.

— Mathieu de Lyon ne faisait jamais du charme ? demanda-t-il doucement.

— Jamais.

Mathieu était bien trop jeune et bien trop inexpérimenté, pensa-t-elle. Des qualificatifs que l'on ne pouvait attribuer à son époux.

— Quel sot !

Roxane dévisagea son époux, son bel époux charmeur et outrageux, et comprit soudain quelque chose. Mathieu et Eric n'auraient pu être plus différents. Mathieu était raisonnable, sérieux, grave. Innocent. Eric était amusant, charmant. Un homme qui s'était frotté au monde. Et beaucoup trop beau.

Une bouffée de culpabilité l'envahit. Ce matin, elle

avait du mal à se rappeler à quoi Mathieu ressemblait. Elle l'avait tant aimé, et maintenant elle ne pouvait se souvenir de son visage ? Dieu du ciel ! Comme c'était étrange. Si elle avait épousé Mathieu, elle se serait ennuyée à mourir au bout d'un mois.

Le mariage avec Eric, elle le pressentait, ne serait jamais lassant. Il y avait tant de choses à faire. Elle commencerait par renforcer le lien entre eux. Eric la trouvait à son goût, certes, et il lui plaisait, mais ses sentiments n'étaient pas pleinement engagés.

Elle ne voyait pas le manque d'amour comme un inconvénient trop grand, beaucoup de bons mariages n'étaient pas fondés sur l'amour. En outre, elle imginait mal Eric amoureux. Probablement ne le permettrait-il jamais. Il pouvait charmer et enjôler, mais sans tomber amoureux. Ce qui signifiait qu'elle devait trouver un autre moyen de renforcer le lien entre eux. Si elle y parvenait, il serait moins susceptible de se tourner vers d'autres femmes pour avoir des avis ou de la compagnie. La pensée d'Eric prenant son plaisir ailleurs lui donnait la nausée. Lorsqu'ils seraient à Jutigny, elle demanderait conseil à sa mère.

Roxane apprendrait à Eric à trouver du réconfort en elle et en elle seule. Jusqu'à ce que ce but soit atteint, elle ne pourrait être sûre que leur mariage réussirait.

Une demi-heure plus tard environ, Roxane était en selle dans la cour avec son escorte tandis qu'Eric donnait ses dernières instructions à messire Guy, qui assurerait l'intendance de Monfort en leur absence.

— Le forgeron est fiable, Guy, dit Eric. Et il semble avoir l'oreille des villageois. Je lui ai demandé de se référer directement à vous si les étrangers devaient revenir. Il a juré de vous alerter à la moindre activité suspecte dans les environs. Je n'ai pas besoin de vous rappeler que j'aimerais être tenu au courant de tout, si banal que cela puisse sembler.

— Ne vous en faites pas, mon garçon. S'il se passe quoi que ce soit, j'enverrai un message à Jutigny.

Eric hocha la tête.

— Merci.

Messire Guy jeta un coup d'œil vers l'entrée de la grande salle où Héloïse attendait, les mains croisées sur son ventre.

— Seigneur ! J'ai failli oublier. Héloïse voulait vous parler avant votre départ.

La selle d'Eric craqua tandis qu'il faisait signe à Héloïse de s'avancer, et Roxane se surprit à observer avec attention son expression. Elle apprenait à le déchiffrer, et elle vit immédiatement qu'il n'y avait rien dans son attitude qui puisse l'inquiéter. Héloïse était éprise d'Eric, mais lui l'aimait bien, sans plus. Roxane sentit qu'elle se détendait, c'était comme si on lui avait enlevé un poids.

Eric sourit avec aisance.

— Il y a un problème, Héloïse ?

La servante se tordit les mains.

— Un problème mineur, messire. C'est à propos du linge.

— Du linge ?

— Pendant que vous serez parti, voudriez-vous que je commence à ourler les étoffes que dame Roxane et vous avez achetées au marché ?

Il parut tellement surpris que Roxane dissimula un sourire. La question d'Héloïse n'était qu'un prétexte pour lui parler, et il n'en avait aucune idée.

— Par tous les saints, Héloïse, les affaires domestiques sont entre les mains de mon épouse, maintenant. Demandez à dame Roxane.

— Oui, messire.

Le visage d'Héloïse sembla se défaire, mais elle se ressaisit vite et leva les yeux vers Roxane.

— Ma dame, dois-je commencer les ourlets ?

Roxane sourit.

— Oui, s'il vous plaît, Héloïse. Je laisse les questions domestiques entièrement entre vos mains. Toutefois, si vous avez trop de travail, ne vous tracassez pas.

Elle posa le regard sur le ventre d'Héloïse et baissa la voix.

— J'espère être bientôt de retour mais, dans le cas contraire, je suis sûre que vous pourrez vous adresser à messire Guy quand votre terme arrivera.

Le chevalier s'éclaircit la gorge.

— Bien sûr qu'elle le pourra. Je serai heureux d'aider.

Roxane hocha la tête.

— Je vais aussi demander à ma mère laquelle des sages-femmes de la région elle recommande. Je l'enverrai vous voir.

Héloïse fit une petite révérence.

— Merci, ma dame.

— C'était aimable à vous, dit Eric tandis qu'ils guidaient leurs chevaux le long de la côte menant à la grand-route. J'aurais dû y penser moi-même. C'est le premier enfant d'Héloïse, et elle est forcément inquiète. Je n'ai pas une grande connaissance de ces questions-là, mais à en juger par sa taille on dirait que son terme est proche.

— En effet. Je parlerai à ma mère dès que nous arriverons. Et si l'enfant nous prend de court, je suis sûre que quelqu'un du village pourra l'aider.

Roxane se pencha en avant pour flatter l'encolure de Lily. Ils étaient encadrés par une double escorte composée des hommes de son père et de ceux d'Eric, et ces derniers pouvaient sûrement entendre ce qu'ils disaient. Elle baissa la voix.

— Eric, savez-vous qu'Héloïse est amoureuse de vous ?

Il leva les yeux au ciel.

— Quelle absurdité !

— Je ne crois pas. Héloïse est indéniablement amoureuse de vous.

— Dans ce cas, elle commet une grosse erreur.

— Eric, elle souffre.

— Vous ne pouvez pas me le reprocher, je n'ai rien fait pour l'encourager.

Il suivit du regard le vol de deux cygnes qui se dirigeaient vers la rivière.

— Plus vite elle apprendra que l'amour ne sert à rien, plus heureuse elle sera.

Roxane battit des cils.

— L'amour ne sert à rien ? Comment pouvez-vous dire cela ?

— L'amour n'aidera pas Héloïse. Vous avez écouté trop de ballades, Roxane. Elles mentent. L'amour affaiblit les gens. En quoi est-ce utile ?

Il avait un sourire amusé.

— La vie est dure, et les meilleurs mariages sont ceux qui sont fondés sur une froide logique.

Roxane se raidit sur sa selle. Sa vie avait été enrichie par ses sentiments pour Mathieu. Leur histoire lui avait apporté de la douleur, certes, mais la vie sans amour était sûrement morne et froide. L'envie de retrouver l'amour était farouche en elle, et elle espérait la partager un jour avec Eric.

— Vous pensez à notre mariage ?

L'entendre rejeter l'amour si fermement la blessait. Depuis qu'elle l'avait revu, elle commençait à s'apercevoir qu'elle avait toujours eu un penchant pour lui. Ce serait bon de penser que son affection était réciproque. Eric l'aimait bien, de toute évidence. Il avait été si gentil dans le lit conjugal... Il n'osait simplement pas l'admettre.

Il lui vint à l'idée que pour que leur mariage soit la véritable association qu'elle espérait, elle devait lui dire ce qu'elle ressentait. Elle prit une grande inspiration.

— Eric, il faut que vous sachiez que, pour moi, notre mariage est plus qu'un simple contrat d'affaires. Je vous tiens en grande estime, je l'ai toujours fait.

Il lui jeta un regard acéré.

— J'éprouve la même chose, Roxane. J'ai pour vous la plus grande considération.

Son expression s'adoucit.

— Et notre entente dans la chambre est une chose précieuse que j'avais à peine osé espérer. Mais n'attendez pas d'amour de moi. Je ne peux pas vous aimer, et ne vous aimerai pas.

— Vous ne pouvez pas ?

Elle fronça les sourcils. Eric se dupait lui-même, forcément. Il avait toujours été un peu une énigme à ses yeux, mais il devait être capable d'aimer. Ellc avait déjà vu la preuve de la loyauté et de l'affection qu'il savait éveiller chez les autres. Elle songea à leur banquet de mariage, aux visages souriants autour de la table. Ses vassaux et ses serviteurs éprouvaient une affection et une sympathie réelles pour lui. Elle pensa à sa mère qui, toutes ces annécs auparavant, s'était donné du mal pour trouver une place dans la maisonnée de Sainte-Colombe pour le petit garçon perdu qui avait capturé son cœur. Et il y avait aussi les servantes dont le regard s'éclairait lorsqu'elles le voyaient. Elles ne l'auraient pas idolâtré ainsi si elles n'avaient pas senti son côté chaleureux.

Un homme qui inspirait la loyauté et même la dévotion comme le faisait Eric était sûrement capable d'éprouver des sentiments amoureux.

Je veux qu'il m'aime vraiment.

Cette pensée la prit par surprise, mais il devint soudain clair qu'elle voulait l'amour d'Eric plus que l'air qu'elle respirait. Elle ne comprenait pas pourquoi ; elle ne devrait pas avoir besoin de son amour. En tant qu'épouse, elle était plus que fortunée qu'il la tienne en grande considération, et qu'il l'apprécie comme partenaire au lit.

Mais une grande considération n'était pas suffisante. Elle voulait de l'amour. Elle voulait de la passion.

— L'amour est un boulet, Roxane. Il cause des problèmes sans fin, sans parler du chagrin.

Elle lui jeta à son tour un regard acéré. Son instinct lui disait qu'ils arrivaient à la racine de l'affaire.

— Du chagrin ?

Il hocha la tête.

— Vous le savez déjà, vous n'avez pas besoin que je vous le dise. Réfléchissez. L'amour vous a fait vous retirer dans un couvent alors que vous êtes visiblement faite pour ce monde. Un couvent est le dernier lieu où quelqu'un comme vous devrait passer ses jours. Et vous vous y êtes retrouvée simplement parce que vous étiez tombée amoureuse de Mathieu de Lyon.

— Eric, ce que j'éprouvais pour Mathieu m'a enrichie.

— Enrichie ?

Il poussa un soupir exaspéré.

— Comment pouvez-vous dire cela ? L'amour vous a mise dans un endroit où vous n'aviez rien à faire. Roxane, vous seriez morte si vous étiez restée dans ce couvent un jour de plus ! Vos parents le savaient et vous le saviez aussi, dans votre cœur.

— Je ne peux nier que je suis contente d'en être sortie.

Elle marqua une pause. Si Eric liait l'amour à la douleur, qu'il veuille s'en passer se comprenait. Cela expliquait pourquoi il s'était toujours gardé de nouer des liens profonds. Il charmait et badinait, mais s'en tenait là. Avait-il peur du chagrin qu'il pourrait ressentir ?

Cela remontait à son enfance. Le petit garçon perdu avait eu du mal à affronter ce que la vie lui avait apporté, ce qui n'était pas surprenant. Ce qui l'était, en revanche, c'était sa réussite malgré son passé. Et cependant…

Ce petit garçon perdu était-il toujours là, enfermé au fond de lui ? Cet enfant pleurait-il encore la famille qu'il n'avait plus, sa mère et son père ?

Pleurait-il si fort que l'homme se trouvait privé de sa vie complète ? Sainte Mère ! Ne comprenait-il pas que sans amour pour le tirer fermement dans le monde, il resterait toujours dehors, devant la porte, regardant à l'intérieur ?

Un frisson la parcourut. Elle était certaine d'avoir mis le doigt sur la source du mal. C'était pourquoi Eric était un tel charmeur. Cela pouvait aussi expliquer pourquoi il tenait les femmes à distance.

— Eh bien, que vous croyiez ou non à l'amour n'importe pas, dit-elle fermement. Héloïse vous aime. C'est évident, Eric.

Approchant Capitaine de Lily, Eric tendit le bras et posa la main sur la sienne.

— Roxane, si vous vous imaginez qu'Héloïse et moi…

— Non. J'admets que je me suis posé la question, mais plus maintenant.

— Dieu merci.

Avec un petit rire, elle se pencha vers lui et lui dit sur le ton de la confidence :

— Quand je suis arrivée à Monfort et ai constaté son affection pour vous, j'ai pensé que l'enfant était de vous.

Il écarquilla les yeux.

Pourquoi n'avez-vous rien dit ?

— Parce que je n'en étais pas sûre, répondit-elle en haussant les épaules. En tout cas, votre réputation m'a fait réfléchir.

Il eut une expression affligée.

— Ma réputation ? Roxane, pour autant que je sache, je n'ai pas d'enfants.

— Si vous en aviez, vous les reconnaîtriez, dit-elle avec une intuition soudaine.

Jamais il ne laisserait souffrir un enfant s'il pouvait l'éviter.

Il cligna des paupières. Ses yeux étaient très brillants et elle pouvait voir que sa réponse l'avait à la fois surpris et touché.

— Je le ferais, oui, et je suis content que vous le compreniez.

Il se racla la gorge.

— Quand j'ai gagné Monfort, le propriétaire précédent, messire Raphaël de Honnecourt, est parti sans faire ses adieux. D'après moi, il a négligé ses obligations. Héloïse était désespérée. Blessée et effrayée.

— Messire Raphaël est le père de son enfant ?

— Elle ne l'a jamais admis, mais je le crois. Le premier soir, elle s'est glissée dans ma chambre.

Eric fixa son regard sur un nuage bas à l'horizon. Ses pommettes avaient foncé.

— Elle s'est offerte à vous.

— Comment le savez-vous ?

— Elle craignait que vous ne la renvoyiez… Elle s'est dit que si vous couchiez avec elle, vous pourriez lui permettre de rester.

— Exactement. Je lui ai promis qu'elle aurait toujours une place à Monfort, et qu'elle n'avait pas à coucher avec moi pour se l'assurer.

Ses yeux verts revinrent se poser sur elle.

— Et j'ai l'intention d'honorer cette promesse.

— J'ai de la compassion pour Héloïse, dit doucement Roxane. Ce doit être terrible d'être abandonnée quand vous êtes si vulnérable. Quant à messire Raphaël de Honnecourt… eh bien, il ne doit pas être chevaleresque pour un sou.

Eric acquiesça d'un grognement.

La troupe avait atteint la grand-route. Eric fit un signe à leur escorte et ils mirent leurs montures au petit galop. Devinant qu'il avait sa sécurité à l'esprit — il voulait qu'elle soit le plus vite possible entre les murs du château de son père —, Roxane ne fit pas d'objection. Cela lui donnerait le temps de réfléchir.

Tandis que les lieues défilaient, elle jeta des coups d'œil pensifs à Eric. Sa sympathie pour Héloïse n'était pas surprenante. Elle-même n'était pas née quand il était arrivé à Jutigny, mais elle avait entendu l'histoire si souvent qu'elle la connaissait par cœur.

C'était une veille de Noël. Il neigeait et un garde avait trouvé un petit garçon qui grelottait près du mur de la poterne. Le garde avait appelé dame Blandine et elle avait fait entrer l'enfant au château, où il avait été nourri et habillé. La comtesse avait insisté pour qu'il soit accepté comme un membre de la maisonnée.

Roxane se mordit la lèvre et se demanda s'il repensait souvent à cette nuit où on l'avait trouvé près de la poterne. Il avait six ans environ, et devait donc s'en souvenir. Il avait dû avoir froid, se sentir seul et horriblement perdu. Et il devait sans nul doute regretter sa famille.

La mère de Roxane avait organisé des recherches

pour découvrir qui l'avait laissé aux portes du château. Les hommes avaient parcouru les rues de Jutigny et de Provins, mais ils n'avaient jamais trouvé personne. C'était comme si Eric était sorti de nulle part.

— Vous êtes un homme aimable, Eric, dit-elle en se penchant vers lui.

— Que signifie cette remarque ? demanda-t-il.

En souriant, elle secoua la tête et ils poursuivirent leur route vers le château de son père.

Chapitre 8

Comme ils atteignaient la herse du château de Jutigny, Eric leva la tête. Des maçons travaillaient à l'arcade qui se trouvait au-dessus d'eux. Il les avait déjà remarqués dans la matinée, mais il y avait davantage d'activité maintenant qu'à ce moment-là. L'air résonnait des frappes des marteaux sur les ciseaux. Un échafaudage en bois hérissé de pointes était suspendu à la partie supérieure du mur de la poterne, et un treuil tournait en grinçant pour hisser jusqu'en haut un gros bloc de pierre tenu par des courroies. L'échafaudage craquait tandis que les hommes se croisaient, aussi agiles que des danseurs, avec des charges de mortier en équilibre sur l'épaule.

Roxane suivit son regard.

— Apparemment, père est enfin parvenu à faire poser nos armoiries sur la façade.

« Nos armoiries. » Eric pouvait à peine le croire, il n'était plus quelqu'un d'extérieur. En épousant Roxane, il était devenu un Sainte-Colombe. Il avait une famille. Finalement, après toutes ces années, il avait sa place.

Distraitement, il échangea des salutations avec le garde. Alors qu'ils s'engageaient sur le pont-levis, il avait la tête pleine des conséquences de son mariage. Il avait imaginé qu'il pourrait avoir des enfants un jour, mais sans jamais penser se marier aussi haut dans la société. Et il n'avait pas réfléchi non plus à ce que ce serait d'avoir un beau-père et une belle-mère. Heureusement pour lui, le comte et la comtesse de Sainte-Colombe n'étaient pas des étrangers. Ils le connaissaient bien, ce qui faisait que son entrée dans leur famille ressemblait plutôt à des retrouvailles.

Un juron bien senti de l'un des ouvriers le tira de ses pensées.

L'air mi-amusée, mi-choquée, Roxane leva un sourcil dans sa direction et il réprima un sourire.

Mais un autre juron virulent fusa, accompagné d'un retentissant :

— Prenez garde !

La charge montée par le treuil oscillait d'une manière alarmante. Un coup d'œil rapide indiqua à Eric qu'une courroie avait lâché et que le bloc de pierre glissait. Il réagit aussitôt. Attrapant les rênes de Roxane, il éperonna son cheval pour passer prestement sous l'arcade et se réfugier dans la cour intérieure.

Il s'en fallut de peu. Le bloc de pierre s'écrasa sur le pont-levis, frappant l'endroit exact où ils se tenaient quelques instants plus tôt. Le bois se fracassa et la pierre plongea dans la douve.

Il y eut un silence. Eric sentit son cœur se glacer tandis que, le souffle court, il fixait le trou dans le pont-levis.

A côté de lui, Roxane était blanche comme un linge. Il la vit déglutir.

Luttant contre une peur rétrospective, il prit un ton léger.

— La maladresse des maçons va donner du travail aux charpentiers également…

Il était inutile d'effrayer Roxane plus qu'elle ne l'était déjà, mais il était soucieux. Une sombre pensée prenait forme dans son esprit, et fit courir un frisson sur sa nuque. Non, il ne pouvait pas s'agir… Ecartant cette pensée, il ajouta :

— Il va falloir que je parle au maître maçon, nous aurions pu être blessés. Venez, allons dans la chambre de jour, votre mère doit vous attendre.

Le quart d'heure suivant ne fut que sourires, étreintes et paroles de bienvenue. Messire Macaire, rayonnant, les salua à l'entrée de la grande salle. Berthe, la chambrière de Roxane, arriva en courant, souriant et pleurant à la fois ; des servantes s'attardèrent dans les corridors et les escaliers, pépiant comme des moineaux au sujet de leur mariage.

Eric y prêta à peine attention. Une idée préoccupante lui trottait en tête. Après ce qui s'était passé à Monfort, il ne pouvait s'empêcher de penser que la courroie qui avait lâché devait être plus qu'une sinistre coïncidence. L'influence d'Armand de Velay s'étendait-elle jusqu'à l'intérieur du château de Jutigny ?

Finalement, ils purent gagner la chambre de jour où ils se retrouvèrent seuls avec messire Faramus et dame Blandine. Eric accepta la coupe de vin que lui offrit le comte et se tint debout avec lui devant le feu. Il était incapable de détacher son regard de Roxane qui, assise dans l'embrasure de la croisée, parlait avec sa mère. Il l'entendit demander à la comtesse quelle sage-femme serait la meilleure à envoyer à Monfort pour Héloïse, mais il ne saisit pas la réponse, car toutes ses pensées le ramenaient vers Armand de Velay. Si celui-ci pouvait frapper à l'intérieur du château, Roxane n'était pas en sécurité, même ici. Seigneur, qu'allait-il faire ?

Il ne pouvait la quitter des yeux un instant.

— J'ai parlé à Daniel, le maître maçon, était en train de dire messire Faramus.

Eric se força à lui prêter attention.

— Il ne comprend pas comment cette corde a pu lâcher ; il a vérifié les poulies lui-même ce matin.

— Pensez-vous qu'il dit la vérité ?

Le comte but une gorgée de vin.

— Aucun doute. Daniel est la diligence personnifiée, je ne peux imaginer ce qui a pu se passer. Je lui ai ordonné de changer la poulie et de mettre une corde plus grosse.

Il regarda sa fille.

— Dieu merci, Roxane n'a pas été blessée.

Eric parla doucement.

— Messire, si vous n'y voyez pas d'objection, j'aimerais m'entretenir moi-même avec Daniel.

— Si vous voulez. Mais je ne pense pas que vous glanerez autre chose.

— J'aimerais tout de même lui parler.

Le comte le scruta, les paupières plissées.

— Qu'avez-vous à l'esprit, Monfort ?

Eric évacua la question d'un geste et s'obligea à sourire.

— Comme vous dites, messire, c'était probablement un simple accident, regrettable.

Il ne tenait pas à l'admettre alors que Roxane pouvait l'entendre, mais la chute de ce bloc de pierre l'avait empli de suspicion. Messire Armand avait-il un allié à Jutigny ? Un complice prêt à tuer afin qu'il puisse hériter des possessions de la famille ? Il tourna le dos à Roxane et baissa la voix.

— Messire, dame Roxane a-t-elle été victime d'autres accidents ?

Les sourcils froncés, le comte frappa une bûche du bout de sa botte.

— Par Dieu, non. Il ne s'est jamais rien produit de tel.

— Vous êtes certain qu'il ne s'est rien passé avant qu'elle entre au couvent ?

— Rien. Et avant que vous me le demandiez, si

quelque chose était allé de travers au couvent, les nonnes m'en auraient informé. Il y a seulement ce qui s'est passé aujourd'hui et les incidents de Monfort. Il est bien dommage que nous ne sachions pas qui est l'archer.

Eric regarda fixement les flammes.

— Nous n'avons même pas la certitude que dame Roxane était la victime désignée, mais il serait imprudent d'en écarter la possibilité.

Il grimaça.

— Le jour où j'ai escorté votre fille au manoir, j'ai remarqué que des cavaliers nous suivaient, mais j'ai commis l'erreur de croire que vous aviez ordonné à vos hommes de garder un œil sur nous. Si je m'étais avisé plus tôt qu'ils n'avaient rien à voir avec vous, j'aurais été plus méfiant et dame Roxane n'aurait peut-être pas échappé de peu à cette flèche dans la réserve de chasse.

Son beau-père émit un bruit exaspéré.

— Pourquoi enverrais-je des hommes vous surveiller ? Je vous fais implicitement confiance, Monfort. Je l'ai toujours fait et le ferai toujours.

Il regarda Eric avec chaleur.

— Je pensais que vous le saviez. Quand vous avez été armé chevalier, je vous ai laissé choisir des couleurs assorties aux miennes. Je ne le permets pas à tous les chevaliers. Je pensais que vous aviez décrypté le message.

La gorge d'Eric se serra.

— Merci, messire.

Il était flatteur d'avoir la confiance du comte de Sainte-Colombe, mais Eric ne se sentait pas mieux pour autant. Quelqu'un à Jutigny essayait de tuer Roxane.

— Messire, il faut que je vous parle en privé. C'est une affaire assez urgente.

— Elle concerne ma fille ?

— Oui, messire.

Le comte Faramus posa sa coupe sur une table et désigna la porte.

— Nous pouvons parler dans la chapelle.

— Merci, messire. Je me sentirais mieux si messire Macaire restait avec les dames pendant notre absence.

Sa demande lui valut un regard scrutateur du père de Roxane, qui hocha la tête d'un coup sec.

— Très bien, Monfort, si vous le jugez nécessaire.

Quand la porte de la chambre de jour se referma derrière les deux hommes, dame Blandine fut prompte à changer de sujet. Elle prit la main de sa fille.

— Notre choix d'un époux vous contente-t-il ?

— Oui, mère.

— Et est-il aussi gentil avec vous maintenant qu'il l'était quand vous étiez enfant ?

— Oui, mère.

Dame Blandine la transperça du regard.

— J'espère que tout va bien dans la chambre ?

— *Maman !*

— Voyons, Roxane ! Vous n'avez pas à être timide avec moi.

Roxane leva les yeux au ciel.

— Oui, mère, tout va bien.

La comtesse s'adossa aux coussins avec un soupir.

— Dieu soit loué ! Je savais que j'avais raison à propos de ce garçon. J'étais sûre que si quelqu'un pouvait vous persuader de vous marier, c'était lui.

Elle sourit.

— J'ai toujours désiré un mariage d'amour, pour vous.

— Maman, vous ne devez pas vous faire d'illusions. Eric et moi ne sommes pas amoureux.

— Pas encore, dit doucement dame Blandine. Mais cela viendra.

Roxane n'en était pas aussi sûre. Elle soupira.

— Maman, je suis tout à fait consciente que père nous a manipulés pour que nous nous mariions.

Alors que sa mère voulait parler, elle poursuivit :

— Père comptait sur le sens inné de la chevalerie d'Eric pour le forcer à m'épouser.

Dame Blandine eut un sourire satisfait.

— C'est certainement vrai.

— Ce n'était pas bien vis-à-vis d'Eric.

— Je ne le vois pas s'en plaindre, répondit dame Blandine en haussant les épaules. Si Dieu le veut, Eric sera comte un jour. Et si tout va bien entre vous deux, je ne vois pas où est le problème.

Roxane tortilla la frange d'un coussin entre son pouce et son index et s'efforça de définir son sentiment de malaise.

— Je l'ai épousé pour sauver ma fierté. Et il a un peu précipité les choses.

— Vous aviez besoin d'être bousculée, Roxane. Vous vous étiez cloîtrée à Sainte-Marie. Messire Eric vous a aidée à vous échapper.

— Je reconnais que j'ai été sotte d'entrer au couvent mais, à l'époque, cela me semblait être la seule solution.

Elle lissa la frange.

— Je savais que le roi me laisserait faire et j'ai joué là-dessus. Vous me pardonnez ?

Sa mère lui tapota la main.

— Il n'y a rien à pardonner. Tout va bien, vous pouvez être heureuse avec Eric.

— Mère, ce n'est *pas* un mariage d'amour.

Roxane tira brusquement sur un gland en soie. Sa mère ne comprenait tout simplement pas. Eric l'avait épousée parce qu'il était chevaleresque. Et, comme dame Blandine l'avait également relevé, il l'avait aussi épousée pour des raisons matérielles. Les arpents de Sainte-Colombe pesaient lourd dans son esprit.

— Non que j'aie jamais attendu un mariage d'amour... surtout après le désastre de mes fiançailles rompues avec messire Gauvain.

Elle prit une grande inspiration et ignora une pointe de... de quoi ? De nostalgie ? Quoi que ce soit, ce n'était pas agréable.

— Peu importe, c'est fait. Nous sommes mariés, et je devrai m'y habituer.

— Je peux me rendre compte qu'il doit falloir s'ajuster au mariage, après avoir vécu au couvent.

— Oui. Etiez-vous très fâchée quand j'y suis entrée ?

— Loin de là... J'ai été vivement soulagée.

Roxane la regarda, surprise.

— Comment cela ?

— C'est votre père qui a encouragé l'union avec messire Gauvain, pas moi. J'ai toujours préféré Eric.

— Vraiment ?

— Eric est comme le fils que je n'ai jamais eu. Votre père ne l'admettrait jamais, mais je suis certaine qu'il a le même sentiment. Hélas ! un accord de longue date avec l'un de ses alliés l'a contraint à encourager un mariage avec messire Gauvain. Une fois les terres de messire Gauvain à Meaux ajoutées aux nôtres, cela aurait été une alliance prestigieuse. Je ne pouvais m'élever contre ce fait.

— Mais vous n'étiez pas entièrement d'accord ?

— Non. Et quand messire Gauvain et vous avez décidé de vous séparer, j'ai compris qu'il faudrait un peu de temps à votre père pour se faire à la situation.

Elle sourit.

— J'ai pensé que vous aussi auriez besoin d'un peu

de temps après avoir rompu vos fiançailles. Et je savais que vous seriez en sécurité au couvent.

— Vous voulez dire qu'Eric a toujours été votre choix ?

— Toujours. Simplement, il a fallu un moment pour que votre père se rallie à ma façon de penser. Le fait qu'il admire messire Eric parce qu'il est sorti du rang par ses propres qualités a aidé.

Gentiment, dame Blandine ôta la main de Roxane du gland en soie.

— Ne faites pas cela, ma douce, il se défait et j'en étais très fière. Le confectionner m'a pris un temps fou.

Roxane regarda les fils qui s'échappaient en fronçant les sourcils et croisa les mains sur ses genoux.

— Pardon, maman.

C'était une révélation d'apprendre que sa mère considérait Eric comme un époux possible depuis un certain temps, et encore plus de découvrir que c'était elle qui avait rallié son père à sa façon de voir. Dame Blandine n'en référait-elle pas à son époux, d'ordinaire ? Roxane l'avait toujours pensé. Eh bien, il semblait qu'elle se soit trompée.

Ses ongles s'enfoncèrent dans ses paumes. Par tous les saints ! Dans la précipitation du mariage, elle n'avait même pas songé à son parrain, le roi. Il avait approuvé ses fiançailles avec messire Gauvain, et quand elles avaient été rompues il avait été assez bon pour cautionner son choix du couvent. Que ferait-il quand il saurait qu'elle avait quitté Sainte-Marie et s'était mariée sans sa permission ? Tout était arrivé si vite qu'elle n'avait même pas considéré sa réaction.

— Maman, à votre avis, que va faire le roi quand il apprendra que je me suis mariée ?

Dame Blandine la regarda avec franchise.

— Sa Majesté ne sera pas contente. Il a demandé à être

tenu au courant de vos progrès au couvent, et je crois qu'il avait l'intention de venir assister à vos vœux. Il devra être informé de votre mariage, d'autant plus que votre père lui doit allégeance pour ses terres françaises. D'ordinaire, notre souverain tient à donner son consentement à tout mariage des héritiers de ses vassaux, et il n'approuve que les alliances qui servent les intérêts de la France. Mais en fin de compte, je suis sûre qu'il verra, comme nous, que le mariage avec Eric vous convient mieux que la vie au couvent. Et, surtout, il comprendra que votre père a choisi un homme de caractère pour lui succéder et garder ses terres en sécurité.

— Eric devra jurer allégeance au roi pour nos possessions françaises, dit Roxane.

— En effet.

Un bruit de frottement attira leur attention vers la porte.

— Qu'est-ce que c'est ? demanda dame Blandine.

— Un serviteur ?

Roxane se leva, alla doucement jusqu'à la porte et l'ouvrit.

Messire Macaire se tenait sur le palier, le dos à la porte. Il se tourna.

— Ma dame, tout va bien ?

— Oui, merci.

Roxane fronça les sourcils.

— Messire Macaire, que faites-vous là ?

Le chevalier toussota, l'air mal à l'aise.

— Votre époux m'a prié de rester ici pour le cas… pour le cas où vous auriez besoin de quelque chose.

— Il vous a demandé de me garder.

Dame Blandine s'approcha.

— Et c'est très sensé, vu les récents événements. Messire Macaire, vous n'avez pas besoin de rester dehors comme une sentinelle. Joignez-vous à nous.

Elle désigna la table.

— Aimeriez-vous boire quelque chose ?

Décochant un regard penaud à Roxane, le chevalier entra.

— Merci, ma dame, j'apprécierais un gobelet de cervoise.

La comtesse le servit et retourna s'asseoir dans l'embrasure de la croisée.

Roxane jeta un coup d'œil à messire Macaire.

— Maman, ceci est-il nécessaire ?

— Nous ne saurions être trop prudents.

Un frisson glacé courut le long de l'échine de Roxane. Armand pouvait-il réellement avoir l'intention de la tuer ? Son ambition était-elle grande au point de le pousser au meurtre ?

— Vous pensez que mon cousin est derrière l'accident de la poterne ?

— C'est difficile à croire. Même si je n'ai jamais apprécié messire Armand, c'est un homme qui craint terriblement Dieu. Certains diraient dangereusement.

— Que voulez-vous dire ?

— Il prélève trop sur ses fermiers, et la plupart de ses revenus finissent dans les coffres de l'Eglise. Ses terres se sont appauvries. Votre père ne souhaite pas voir Sainte-Colombe traitée de cette manière.

— Oui, je comprends.

Sa mère lui tapota la main.

— Etant donné l'intérêt de messire Armand pour l'Eglise, il est difficile d'imaginer qu'il puisse souhaiter votre mort. Quoi qu'il en soit, messire Eric a raison de l'envisager. Nous ne devons courir aucun risque.

— Je suis sûrement en sécurité à Jutigny !

— Je l'espère. Toutefois, je ne peux blâmer Eric de vouloir prendre des précautions supplémentaires.

Roxane fixa le sol. Les événements s'étaient enchaînés si rapidement qu'elle n'avait pas eu le temps de réfléchir.

Le premier incident dans la réserve de chasse avait été aisément écarté. Des braconniers. Le deuxième lui avait donné à penser, mais Eric et elle avaient été mariés si promptement juste après qu'elle avait eu le tournis et l'avait oublié. Puis il y avait eu leur banquet de mariage et leur première nuit de couple marié.

— Et ensuite, en un rien de temps, nous sommes arrivés ici, murmura-t-elle.

— Que dites-vous, ma douce ?

— J'ai l'impression d'avoir été emportée par une énorme vague, répondit Roxane en se massant le front.

Une énorme vague qui avait pour nom Eric de Monfort. Sa façon de la séduire l'avait submergée, écartant toute pensée, y compris ce troublant constat : son cousin pouvait essayer de la tuer. Armand pourrait la vouloir morte.

Elle s'assit, très droite. Elle ne pouvait qu'être en sûreté dans la chambre de jour de son père, non ?

— Maman, que se passerait-il si Armand réussissait à me tuer ? Ne serait-il pas le premier à être suspecté ?

Sa mère prit une expression peinée.

— N'y pensez pas, ma douce.

— Mère, cela doit être affronté. Qu'arriverait-il ?

— Votre père et moi serions dévastés, murmura la comtesse. Dévastés.

— Et sa culpabilité devrait être prouvée.

En proie à de sombres pensées, Roxane devint silencieuse. Si elle n'était pas en sûreté à Jutigny, où le serait-elle ?

Prenant fermement Roxane par la main, Eric la conduisit dans l'escalier en colimaçon de la tour sud. Par souci de sécurité, il était convenu avec son beau-père que la chambre qui se trouvait tout en haut serait la leur. Des gardes étaient déjà postés à chaque niveau inférieur — des gardes dont messire Faramus jurait qu'ils étaient loyaux et impossibles à acheter. Eric avait insisté pour que son propre sergent, Robert, soit à leur tête.

L'esprit d'Eric fonctionnait vivement, comme il ne le faisait d'ordinaire qu'au combat. Il avait été un peu tranquillisé quand messire Macaire s'était porté volontaire pour occuper la chambre au-dessous de la leur jusqu'à ce qu'ils soient certains que tout danger pour Roxane était écarté. Il s'était détendu encore un peu quand Abélard avait accepté de dormir sur le palier devant leur porte. Mais même ainsi, l'inquiétude lui rongeait les entrailles. Il était évident que Roxane et lui devaient rester à Jutigny pour le moment. Fuir ne résoudrait rien. Quelqu'un voulait la mort de Roxane, et il devait découvrir de qui il s'agissait. Si Armand de Velay était le coupable, il fallait l'arrêter.

La décision de rester à Jutigny avait été la plus difficile qu'il ait eue à prendre, et il priait le ciel d'avoir bien fait. Si quoi que ce soit arrivait à Roxane, il ne se le pardonnerait jamais, mais messire Faramus avait été intraitable sur un point. Il voulait la preuve de la perfidie d'Armand de Velay. Il voulait être sûr qu'il y avait plus que des coïncidences en cause. Avec son accord, Roxane devait servir d'appât.

Eric serra les dents. Le côté impitoyable du comte lui causait du souci. C'était de Roxane qu'il s'agissait. Il n'était pas habitué à avoir une épouse à prendre en compte, et la pensée qu'elle puisse être mise en danger lui était presque insupportable. Il avait fait ce qu'il pouvait pour assurer sa sécurité. La chambre de la tour avait autrefois été utilisée comme chambre forte, et la porte en chêne était épaisse de plusieurs pouces. Puis il y avait les gardes aux niveaux inférieurs, et messire Macaire, ainsi qu'Abélard…

Bien sûr, alors qu'ils montaient, Roxane remarqua les gardes. Tandis qu'ils dépassaient le premier puis le deuxième étage, elle devint de plus en plus pensive. Ils montèrent encore, son voile flottant derrière elle tant ils se dépêchaient. Eric n'était pourtant pas pressé de lui dire qu'elle allait être prisonnière dans le château de son père…

Au sommet, la lourde porte grinça quand il la poussa. Les serviteurs avaient rapidement obéi à ses ordres. Un grand lit était déjà installé, et ils avaient transféré les affaires de Roxane de sa chambre. Il y avait deux coffres peints d'arabesques bleues et blanches et, sur une table, un peigne en ivoire et un miroir à main poli. Une cape en damas doublée de fourrure était posée sur le lit. Le coffre de voyage d'Eric était déjà en place, et Abélard avait manifestement veillé à ce que son armure soit montée. Son bouclier était appuyé à un mur, et sa cotte de mailles suspendue à un crochet. Cela lui fit un drôle d'effet de voir les affaires de Roxane et les siennes entreposées ensemble, tout près les unes des autres. Il n'y avait pas de cheminée, remarqua-t-il. Il devrait faire monter des réchauds. Il ne voulait pas qu'elle ait froid.

Roxane prit une inspiration tremblante.

— C'est la chambre que vous avez choisie ?

La porte grinça encore lorsqu'il la ferma, et il nota de faire huiler les gonds.

— Oui.

— La croisée est si haute et si étroite que je ne vois que le ciel. Qu'a donc ma chambre habituelle qui ne va pas ?

— Rien. Toutefois, pour le moment, nous devons utiliser celle-ci. Elle est plus sûre.

— Plus facilement gardée, voulez-vous dire, rétorqua-t-elle doucement.

Elle lui retira sa main et alla jusqu'à la table pour prendre son miroir.

— Je ne pensais pas le revoir… Les miroirs n'étaient pas autorisés au couvent.

Eric l'observa en silence tandis que son regard se posait

sur sa cotte de mailles et son coffre de voyage. Il souhaita pouvoir déchiffrer ses pensées.

Elle leva les yeux vers lui, le visage tendu.

— Je vais être prisonnière.

— Pas exactement.

Il grimaça.

— C'est pire que cela.

— Pire ?

Allant jusqu'à elle, il couvrit ses mains des siennes. Ses doigts étaient froids ; il passa doucement son pouce dessus.

— Avec votre accord, Roxane, nous devons forcer l'assassin à se dévoiler. Si messire Armand est derrière ces incidents, nous devons en obtenir la preuve. Et s'il a un allié ici, dans le château, il faut le débusquer.

Elle ne répondit pas tout de suite. Un courant d'air venu de la croisée passa sur la nuque d'Eric. Des yeux bleus plongèrent dans les siens.

— Je dois donc être utilisée comme appât… Avec mon accord…

— C'est le meilleur moyen de l'attraper. Vous serez parfaitement en sécurité ici, en haut. La tour sud est à présent inaccessible, sauf pour quelques personnes autorisées. Les gardes ont été choisis par votre père et moi-même, et ils ont l'ordre de ne jamais laisser leur poste inoccupé. Messire Macaire a pris la chambre au-dessous de celle-ci. Abélard…

— Je pensais qu'en vous épousant, je retrouverais une certaine liberté.

Dans le silence de la chambre, son soupir résonna.

— Et voilà où j'en suis, reprit-elle avec un sourire triste. On dirait que j'ai simplement échangé une forme de prison contre une autre.

Le cœur d'Eric se changea en plomb. Il tendit la main

vers une mèche de cheveux dorés qui bouclait sur sa poitrine et l'entortilla autour de son doigt.

— Vous n'êtes pas vraiment prisonnière. Je ne veux pas vous enfermer, et je ne songerais pas à vous forcer à accepter. Mais vous devez voir que c'est la seule façon de faire.

— Vraiment ?

Elle sourit.

— Nous pourrions nous enfuir. Nous pourrions laisser tout ceci derrière nous.

D'un geste de la main, elle engloba la chambre de la tour, le château et, suspecta Eric, chaque arpent du domaine de son père.

— Tout ?

— Tout.

Elle prit une grande inspiration.

— Nous pourrions aller dans le monde et nous cacher. Nous pourrions nous glisser dans une vie nouvelle et devenir d'autres personnes. Il doit bien y avoir un endroit où nous pourrions être en sécurité.

Ils pourraient devenir d'autres personnes ? Si folle que soit cette suggestion, Eric se surprit à l'envisager. Un instant seulement. Puis, fermement, il secoua la tête. Il s'était battu comme un beau diable pour gagner ses éperons, et enfin appartenir à la famille de Roxane faisait partie de ce combat. Il serait un jour l'intendant de Sainte-Colombe, il n'allait pas renoncer à cette chance inouïe. Il comptait bien prouver qu'il était digne de l'honneur qui lui avait été fait. Un double honneur, car avoir Roxane pour épouse en était un autant que d'hériter, le moment venu, la charge des terres de son père.

— Nous ne pouvons pas nous détourner de nos responsabilités ici, ce n'est pas possible. Comment vivrions-nous ?

Que ferions-nous ? Et avez-vous songé à vos parents ? Notre fuite les tuerait.

Elle soupira.

— Vous avez raison, bien sûr. Ce n'est pas possible.

Il la regarda intensément.

— Alors, vous allez rester ?

— Oui, Eric, je vais rester. Et je servirai d'appât.

Son expression s'adoucit et elle posa les mains sur son torse.

— Mais je vous en prie, dites-moi que je ne devrai pas rester tout le temps dans cette tour.

— Vous pourrez vous promener dans le château, bien sûr, si vous promettez d'avertir le sergent Robert de vos projets. Il veillera à ce que deux gardes vous accompagnent toujours.

— Je le promets.

— A tout moment, Roxane. Sans exception.

Elle haussa un sourcil.

— Et quand j'aurai besoin d'aller aux commodités ?

— Les gardes vérifieront les lieux avant que vous entriez et attendront dehors. Je veux votre parole là-dessus, Roxane.

— Vous l'avez.

— Bien. Votre mère pourra venir vous voir ici n'importe quand, et vous aurez votre chambrière.

— Et si je veux monter à cheval ?

— Seulement avec moi.

Eric prit son visage entre ses mains et se surprit à déclarer quelque chose qu'il ne se serait jamais attendu à dire à une femme, quelle qu'elle soit.

— Roxane, je ne veux pas vous perdre. Je vous garderai au prix de ma vie. Vous êtes mienne, et vous m'êtes précieuse.

Il lui décocha un sourire un peu perplexe, car ce qu'il

venait de dire l'étonnait lui-même. Pourtant, c'était vrai, Roxane lui était précieuse. Elle était son épouse. Elle était le plus grand présent qui lui ait jamais été fait et il allait la chérir.

Elle lui rendit son sourire et lui caressa la joue.

— Merci, Eric.

Lorsqu'elle le regardait ainsi, avec des yeux adoucis par ce qui ressemblait beaucoup à de l'affection, elle était irrésistible. Eric lui passa les bras autour de la taille. Sa bouche était toute proche, tentante. S'il l'embrassait, la tension qui lui nouait l'estomac, le souci pour sa sécurité, s'allégerait sûrement. La pensée qu'elle puisse être blessée le rendait malade.

Levant la main, Roxane glissa les doigts dans les cheveux d'Eric, les écartant de ses yeux afin de pouvoir mieux lire en lui.

— J'ai toujours aimé la couleur de vos cheveux, murmura-t-elle. Les mèches auburn les font briller. En été, ils s'éclaircissent magnifiquement.

Il haussa un sourcil.

— Vous aimez mes cheveux ?

Il se pencha et lui effleura la joue de ses lèvres. Puis un baiser tout chaud se posa sur son oreille.

— Je suis content qu'ils aient votre approbation.

Elle laissa ses doigts jouer avec les mèches sombres. Il était très agréable d'être avec lui dans le calme de la tour sud. Ils étaient bien en compagnie l'un de l'autre. Comme c'était étrange… Eric et elle n'étaient pas mariés depuis plus d'un jour, et pourtant elle se sentait parfaitement à l'aise avec lui. C'était comme s'ils étaient faits pour être ensemble. Eprouvait-il la même chose ?

Elle sourit pour elle-même ; elle ne poserait pas une

question aussi sérieuse. C'était Eric de Monfort, le champion le plus fort et le plus insouciant qui soit. Il pouvait se frayer un chemin dans les cœurs les plus réticents et en sortir indemne. Il pouvait lui dire qu'elle était précieuse pour lui, mais il déclarait probablement la même chose à toutes les femmes qu'il charmait. Eric n'avait pas de cœur à donner. Ou si ? Se pouvait-il que ses manières charmeuses ne soient que sa façon de garder les femmes à distance ? Cette façon de faire pouvait-elle être l'une des méthodes qu'il employait pour éviter de s'engager vraiment ? Eh bien, les choses avaient changé. Eric était marié, maintenant, et il ne pourrait pas facilement la tenir à distance…

Réprimant son envie de l'étreindre — elle craignait de révéler à quel point il commençait à compter pour elle — elle se contenta de lui caresser les cheveux. Cela semblait lui plaire, et elle était déterminée à utiliser tous les moyens à sa portée pour renforcer le lien entre eux. Des bruits de bottes de soldats dans l'escalier lui parvenaient, ainsi que des échos lointains de conversations. Elle soupira de pur plaisir. La chevelure d'Eric faisait partie de ses nombreux atouts ; elle était épaisse et brillante, douce comme de la soie.

Elle observa les mèches auburn mélangées au châtain et songea au paradoxe que représentait son époux. Elle ne pouvait pas être la première femme à admirer ses cheveux. Les gardait-il longs délibérément ? Les utilisait-il comme une partie de ses armes dans la guerre visant à gagner le cœur de tout le monde ? Car c'était ce qu'il essayait de faire. Eric voulait que tout le monde l'apprécie et, généralement, il parvenait à ses fins. Les femmes n'étaient pas les seules à réagir positivement aux hommes grands et beaux. Les hommes aussi. Ils aimaient les chefs forts, à la belle prestance. Sa force était rassurante, ses hommes savaient qu'il ne craindrait pas de mener n'importe quelle charge.

« Je vous garderai au prix de ma vie. » La gorge de Roxane se serra. Savait-il l'effet que pouvaient avoir ses mots ?

Probablement. Eric était très doué pour amener les gens à l'aimer, et elle commençait à comprendre comment et pourquoi. Le petit garçon perdu n'avait jamais eu l'impression d'être vraiment à sa place. Il s'était toujours efforcé d'être à la hauteur des bienfaits de la comtesse, au point que c'était devenu une habitude chez lui. Il devait pourtant savoir que ce n'était plus nécessaire ; il avait fait ses preuves un millier de fois.

Son père, qui n'était pas un homme facile à impressionner, le respectait. Sa mère l'aimait. Comme elle.

Les doigts de Roxane se figèrent tandis qu'elle en prenait conscience. Oui, elle l'aimait. Elle aimait Eric de Monfort. Ce n'était pas possible ! Pas en quelques jours.

Sauf qu'il ne s'agissait pas de quelques jours. Elle l'avait connu toute sa vie, l'avait observé à distance pendant des années.

Eric voulait que les gens l'aiment. Il désirait gagner leur affection. C'était juste qu'il n'était pas assez sûr de lui pour les aimer en retour.

— Roxane, qu'y a-t-il ?

— Rien.

Elle l'aimait. Par tous les saints ! Elle aimait un homme capable de charmer un bout de bois, et sans doute serait-il toujours ainsi. Avait-il un cœur ? Elle brûlait de le savoir. Et si oui, ce cœur serait-il jamais à elle ?

Le jeune garçon était devenu un homme sensible, un homme qui avait appris à protéger ses sentiments de bonne heure pour pouvoir grandir dans un château où il sentait qu'il n'avait pas de véritable place. Elle chercha à lire au fond de ses yeux. Eric avait des sentiments, elle en était sûre. Ils étaient cachés sous cette armure insouciante et charmeuse. Son regard était devenu brillant. Il l'observait avec la sensualité confiante d'un homme qui savait qu'il ne serait pas repoussé. Son époux.

Il bougea la tête contre sa main et ferma à demi les yeux.

— Pourquoi vous êtes-vous arrêtée ? Ces caresses me plaisaient…

Oui, Eric était le plus sensuel des hommes. Très bien, elle se servirait de ce savoir. Elle utiliserait sa sensualité comme un moyen de l'attacher à elle. Tôt ou tard, elle gagnerait son amour.

Refermant les doigts sur ses cheveux, elle attira sa tête vers elle pour un bref baiser. Il ferma complètement les yeux, mais pas longtemps. Dès qu'elle posa les doigts sur sa ceinture, ils se rouvrirent.

— Roxane…

Elle pencha la tête sur le côté et sourit en défaisant la boucle.

— Vous êtes mon époux, Eric.

Sa bouche frémit.

— Hmm…

Une grande main glissa sur sa poitrine, pétrissant délicatement un sein.

Elle le poussa doucement vers le lit.

— Vous avez infligé aux serviteurs la peine de monter un lit pour nous dans ce nid d'aigle. Le moins que nous puissions faire, c'est de l'étrenner.

Chapitre 9

Plus tard, alors qu'ils étaient allongés, enlacés, dans le grand lit, Roxane sourit.

Eric bougea et posa un baiser sur son épaule.

— Pourquoi ce sourire ?

Elle resserra son emprise sur sa taille et frotta le nez contre sa joue. Son contact un peu rêche lui plaisait. Elle était heureuse aussi de découvrir que la sensualité d'Eric ne s'arrêtait pas à l'acte d'amour ; il prenait le temps de la tenir contre lui. En ce moment même, une main caressait paresseusement son dos, l'autre jouait avec ses cheveux. Elle n'avait peut-être pas l'amour d'Eric de Monfort, mais il se comportait comme s'il avait de l'affection pour elle. Et ils étaient bien ensemble.

— J'aime être allongée avec vous comme cela, murmura-t-elle.

— Et moi avec vous.

Il soupira et lui ébouriffa les cheveux.

— Malheureusement, je ne peux pas rester longtemps. Votre père m'attend dans l'armurerie.

Il soupira et la lâcha.

— Il faut que j'y aille…

Roxane se redressa sur un coude et l'observa pendant qu'il s'habillait. Le jeu de la lumière sur les muscles de son dos était fascinant, et elle ne s'en lassait pas ; elle adorait regarder ses cuisses longues et musclées, la courbe de son postérieur. Lorsqu'il eut bouclé son baudrier avec son épée par-dessus sa tunique, il revint près du lit et sa silhouette de mâle parfait, épaules larges, taille mince, se découpa clairement dans la lumière qui venait de la croisée.

— Je vous verrai dans la grande salle pour le souper, dit-il. N'oubliez pas, quand vous quitterez cette chambre, les gardes devront vous accompagner. Tout le temps.

— Je n'oublierai pas, Eric.

— Bien.

Lui prenant la main, il s'inclina dessus.

— Je vais envoyer Berthe pour s'occuper de vous.

Roxane était assise sur un trépied, et grimaçait tandis que Berthe passait un peigne dans ses mèches emmêlées. La chambrière ne cessait de ronchonner depuis qu'elle était entrée dans la chambre.

— Seigneur Dieu, qu'est-ce que cet homme a fait à vos cheveux ? Tous ces nœuds ! Ne se rend-il pas compte du temps que cela prend pour les démêler ?

Roxane dissimula un sourire et se demanda ce que Berthe dirait si elle lui rapportait qu'Eric la trouvait adorable quand elle était « en désordre ».

La servante tira sur ses cheveux et continua à grommeler.

— Votre chevelure était magnifique, avant qu'Eric de Monfort pose les mains sur vous. Il n'a aucune notion de la façon de traiter une dame. Les hommes sont tous les mêmes, ils ne se soucient que de leur plaisir.

Roxane haussa les épaules. Elle n'allait pas confesser qu'Eric aimait être allongé avec elle en la tenant simplement contre lui. C'était quelque chose de privé. Elle fixa pensivement une bougie posée sur une étagère devant elle.

Elle avait entendu assez de ragots pour savoir qu'alors que la plupart des hommes se précipitaient pour profiter des aspects charnels du mariage, rares étaient les époux qui appréciaient simplement la compagnie de leur femme comme Eric semblait le faire.

Il avait reconnu qu'il prenait plaisir à davantage que l'acte de chair. Il passait du temps à la cajoler, ce qui devait signifier que le lien entre eux se renforçait. Eric était un homme aimant, elle en était sûre. C'était à elle de l'en convaincre. Le ravissement qu'ils partageaient dans leurs moments d'union physique était une grande bénédiction, qui l'aiderait sûrement dans sa quête pour gagner son cœur.

Berthe soupira.

— Je suppose que nous devrions être satisfaites que vous ayez encore vos cheveux. Si vous aviez pris l'habit de novice, ils auraient été coupés court. Etes-vous heureuse avec messire Eric, ma dame ?

La question était inattendue et, venant de sa chambrière, frisait l'impertinence. Prenant son miroir à main, Roxane l'inclina de façon à voir le visage de la servante.

— Berthe ?

— Je conviens que messire Eric a beaucoup de charme, mais il n'est pas exactement le parti que vous auriez pu espérer.

Roxane fronça les sourcils.

— Que voulez-vous dire ?

— Personne ne sait rien de sa famille. Il n'est pas noble, il pourrait même être issu de serfs.

Tout en parlant, Berthe lui passait lentement le peigne dans les cheveux.

— Je sais qu'il est devenu un chevalier nanti de terres et qu'il s'est gagné un manoir, mais il n'égale pas messire Gauvain…

Roxane se retourna si brusquement que ses cheveux s'accrochèrent au peigne. Les libérant d'un geste sec, elle prit de grandes inspirations pour se ressaisir et releva le menton.

— Assez ! Berthe, vous êtes impertinente !

La mâchoire de Berthe lui en tomba.

— Ma dame ?

— Le comte Faramus a choisi messire Eric pour moi. Il ne vous appartient pas de remettre en question le choix de votre seigneur.

Berthe regarda par terre.

— Je suis désolée, ma dame.

— Et vous devez l'être. Messire Eric est mon époux, et pour ma part j'en suis contente.

— Oui, ma dame.

La chambrière releva les yeux.

— Je ne voulais pas être irrespectueuse, ma dame. Il n'y a pas une créature à Jutigny qui n'aime pas et ne respecte pas messire Eric. C'est juste que…

— Vous devez vous rendre compte que mon père juge les hommes sur leur caractère et non sur leur naissance, Berthe. Le fait que les origines de messire Eric sont inconnues n'a absolument aucune importance. Son service en tant que chevalier du château a toujours été exemplaire.

— Oui, ma dame.

Berthe se mordit la lèvre.

— Ma dame, je suis vraiment navrée de vous avoir offensée. J'espère que vous n'allez pas me renvoyer et me faire travailler à la buanderie.

— Ne soyez pas ridicule, Berthe, bien sûr que non.

La chambrière lui adressa un sourire crispé.

— Merci, ma dame. Je vous demande bien pardon. Je ne comprenais pas comment c'était entre vous.

Les parents de Roxane lui avaient inculqué le sens de la

justice. Son père en particulier se plaisait à dire qu'il fallait juger un homme sur ses actes et non sur ses origines ou son apparence. Pourtant, malgré leur caractère choquant, les remarques de Berthe lui donnaient une nouvelle façon de voir les choses.

Y avait-il ici, à Jutigny, d'autres personnes qui nourrissaient des doutes au sujet Eric à cause de son humble naissance ? Si oui, il devait avoir été confronté à des préjugés pendant des années. De la part de beaucoup de monde ? Un homme qui s'attendait à être traité piètrement à cause de ses origines, ou plutôt de son manque d'origines, pouvait trouver difficile de se croire digne d'amour. Une boule se forma dans la gorge de Roxane.

Elle n'avait jamais entendu ne serait-ce qu'un murmure sur la famille d'Eric. Vu son âge quand dame Blandine l'avait pris sous son aile, il devait s'en souvenir. Pourtant, il ne parlait jamais de sa mère ou de son père. Qui étaient-ils ? Ne les mentionnait-il jamais parce qu'il craignait d'être jugé, et que tout ce qu'il avait travaillé à acquérir ne lui soit arraché ?

A-t-il une si piètre idée de nous ? De moi ?

Se rendant compte que Berthe la regardait et semblait attendre, Roxane désigna le coffre bleu et blanc poussé contre le mur.

— Je suppose que mes anciens habits sont là-dedans.

— Oui, ma dame. Personne n'y a touché depuis que vous êtes partie à l'abbaye.

— Ils m'ont manqué.

— Je n'en suis pas surprise.

L'air soulagé, Berthe se tourna vers le coffre.

— Ce sera bon de vous voir dans quelque chose de plus gai que ces haillons que les sœurs vont ont fait porter.

— Regardez si vous pouvez trouver la cotte ajustée en

brocart rose, avec les bordures en fourrure. Je porterai ma ceinture en argent avec le cercle de tête assorti.

— Le voile crème, ma dame ?

— S'il vous plaît.

La cotte rose était sa préférée, et elle était curieuse de voir la réaction d'Eric quand elle la porterait. Ces derniers jours, il l'avait seulement vue dans son habit terne. Elle ne s'était jamais considérée comme particulièrement coquette, mais elle voulait qu'Eric la découvre dans quelque chose d'un peu plus séduisant. La cotte rose avait des laçages compliqués aux poignets et sur les côtés. L'idée d'Eric bataillant pour la délacer était étrangement excitante.

Berthe lui décocha un coup d'œil bizarre et elle se sentit rougir. Pendant un instant embarrassant, elle s'imagina que sa chambrière pouvait lire dans ses pensées.

La cour était emplie d'ombre quand la cloche du souper appela Eric et le comte Faramus qui se trouvaient à la poterne. Tandis qu'ils traversaient la cour, plusieurs chevaliers qui étaient rentrés de patrouille sortirent des écuries en criant des ordres par-dessus leur épaule avant de se rendre à la fontaine pour se laver.

— Vérifiez le fer à cette jambe postérieure, Pierre.

— Oui, messire.

— Et brossez-le bien.

— Tout de suite, messire.

Une servante sortit du cellier avec un panier d'œufs. Elle jeta un coup d'œil au comte et plongea dans une révérence.

— Bonsoir, messire.

— Bonsoir, Marie.

Elle croisa le regard d'Eric et rougit.

— C'est bon de vous revoir, messire Eric.

Eric lui adressa un petit signe de tête.

— C'est bon de vous revoir aussi, Marie.

Tandis que la servante se hâtait en direction de la cuisine, messire Faramus lança un regard scrutateur à Eric.

— Jolie fille, dit-il.

Eric fixa le dos de la servante qui s'éloignait.

— Oui, c'est une jolie fille.

— Un peu coquette, peut-être…

Eric n'était pas occupé par ses pensées au point de ne pas remarquer la façon dont messire Faramus le jaugeait. Il se raidit.

— Messire, Marie est, comme vous dites, jolie. Mais si vous suggérez que j'ai des vues sur elle, vous vous trompez.

Le comte haussa un sourcil.

— Elle était connue pour avoir un penchant pour vous, il y a quelques années.

— Cela appartient au passé. De plus, c'était tout à fait innocent.

Messire Faramus éclata de rire et Eric sentit son visage s'empourprer.

— « Innocent » ? Le printemps avant que vous ne quittiez Jutigny, on vous a vu allongé avec Marie dans la prairie au bord de la rivière.

— Les choses ne sont pas toujours ce qu'elles semblent, messire.

Eric se rappelait ce printemps où Marie et lui étaient descendus ensemble dans la prairie pour parler. Il était étrangement troublant de découvrir que quelqu'un les avait observés et l'avait rapporté au comte. De toute manière, il n'y avait pas eu grand-chose à voir. L'amitié entre Marie et lui reposait surtout sur le fait qu'ils s'aimaient bien ; ils n'avaient échangé que quelques baisers. Marie ne lui avait rien demandé, et il l'avait appréciée pour cela.

— Ce qui signifie ?

— Quiconque nous a vus dans la prairie a mal interprété ce qu'il a vu, répondit fermement Eric. Marie n'est pas une fille débauchée. Et même si elle l'était, je peux vous assurer que je ne donnerais jamais à votre fille de raisons de douter de ma fidélité.

— Je suis content de l'entendre, Monfort. Content de l'entendre.

Le comte lui donna une tape sur l'épaule.

— Et ce n'est pas la peine de me jeter ce regard meurtrier. Un père aime à savoir qu'il a pris la bonne décision pour sa fille.

— Messire, vous avez ma parole que je ferai tout mon possible pour ne pas vous décevoir, vous ou dame Roxane.

Alors qu'Eric approchait des marches de la grande salle au côté de messire Faramus, il lui vint à l'idée que son amitié avec Marie avait dû ressembler à celle de Roxane avec son Mathieu — une amourette de jeunesse. Innocente, mais pouvant être mal interprétée.

Tout à coup, il comprit quelque chose.

— Mon Dieu ! J'ai été aveugle.

Le comte regarda en arrière.

— Hein ?

Des pensées traversaient la tête d'Eric, des pensées qui lui donnaient la chair de poule. Il lutta pour les ordonner. Roxane et Mathieu… Roxane avait juré que personne n'était au courant de son amourette avec Lyon. Elle lui avait dit que leur amitié avait été innocente et il la croyait. Après tout, elle était vierge lors de leur nuit de noces. Sa relation avec l'écuyer ressemblait beaucoup à la sienne avec Marie : enfantine, innocente et complètement dénuée de passion.

Mais Mathieu de Lyon était mort.

Et si quelqu'un les avait vus ensemble ? La mort de

Mathieu pouvait-elle avoir été plus qu'un accident dû au hasard ?

Il franchit le seuil de la grande salle.

— Messire…

Comme nombre de personnes de la maisonnée se trouvaient déjà réunies pour souper, il parla à voix basse.

— J'ai entendu dire qu'après mon départ, un jeune écuyer du nom de Mathieu a été formé ici.

Messire Faramus ne répondit pas avant d'avoir atteint le buffet où une cuvette et des linges étaient disposés pour eux. Il plongea les mains dans l'eau et soupira.

— Une fieffée tragédie, ce qui lui est arrivé.

— Messire, que s'est-il passé ?

— Le garçon a été tué dans une rixe de rue à Provins.

Le comte secoua la tête et prit un linge pour se sécher.

— Vraiment ?

— Lyon était au mauvais endroit au mauvais moment. Comme tout le monde, ici, il avait l'ordre de ne pas sortir seul après le couvre-feu. Il a eu la malchance de choisir le soir de la rixe pour y désobéir. Son corps a été trouvé dans une ruelle de la ville.

— Avez-vous découvert qui a provoqué la rixe ?

— Des ivrognes, probablement. Elle s'est produite sur la place du marché dans la Basse-Ville, près de la taverne du Soleil.

— Le Soleil ?

— La taverne proche de Saint-Ayoul.

Le comte jeta le linge de côté et fit signe à Eric de se laver les mains à son tour.

— Le capitaine du comte Henri a enquêté sur la mort du garçon, mais n'a rien trouvé.

— Personne n'a été jugé ?

— Hélas ! non. Cette histoire a été regrettable. Même

si ce jouvenceau n'était pas bâti pour devenir chevalier, il aurait fait un très bon archer.

Une servante s'approcha, portant du vin sur un plateau. Messire Faramus prit une coupe.

— Mathieu de Lyon a simplement choisi le mauvais jour pour enfreindre le couvre-feu.

Eric regarda pensivement son beau-père. Ce dernier pouvait avoir raison ; la mort de Mathieu pouvait être due à un tragique concours de circonstances, mais les picotements sur sa nuque lui racontaient une autre histoire.

Mathieu de Lyon avait pu être assassiné.

Assassiné parce qu'il avait été surpris avec Roxane ? C'était tout à fait possible. Mathieu avait pu être tué parce que quelqu'un les avait vus ensemble, quelqu'un qui craignait qu'ils ne soient sur le point de devenir amants et se sentait menacé par la possibilité d'une alliance entre les familles de Lyon et de Sainte-Colombe.

Roxane semblait convaincue que personne ne connaissait son béguin pour Mathieu. Elle devait se tromper. Quelqu'un était au courant de leurs rencontres. Et ce quelqu'un avait pu vouloir s'assurer que la relation entre Roxane et le jeune écuyer n'aille pas plus loin. Si Roxane et Mathieu s'étaient mariés, il aurait pu y avoir bientôt des héritiers. Et qui aurait eu à y perdre, si cela était arrivé ?

Messire Armand de Velay.

Velay avait-il organisé la mort de Lyon ? Si oui, il était malin comme le diable. Sachant que le penchant de Roxane pour Mathieu n'était pas connu, il aurait su aussi qu'il était peu probable que la mort du garçon passe pour un meurtre. Qui aurait relié la disparition de Lyon à Roxane ?

Ainsi, avec la mort du jeune homme vue comme un malheureux accident, il ne viendrait à l'esprit de personne que Roxane puisse elle-même être en danger.

Quelle bénédiction que ses fiançailles avec messire Gauvain aient été aussi brèves ! Quelle bénédiction qu'elle se soit retirée au couvent ! Eric frémissait en pensant à ce qui aurait pu se passer, sans cela.

Messire Armand était le suspect évident. Sa piété étant légendaire, c'était difficile à croire, mais c'était possible. Il se pouvait que quelqu'un à Jutigny lui transmette des messages. Eric s'essuya les mains et laissa tomber le linge à côté de la cuvette. Il devait fouiller un peu plus profond. Discrètement. Si messire Armand était son homme, ce serait difficile à prouver.

Eric prit une coupe de vin sur le plateau et se dirigea vers la table haute où, en tant qu'époux de Roxane et futur intendant des terres de Sainte-Colombe, il avait gagné le droit de s'asseoir à la droite de son seigneur. Il avait des questions pour messire Faramus et pour Roxane. Cependant, la grande salle se remplissait vite — des chevaliers et des soldats, des dames, des jouvencelles et des enfants, le chapelain — et tous se pressaient pour prendre place aux longues tables recouvertes de nappes. Des serviteurs couraient d'un côté à l'autre, distribuant des tranchoirs, posant bruyamment des plats. Il soupira. Avec tant de monde à portée de voix, ses questions allaient devoir attendre.

La porte de la tour sud s'ouvrit et un homme d'armes entra, l'un de ceux qu'il avait choisis pour garder Roxane. Le soldat tint la porte ouverte, s'inclina, et Roxane apparut. Elle était suivie de près par sa chambrière et un second garde.

Les pensées d'Eric s'éparpillèrent. Roxane portait une cotte rose foncé qui moulait ses courbes et ferait sûrement l'envie de toutes les femmes de la chrétienté. Bon sang ! Il était vraiment le plus fortuné des hommes ! Son voile de couleur crème était retenu par un cercle de tête en argent qui accrochait la lumière quand elle bougeait. Le voile, soyeux, tombait dans son dos. L'étoffe était si fine qu'elle cachait à peine ses cheveux, qui avaient été nattés souplement avec des rubans roses et reposaient sur sa poitrine. Sa taille fine était entourée d'une ceinture en argent assortie à son cercle de tête.

Quand ses yeux bleus croisèrent le regard d'Eric, elle lui sourit timidement et il eut du mal à respirer. Il avait épousé la plus belle femme de toute la création. Il ne se rendit compte qu'il avait posé sa coupe et s'était avancé vers elle que lorsqu'elle glissa sa main fine au creux de son coude.

— Je suis content de voir que vous n'avez pas oublié les gardes, ma dame.

Roxane lui sourit et il sentit sa poitrine se contracter. Il couvrit sa main de la sienne.

— Ce soir, votre beauté éclipse le soleil, murmura-t-il, et il la conduisit en passant derrière messire Bréon jusqu'à leur place à la table haute.

Comme Eric le craignait, il n'eut pas l'occasion de parler discrètement au père de Roxane durant le souper. On servit d'abord du potage et messire Macaire réclama l'attention du comte — quelque chose à propos d'une querelle de bornes avec un marchand local. Puis un plat de porc rôti fut posé sur la table, et dame Blandine entraîna son époux dans une discussion échauffée au sujet d'une requête qu'elle avait reçue du couvent qui avait abrité leur fille. Le temps qu'Eric s'attaque à une poire au miel pochée dans du vin rouge, il avait renoncé. Il parlerait à messire Faramus le lendemain.

Non que cela lui coûtât. S'occuper de Roxane était une distraction suffisante.

Un page remplit la coupe de vin qu'ils partageaient et Eric la lui tendit. Il avait du mal à ne pas garder les yeux fixés sur sa bouche. Ce sourire timide était si affriolant. Et cette cotte… Seigneur ! Elle était si décolletée que lorsqu'elle se penchait vers lui, il pouvait voir ses seins se soulever et s'abaisser.

— Voulez-vous un petit pain au miel, ma dame ?

— Non, merci.

Son voile dansa lorsqu'elle secoua la tête. Ses yeux étincelaient à la lumière des bougies. Ce soir-là, ils étaient de la couleur du ciel et infiniment fascinants ; ce bleu profond semblait l'attirer afin qu'il ne puisse pas regarder ailleurs.

Levant une main délicate, elle cacha un bâillement.

— J'avoue que je suis un peu fatiguée, messire. La vie au couvent était morne, c'est sans doute pourquoi j'ai trouvé le changement de ces derniers jours épuisant.

Elle ne paraissait pas fatiguée du tout ; Eric aurait juré que ce bâillement était feint, et elle se mordait la lèvre d'une façon qui suggérait qu'elle réprimait un sourire. Sans mentionner que la manière dont elle se penchait en avant le tentait presque au-delà du supportable. Il avait envie de l'attirer dans ses bras et de l'embrasser follement. Oui, même ici, dans la grande salle de son père, avec ses parents et les chevaliers du comte assis autour d'eux.

— Roxane…

Sa voix était étranglée. Roxane avait peut-être été innocente quand ils s'étaient mariés, mais elle savait ce qu'elle faisait. L'étincelle dans ses yeux lui indiquait qu'elle essayait délibérément de lui échauffer le sang, et elle y parvenait. Elle poussa un autre petit bâillement et sa tête vint se poser contre son épaule. Pour quelqu'un qui les regarderait, cela semblerait être un geste de confiance et d'affection, mais Eric n'était pas dupe. La façon dont ce décolleté bâillait en faisait une tentative de séduction.

Elle me veut.

Il entrevit un sein couronné de rose et faillit grogner. Il la regarda dans les yeux, et l'un de ses sourcils frémit. Cette ébauche de sourire était irrésistible.

Il est temps de capituler.

Il avait donné des ordres à Berthe pour allumer un réchaud dans leur chambre et espérait qu'elle n'aurait pas oublié.

— Fatiguée, ma dame ?

Passant un bras autour de la taille fine de son épouse, il écarta le plat de poires cuites avec un soupir aussi faux que le bâillement de Roxane, et se tourna vers le comte.

— Messire, avec votre permission, Roxane et moi aimerions nous retirer.

La faible lueur d'un réchaud emplissait la chambre. Bien. Eric attrapa une brindille de bois sec, la pressa contre un tison, et alluma une bougie fixée dans un support mural.

— Venez ici, sorcière.

— « Sorcière » ?

Dans un bruissement de brocart, Roxane vint se placer à son côté.

— Nous ne sommes pas mariés depuis une semaine, et vous me traitez déjà de sorcière ?

— Vous êtes une sorcière. Adorable. Enchanteresse. Une sorcière. Votre conduite dans la grande salle…

Il s'interrompit et secoua la tête en la regardant.

Les yeux de Roxane s'adoucirent.

— Je vous ai choqué, dit-elle en posant les mains sur son torse.

Il mit les siennes sur ses hanches.

— Dieu sait ce que votre mère a dû penser.

— Maman pense que nous nous aimons. Elle excusera presque tout, pour cela.

— Que nous nous aimons ?

Eric sentit son visage se figer.

— Ce n'est pas possible.

— Je sais, dit Roxane d'un ton léger. Il faut que vous pardonniez à ma mère, elle a écouté trop de troubadours.

Les sourcils froncés, il détacha ses mains de son torse et les écarta sur le côté, pour mieux examiner sa cotte.

— Eric, que faites-vous ?

— Je cherche les laçages.

Il la fit pivoter et ne put voir de fermeture dans le dos.

— Cette cotte semble faite d'un seul morceau, où diable sont les lacets ?

Il entendit un rire doux.

— Aux poignets et sur les côtés.

Roxane se libéra de son emprise, posa son cercle en argent sur l'étagère près de la bougie et ôta son voile.

Eric la prit par le poignet et, s'adossant au montant du lit, l'attira à lui. Les lacets de la manche étaient fins et difficiles à dénouer. Et bien sûr, dans son impatience, il avait les doigts gourds. Tandis qu'il bataillait, il lui sembla que la chambre s'emplissait du parfum entêtant de l'été.

— Cette cotte a dû scandaliser les nonnes.

La lumière de la bougie brillait dans les yeux de Roxane. Elle souffla doucement.

— Je ne l'avais pas emportée au couvent.

— Je ne peux pas dire que j'en sois surpris.

Il en avait terminé avec une manche et écartait l'étoffe. Puis il s'attaqua à la deuxième.

— Bien que, peut-être, les sœurs ne se fussent pas inquiétées si elles avaient su quelle épreuve c'est de vous en sortir.

Roxane rit de nouveau.

— Il n'est pas facile d'y entrer non plus. Berthe doit m'aider.

La deuxième manche défaite, Eric passa au laçage de côté.

— Roxane ?

— Hmm ?

— Je voudrais vous poser une question au sujet de Mathieu de Lyon.

— Oui ?

— Vous êtes tout à fait certaine que personne ne vous a vue avec lui ?

— Tout à fait. Pourquoi ?

Elle lui toucha la main.

— Vous avez appris quelque chose.

— Non. C'est juste une idée.

— Dites-moi.

— Je préférerais ne rien dévoiler à ce stade.

Il ne pouvait lui dire qu'il suspectait que Lyon avait pu être assassiné à cause d'elle. Il l'avait déjà mise sous bonne garde et ne voulait pas ajouter à ses inquiétudes. Se penchant, il posa un baiser sur son front.

— Soyez-en assurée, si j'apprends quoi que ce soit de certain, je vous le dirai.

Dénouant les derniers lacets, il poussa un soupir de soulagement.

— Dieu merci. Nous allons vous débarrasser de cette cotte en un rien de temps.

Il fit glisser ses mains le long de son corps, entraînant le brocart rose.

Quand Roxane s'éveilla, une lumière pâle filtrait par les interstices du volet. Elle frissonna. Le réchaud s'était éteint dans la nuit, et Eric avait pris toutes les couvertures. En en ramenant un peu à elle, elle se blottit contre lui. Il était ce qu'il y avait de mieux pour la réchauffer.

Il ouvrit des yeux ensommeillés, sourit, et murmura :

— Ce ne peut pas être déjà le matin ?

Ils n'avaient pas beaucoup dormi, cette nuit-là.

— Pas tout à fait. J'avais froid. Vous êtes un goinfre de couvertures, messire.

Un bras puissant l'enlaça.

— Un goinfre de couvertures ?

Les yeux d'Eric se plissèrent.

— Je peux songer à d'autres façons de vous réchauffer, si vous êtes d'accord…

Après cet intermède, il se leva et alla jusqu'à la table de toilette pour se laver. Il était complètement nu et parfaitement à l'aise. Allongée dans le lit, Roxane l'observait. L'admirait. Il avait un si beau corps ! Mais il était tellement plus pour elle que cela. Elle était une femme très, très fortunée. Si Eric n'avait pas accepté la proposition de son père… Elle frémit.

— Eric, merci de m'avoir épousée.

Il sourit et posa le linge avec lequel il se séchait sur la table.

— Ce n'est pas une corvée, je vous l'assure. C'est moi qui devrais vous remercier.

Il revint près du lit et lui prit la main. Tandis qu'il la baisait, il haussa un sourcil sombre.

— Le mariage avec vous me convient grandement. J'apprécie votre compagnie.

Elle lui décocha un regard direct.

— Vous n'êtes pas le seul. Moi aussi, j'aime le temps que nous passons ensemble, mais je vous préviens honnêtement : j'attends plus que cela de notre mariage.

— Vous voulez dire des enfants ? Moi aussi, j'espère que nous en aurons.

Une brève image de jeunes enfants, un garçon et une fille dotés des yeux étonnants d'Eric, passa dans l'esprit de Roxane. La bouffée d'envie qui suivit fut presque insupportable. Elle l'ignora fermement.

— Je ne parlais pas d'enfants. Vous devriez savoir, je pense, que j'ai l'intention de me servir du plaisir que nous avons ensemble au lit pour vous lier à moi.

L'air intrigué, il se tourna et prit ses chausses à un crochet.

— Roxane, je suis déjà lié à vous par le mariage. Que peut-il y avoir de plus ?

— Et l'amour ?

Il se figea.

— L'amour ? Vous voulez mon amour ?

— Oui.

Il se racla la gorge et Roxane vit jouer les muscles de ses jambes tandis qu'il enfilait ses chausses. Son visage était dénué de toute expression ; il semblait être à court de mots. Puis il s'éclaircit la voix une deuxième fois.

— Je vous l'ai dit, vous ne pouvez pas m'aimer.

Son intonation était froide. Ferme. Inflexible. Lui interdisait-il de l'aimer ?

— Pourquoi ?

— Roxane, vous ne pouvez pas, c'est tout.

Il tourna le dos, la laissant contempler ses larges épaules. Quelque chose dans sa posture lui indiqua qu'il n'était pas prêt à penser à l'amour. Il était bien trop tôt pour qu'elle continue dans cette voie. Elle réprima un soupir. Elle allait devoir essayer de s'y prendre autrement.

Quand il saisit sa chemise, elle vit sa chance et rabattit les couvertures.

— Eric, j'ai quelque chose pour vous.

S'enroulant dans une couverture, elle alla pieds nus jusqu'à son coffre. Les gonds craquèrent tandis qu'elle tenait le couvercle ouvert et sortait la chemise qu'elle avait cousue.

— J'ai fini ceci hier soir, juste avant la cloche du souper. Si elle ne vous plaît pas, vous n'êtes pas obligé de la porter.

Lui tendant la chemise, elle retint son souffle. Il la déplia d'un coup sec, la regarda fixement, et le cœur de Roxane se serra devant son regard étonné. C'était comme s'il n'avait jamais vu une chemise auparavant.

— C'est ce que vous aviez commencé à faire à Monfort ?

— Oui.

— Une chemise.

Sa voix était rauque.

— Pour moi.

Il la contempla en silence, tâtant l'étoffe, passant l'index sur les petits points du col. Un muscle frémit dans sa mâchoire.

Elle ne lui plaisait pas. Il était si silencieux. Si elle avait été à son goût, il aurait sûrement dit quelque chose.

— Eric, vous n'êtes pas tenu de la porter. Ce n'est pas grand-chose, seulement une chemise de dessous.

Roxane se figea. Elle ne lui avait jamais vu cet air. Il lui vint à l'idée qu'elle l'avait surpris. Il paraissait vulnérable. Toutefois, si elle déchiffrait correctement son attitude, sous sa surprise, il était content. Profondément. Et aussi incertain. Elle lui avait cousu une chemise et il ne savait que dire.

Son estomac se contracta. Ce n'était sûrement pas la première fois qu'on lui faisait un cadeau. Dame Blandine lui avait donné des habits lorsqu'il était arrivé à Jutigny, et il en avait eu d'autres en grandissant. Cependant, tout avait dû venir de l'intendant. En y repensant, Roxane se rappelait qu'Eric, quand ils étaient plus jeunes, portait seulement des vêtements ordinaires. Il avait probablement commencé à payer quelqu'un pour lui faire des habits quand il avait perçu ses gages de chevalier.

Même alors, ses tuniques étaient simples. Droites et sans fioritures. Comme lui. Sauf qu'elle découvrait qu'Eric de Monfort était loin d'être aussi peu compliqué que tout le monde le supposait.

Il avait la tête penchée sur son ouvrage, et examinait les initiales qu'elle avait brodées sur le devant — un « E » et un « R » entrelacés en soie bleue et rouge.

Il leva les yeux vers elle.

— Cette broderie est très réussie. De l'excellent travail. Je vous remercie, Roxane. Je n'ai jamais eu quoi que ce soit d'aussi beau.

Il suivit de l'index le « R » bleu et se mordit la lèvre. Puis, lentement, il suivit du doigt le « E » rouge.

— J'aime la façon dont vous avez brodé nos initiales.

— Vous êtes mon époux.

Elle haussa les épaules.

— J'ai vu le dessin dans ma tête et j'ai pensé qu'elles seraient jolies entrelacées.

Des yeux verts indéchiffrables se plantèrent dans les siens pendant quelques instants. Puis, attrapant sa tunique et son baudrier, il sortit à grands pas. La porte claqua.

Serrant la couverture sur sa poitrine, Roxane se laissa choir sur le bord du lit et ferma les yeux. Son cadeau, probablement le premier qui avait été confectionné spécialement pour lui, l'avait mis en colère sans qu'elle comprenne pourquoi. Il était évident qu'il était content de devenir un membre de la famille, et elle était sûre que son présent l'avait touché. Etait-ce là le problème ? Il ne savait pas comment réagir.

En rouvrant les yeux, elle fixa la porte. Elle n'entendait plus ses pas, il devait déjà être en bas avec Abélard. Au moins, il avait emporté la chemise. La porterait-il ? Elle n'en avait aucune idée. De toute évidence, gagner son cœur n'allait pas être aussi facile qu'elle l'avait espéré. Elle devrait se montrer patiente et avancer pas à pas.

Chapitre 10

Eric, qui s'était donné deux missions, sortit d'un pas raide dans la cour, sa cape fouettant ses talons. Son écuyer l'attendait près de la poterne avec leurs chevaux.

Appuyé contre le garrot de sa monture, Abélard frottait de ses poings ses yeux ensommeillés. En voyant Eric, il se redressa et lui tendit les rênes de Capitaine.

Eric enfila ses gants et les prit.

— Merci.

Quand ils furent en selle, Abélard se tourna vers lui.

— Où allons-nous, messire ?

— A Provins. Au marché aux étoffes.

Le jeune homme le dévisagea.

— Encore ?

Eric sentit son visage s'échauffer.

— J'ai fait une promesse, et je dois la tenir.

Il revoyait sans cesse, dans sa tête, ce coupon de damas bleu. C'était sa première mission. Roxane l'avait admiré et, maintenant qu'ils étaient mariés, il comptait lui acheter de quoi confectionner une cotte. Certes, il ne s'était pas attendu à le faire si vite.

Le cuir des selles craqua tandis qu'ils mettaient les chevaux au pas. Le ciel était chargé, d'une couleur d'étain, et le vent venait du nord. Il allait pleuvoir. Pensivement, Eric se frotta la poitrine. Le présent de Roxane se trouvait sous son justaucorps et sa tunique, à même sa peau. Il avait fini de s'habiller dans une chambre au-dessous de la leur et lorsqu'il avait enfilé la chemise, il avait eu dans la gorge une boule grosse comme un œuf de mouette. Il semblait ridicule d'être ému par une chose aussi simple. Il était marié, et son épouse lui avait cousu une chemise.

Roxane n'avait pas fait là quelque chose d'extraordinaire ; des femmes cousaient des habits pour leur époux tous les jours. Pourtant, d'une certaine manière, son cadeau l'avait déstabilisé. La chemise qu'elle avait tirée du coffre à linge de Monfort était douce sur sa peau, les points minuscules. Parfaits. Jamais de sa vie il n'avait possédé quelque chose d'aussi beau. Les chemises qu'il faisait faire d'ordinaire par la couturière étaient plus rêches, et les points plus grossiers.

Porter quelque chose que Roxane avait confectionné pour lui lui faisait un drôle d'effet. La chose lui plaisait, même si elle le troublait. Roxane avait-elle pensé à lui pendant qu'elle faisait ces tout petits points ? Avant qu'elle lui donne cette chemise, elle avait dit qu'elle voulait son amour, bien qu'il l'ait avertie qu'elle ne devait pas attendre cela de lui. Avait-elle songé à l'amour pendant qu'elle cousait sa chemise ? Il ne l'aimerait jamais d'amour — il n'aimerait jamais aucune femme.

Tandis qu'ils laissaient le château de Jutigny derrière eux et prenaient la route de Provins, il grimaça. Sa réaction à son présent laissait beaucoup à désirer. Elle devait penser qu'elle avait épousé le plus revêche des hommes. Que la chemise ne lui plaisait pas, alors que c'était tout le contraire. Il bataillait pour trouver une réaction correcte quand il avait remarqué que la délicate broderie bleu et rouge n'était pas qu'un joli motif : c'étaient leurs initiales entremêlées. Ce constat avait été le coup de grâce. Il avait été complètement stupéfait.

Qu'avait-il fait pour la mériter ? Dame Roxane de Sainte-Colombe l'avait épousé sous la pression. Il était évident qu'elle portait le deuil de Mathieu de Lyon lorsqu'elle était entrée au couvent, puis elle avait été contrainte de l'épouser, lui. Pourtant, elle se comportait en tout comme s'il avait été son choix. Or il n'était pas son égal. Il était devenu chevalier, mais on ne pouvait échapper au fait qu'un enfant trouvé ne pourrait jamais être à sa hauteur. Dieu du ciel, elle n'avait pas le moindre indice sur son passé.

Eric fixa sans les voir les oreilles de Capitaine en se rappelant la douceur dans ses yeux lorsqu'il avait passé le doigt sur leurs initiales, et compris ce qu'elles symbolisaient. « Nous sommes unis », semblaient-elles dire.

La façon dont Roxane l'acceptait de tout son cœur était insensée. Elle le rendait perplexe. Il se dit qu'il ne devrait pas s'attarder là-dessus, que cela ne devrait pas importer. Ce qui importait, c'était qu'il était enchanté de sa jeune épouse et que, quand bien même il ne pourrait jamais l'aimer d'amour, elle aurait toujours son affection. Il ferait de son mieux pour s'assurer qu'elle ne regrette jamais leur mariage, et allait lui offrir ce damas bleu.

Quant à sa seconde mission… Messire Faramus avait mentionné que Mathieu de Lyon était mort près de la taverne du Soleil. Ce n'était pas un endroit qui lui était familier, mais cela ne ferait pas de mal de se renseigner. Quelqu'un pourrait peut-être se rappeler ce qui s'était passé cette nuit-là.

— Abélard ?

— Messire ?

— Etes-vous déjà allé à la taverne du Soleil ? C'est près du marché de la Basse-Ville, non loin de Saint-Ayoul.

— Je connais l'endroit, messire, mais n'y suis jamais entré.

— Dommage.

Abélard le regardait, les yeux élargis par la curiosité.

— Je crois savoir que c'est une taverne assez mal fréquentée. Il y a un certain temps, l'un des écuyers de Jutigny a été attaqué dans la ruelle voisine. On l'a trouvé mort plus tard.

Eric hocha la tête.

— C'est ce que j'ai entendu dire.

Il n'allait pas avouer, même à Abélard, que la mort de cet écuyer le hantait et le poussait à se rendre à la taverne du Soleil. Manifestement, Roxane aimait ce garçon. Bon sang ! Alors qu'elle le pleurait, elle avait rejeté messire Gauvain de Meaux.

L'idée que Mathieu de Lyon ait signifié autant pour Roxane ne lui plaisait guère. Toutefois, plus déplaisante encore était la possibilité que la mort du jeune homme ait pu être liée à sa relation avec elle. Le soupçon que quelqu'un ait voulu éliminer Lyon à cause de sa proximité avec Roxane devenait de plus en plus fort. Tout comme la crainte que Roxane ne soit pas en sûreté, même dans le château de son père.

Il était impératif qu'il apprenne comment — et pourquoi — Mathieu de Lyon était mort.

Certes, il n'y avait peut-être pas de relation entre la mort de l'écuyer et Roxane. Malheureusement, l'instinct d'Eric lui soufflait autre chose, et il ne pourrait se reposer tant qu'il n'aurait pas de réponses.

Et s'il se trompait ? S'il découvrait que la mort de l'écuyer avait effectivement été une malheureuse coïncidence, comme messire Faramus le pensait ? De toute façon, il ne causerait aucun mal en cherchant à le savoir. Par ailleurs, cela pourrait peut-être aider Roxane si l'assassin de Mathieu était retrouvé et jugé. Il ne pouvait se débarrasser de l'idée que son amour pour le jeune homme restait fort.

S'il obtenait justice pour Lyon, s'il faisait juger son meurtrier, cela la soulagerait peut-être. Quelle que soit la cause de la mort de Mathieu, il méritait que justice soit rendue. Et dans l'intérêt de Roxane, le moins qu'Eric pouvait faire était d'essayer de découvrir qui l'avait tué.

Peu après, Eric se tenait devant l'étal du drapier. Celui-ci tira ses ciseaux de sa ceinture.

— Combien avez-vous dit que vous en vouliez, messire ?

— Seigneur, j'ignore combien de toises et de pouces il faut. Assurez-vous simplement qu'il y ait largement de quoi faire une cotte pour une dame.

Comme avec vénération, le drapier déroula la soie qui se répandit comme une rivière bleue sur le comptoir.

— Je suppose que c'est pour la dame qui vous accompagnait l'autre jour, la petite dame menue aux cheveux blonds ?

— Oui, elle est mon épouse. Ne mégotez pas sur la longueur, je dois être sûr qu'il y aura assez d'étoffe.

— Très bien, messire.

Les ciseaux crissèrent à travers la soie et le marchand leva des yeux brillants et pleins d'attente.

— Aimeriez-vous des rubans assortis pour orner les cheveux de votre dame ?

Il désigna d'un geste un plateau contenant des rubans de toutes les couleurs de l'arc-en-ciel.

Eric regarda le plateau, perplexe. Acheter du tissu n'était pas son affaire, encore moins des rubans. Se rappelant que les cheveux de Roxane étaient souvent attachés par des rubans coupés dans la même étoffe que ses cottes, il décida que des rubans assortis n'étaient pas une mauvaise idée.

— Je vais prendre deux ou trois rubans bleus, merci. Et le crème avec des fils d'argent. Et ce noir et or.

Un ruban rose accrocha son regard, il savait qu'elle aimait le rose.

— Et ce rose.

— Très bien, messire.

Le drapier enveloppa le damas bleu et les rubans dans de la toile ordinaire, puis tendit le paquet à Eric qui le paya.

Abélard attendait avec les chevaux à quelques pas de là. Pendant qu'Eric faisait ses achats, des dizaines de personnes étaient arrivées sur la place du marché, qui était maintenant si peuplée que les gens se bousculaient presque aux abords des étals. Par-dessus les têtes, Eric aperçut un éclair jaune — une enseigne illustrée d'un brillant soleil jaune.

Il rangea le tissu et les rubans dans sa sacoche de selle, puis conduisit Capitaine à travers la foule en direction de la taverne. Abélard le suivit. Ils avaient presque traversé la place quand Eric vit un hongre bai attaché sous l'auvent de fortune qui devait servir d'écurie à la taverne. Il s'arrêta net et un picotement désagréable parcourut sa nuque.

— Abélard ? appela-t-il doucement.

— Messire ?

Eric sortit de la foule et fit signe à son écuyer de se mettre sur le côté, afin qu'ils se tiennent un peu à l'écart de la taverne. Il pouvait s'agir d'une coïncidence, mais il en doutait. Il désigna d'un signe de tête le hongre bai attaché près des autres chevaux.

— Connaissez-vous cet animal ?

— Le bai ? C'est le cheval de messire Bréon.

Eric l'étudia. Logiquement, il n'y avait aucune raison pour laquelle messire Bréon ne pourrait venir se rafraîchir au Soleil. Peut-être était-il un habitué des lieux, ou peut-être un pur hasard l'avait-il amené là aujourd'hui. Hélas ! Eric doutait que ce soit le cas. Il se demandait s'il devait entrer ou non quand, à quelques pas de l'écurie, une porte latérale s'ouvrit et le chevalier en personne sortit.

Avec une grimace, Eric baissa la tête derrière Capitaine et pria qu'Abélard suive son exemple. Par chance, son écuyer était un garçon intelligent, et messire Bréon ne les vit ni l'un ni l'autre. Il écoutait avec attention son compagnon, un grand homme au teint basané, avec un visage aigu et un nez aussi fin qu'une lame. Eric ne l'avait encore jamais vu.

— Merci, Bréon. Je n'oublierai pas ce geste, dit l'homme.

Le chevalier marmonna quelque chose qu'Eric ne put entendre. Son compagnon lui donna une tape sur l'épaule et fit claquer ses doigts en direction d'un gamin à qui il manquait des dents.

— Nos chevaux, petit.

— Tout de suite, messire.

Quand les deux hommes furent en selle et commencèrent à s'éloigner, Eric se redressa. Cherchant un sou dans sa bourse, il poussa Capitaine sous l'auvent, croisa le regard du gamin et leva la pièce.

— Cette pièce est à toi, mon garçon, si tu peux me dire le nom des deux hommes qui viennent de partir vers la Ville Haute.

Bien sûr, Eric connaissait messire Bréon, mais il pouvait être utile de savoir s'il fréquentait la taverne sous son vrai nom.

Les yeux du gamin s'illuminèrent et il regarda la pièce avec avidité.

— C'est facile, messire. L'homme sur le bai est né à Provins, il s'appelle messire Bréon.

— Et son compagnon ?

— Le sergent Gildas, messire.

— Il sert dans la garde de Provins ?

— Je crois pas, messire.

L'un des châteaux du comte Henri de Champagne s'élevait dans la Ville Haute. Ce sergent pouvait fort bien servir le comte Henri.

— Il est peut-être au service du comte Henri ?

— Je crois pas.

Le regard du petit garçon ne se détachait pas de la pièce.

— Je crois pas qu'il est du coin.

Intéressant. Eric s'approcha d'un pas.

— Mais tu jurerais qu'il est sergent et que son nom est Gildas ?

— C'est ce que j'ai entendu. Je suis désolé de pas en savoir plus.

Soudain, le visage du gamin s'éclaira.

— Une des filles de la taverne pourrait peut-être vous renseigner, messire.

— Merci, tu m'as beaucoup aidé.

La pièce d'argent brilla en atterrissant dans la paume de l'enfant.

— Merci, messire !

— Venez, Abélard.

Laissant les chevaux au garçon, ils entrèrent dans la taverne.

Malgré sa piètre réputation, le fait que le Soleil se trouve à proximité du marché garantissait sa fréquentation. Apercevant de la place à une petite table sous une poutre noire de fumée, Eric s'installa et commanda de la cervoise.

Son voisin, un marchand à en juger par son apparence, ingurgitait à la cuillère un brouet gris comme s'il n'avait pas mangé depuis un mois. A l'odeur, c'était un ragoût de mouton et d'orge, mais il était difficile d'apercevoir de la viande. L'homme transpirait abondamment et les relents aigres qui émanaient de lui firent frémir les narines d'Eric. Son estomac se retourna. Seigneur ! Cet individu sentait encore plus mauvais que son brouet.

La fille qui arriva avec la cervoise fut une distraction bienvenue. Elle était jeune, avec des yeux et des cheveux bruns. Une certaine innocence dans son expression indiquait qu'elle ne travaillait pas depuis longtemps au Soleil.

Eric lui sourit.

— Est-ce le sergent Gildas que j'ai vu partir ?

— Oui, messire.

— Dommage. J'espérais lui parler. Savez-vous où je pourrais le trouver ? Habite-t-il près d'ici ?

— Je ne sais pas, messire. Mais c'est un client régulier, alors il doit venir souvent à Provins.

Eric sourit de plus belle.

— Ah oui ?

— Je l'ai vu ici un certain nombre de fois. Messire Bréon et lui sont de bons amis.

La fille fixa pensivement la coupe d'Eric.

— La dernière fois que le sergent Gildas est venu, quelqu'un d'autre était avec eux. Je crois que c'était un chevalier comme messire Bréon. En tout cas, le sergent avait du respect pour lui.

Eric retint son souffle.

— Je suppose que vous n'avez pas retenu le nom de cet autre chevalier ?

Lentement, elle secoua la tête.

— Je suis désolée, messire, je ne m'en souviens pas.

Un autre client appela pour être servi.

— Par ici, la fille !

Alors qu'elle s'éloignait, elle jeta un coup d'œil en arrière à Eric.

— Je viendrai vous le dire s'il me revient avant que vous partiez.

— Merci.

Plus tard, tandis qu'ils se dirigeaient vers la porte, la servante arriva en courant.

— Messire, j'ai retrouvé le nom du chevalier qui était avec le sergent Gildas et messire Bréon ! Il s'appelait messire Armand.

Un frisson parcourut Eric de la tête aux pieds.

— Messire Armand de Velay ?

— C'est ça.

Elle désigna une autre servante.

— Marguerite travaille ici depuis plus longtemps que moi, elle connaissait son nom.

— Soyez bénie.

Eric lui glissa quelques pièces dans la main.

— Tenez, partagez ceci avec Marguerite.

— Merci, messire.

En souriant, la fille fit une courbette.

Eric éperonna sa monture en direction de la porte de Provins et de la route de Jutigny, avec le cœur en déroute et un écuyer qui se posait autant de questions que lui.

— Messire Armand de Velay est un parent de messire Faramus, n'est-ce pas ? demanda Abélard.

— Un cousin éloigné.

A ce qu'Eric avait compris, messire Armand ne rendait pas visite à la famille.

— Ils ne sont pas proches. Durant toutes les années que j'ai passées à Jutigny, je ne l'ai jamais vu.

— Je me demande comment messire Bréon le connaît.

Eric jeta un regard sombre à son écuyer. C'était la question qui le préoccupait le plus, lui aussi. Toutefois, messire Armand avait pu rencontrer messire Bréon n'importe où. Dans un tournoi, à Paris, n'importe où. Qui pouvait dire que messire Armand n'était pas venu à Jutigny après son départ du château, quand il avait gagné son manoir ? Aux yeux d'un témoin, cela semblerait parfaitement naturel : Roxane était l'héritière du comte, et, si elle mourait sans descendance, messire Armand hériterait du comté de Sainte-Colombe.

En proie à l'anxiété, Eric mit Capitaine au trot. Pourquoi diable messire Bréon avait-il pris l'habitude de rencontrer le sergent de Velay à intervalles réguliers ? Il avait un mauvais pressentiment à ce sujet, un très mauvais pressentiment. Lorsqu'il s'était réveillé ce matin, il avait eu l'intention d'aller tout droit voir messire Faramus. Il voulait avoir l'opinion du comte sur la personnalité de messire Armand. Velay était-il le genre d'homme à recourir au meurtre pour satisfaire ses ambitions ?

Seigneur ! Quel sot il était ! Le cadeau qu'il voulait faire à Roxane l'avait distrait. Le damas bleu lui avait sauté à l'esprit, et il n'avait plus eu qu'une pensée, le lui procurer. Dans son impatience, il avait décidé de parler à son père plus tard.

Il serra les dents. Avec les gardes qu'il avait postés autour de Roxane, il était raisonnablement confiant qu'elle ne risquait rien. Malgré tout, il avait la bouche sèche et son cœur tambourinait dans sa poitrine. Il fallait qu'il rentre à Jutigny. Qu'il la voie. Tout de suite.

— Abélard, que savez-vous de messire Armand ?

— A part que sa vie est paraît-il une suite interminable de pèlerinages et de pénitences, pas grand-chose. On dit qu'il craint Dieu, qu'il a l'esprit élevé, et qu'il est plein de piété.

Ce qui était à peu près autant et aussi peu que ce qu'Eric lui-même savait. Ils quittèrent les faubourgs de la ville et éperonnèrent leurs chevaux. Il se détendrait lorsqu'il aurait constaté par lui-même que Roxane allait bien. Il s'était bercé d'illusions, pensa-t-il. Il s'était dit qu'un chevalier comme messire Armand, réputé pour sa piété et son esprit élevé, ne s'abaisserait pas au meurtre. Il avait été imprudent. Pire qu'imprudent !

Il ne pouvait cesser de penser à la mort de Mathieu de Lyon si près du Soleil — une taverne fréquentée par le sergent de messire Armand. Un sergent qui y rencontrait souvent messire Bréon, et qui était probablement l'un des cavaliers qui les avaient suivis quand ils étaient revenus du marché. Il pouvait même être l'archer qui avait tiré sur eux dans la réserve de chasse.

Tandis qu'ils longeaient les champs qui bordaient la route de chaque côté, les questions que se posait Eric se multipliaient. Pourquoi diable messire Bréon avait-il rencontré le sergent d'Armand ? Avaient-ils parlé de Roxane ? Le chevalier avait-il quelque chose à voir avec cette courroie qui avait lâché lorsqu'ils avaient franchi le pont-levis de Jutigny ? Il savait quand Roxane devait arriver.

Messire Bréon trempait dans cette affaire, il l'aurait parié. L'homme avait-il perdu tout sens de l'honneur ? En tant que chevalier, et au service de messire Faramus depuis longtemps, il avait prêté le serment de la chevalerie : protéger les faibles et faire respecter la loi. Il était censé avoir à cœur les intérêts de son seigneur, ce qui incluait la sécurité de Roxane.

Eric n'avait jamais eu beaucoup de sympathie pour messire Bréon, qui ne semblait se soucier que d'argent. Mais même ainsi, il n'avait jamais imaginé que le chevalier puisse attenter à la vie de Roxane. Sans nul doute était-il bien payé pour sa perfidie.

Et qui aurait pensé qu'un homme aussi pieux que messire Armand se salirait les mains dans quelque chose d'aussi indigne ?

— Bon sang ! Il n'y a pas de preuves..., marmonna Eric en grinçant des dents.

Quoi qu'il en soit, malgré le manque de preuves, il était certain que messire Armand voulait la mort de Roxane. Pour le moins, messire Bréon devait lui fournir des informations et Velay le rémunérait certainement pour cela.

Eric ignora les regards pleins d'interrogation qu'Abélard lui lançait. Il n'allait pas être facile de convaincre messire Faramus que son plus ancien chevalier devait partir. Tout ce qu'Eric avait en sa possession, c'était une accumulation de suspicions. En outre, la réputation de grande piété de Velay ferait paraître ses accusations encore plus déplacées.

Peut-être un homme pieux comme messire Armand ne voyait-il pas de mal à payer des sbires pour exécuter ses basses besognes. Oui, cela se tenait... En travaillant main dans la main avec messire Bréon, Velay se fiait à un homme dont la piété ne consistait pas à vénérer Dieu, mais à vénérer l'argent.

Bréon de Provins devait partir.

Eric entra d'un pas décidé dans la grande salle de Jutigny. Pas de Roxane. Son père était là, cependant, partageant une coupe de cervoise avec messire Macaire. Les deux hommes souriaient.

Se disant qu'ils ne seraient pas aussi souriants si quelque chose était arrivé à Roxane, il les rejoignit.

— Mon seigneur, savez-vous où je peux trouver Roxane ?

— Elle est allée à cheval à l'abbaye.

Eric espéra paraître plus calme qu'il ne l'était. Il avait besoin de voir de ses propres yeux qu'elle était en sécurité.

— Elle a pris une escorte, j'espère ?

— Oh oui ! J'ignore ce que vous avez dit au sergent

Robert, Monfort, mais il a insisté pour qu'elle emmène quatre hommes d'armes et deux palefreniers.

— C'est bon à entendre.

Adressant un petit signe de tête à messire Macaire, Eric se tourna vers le comte.

— Messire, il faut que je vous parle de toute urgence.

Messire Faramus lui décocha un regard scrutateur et désigna une porte latérale.

— La chapelle ?

— Si vous le voulez bien.

Dans la chapelle, Eric ferma la porte et rejoignit le comte sur la banquette murale recouverte de coussins. Il lui relata tout ce qu'il avait vu et entendu au Soleil, mentionnant messire Bréon, le sergent Gildas et messire Armand.

Le visage du comte se durcit.

Eric lui fit aussi part de ses soupçons au sujet de la mort de Mathieu de Lyon. Il prit cependant soin de passer sur la nature de la relation de Roxane avec le jeune homme, disant simplement qu'ils avaient de l'affection l'un pour l'autre et que l'écuyer avait peut-être été attaqué pour cette raison.

Pour une fois, messire Faramus parut privé de l'usage de la parole. Il semblait stupéfait et secouait la tête en tirant sur sa moustache comme s'il ne pouvait en croire ses oreilles.

— En bref, messire, conclut Eric, je pense que messire Bréon est payé par votre cousin. En outre, je crois qu'il sait qui a assassiné cet écuyer.

— Messire Bréon est avec moi depuis des années, dit enfin le comte.

Eric se prépara à une lutte acharnée.

— Vous estimez que j'ai mal jugé les choses ?

Le comte jura à mi-voix puis, brusquement, ses épaules s'affaissèrent. Il parut avoir vieilli de dix ans en un instant.

— Malheureusement, non. Bien qu'il paraisse incroyable qu'un homme à l'esprit faible comme mon cousin, qui vit pratiquement comme un moine, puisse s'abaisser à essayer de tuer Roxane.

— Messire, nous ne pouvons prendre aucun risque. Messire Bréon doit partir. S'il ne le fait pas, Roxane et moi nous en irons.

— Seigneur ! Ce n'est pas ce que je veux.

Messire Faramus se frotta le visage et fixa une statue en bois de la Vierge à l'Enfant.

— Nous devrons faire attention à ce que nous dirons.

— Je suis d'accord. Je doute que nous puissions extorquer des aveux à messire Bréon avant de le confronter à une preuve irréfutable. Nous devons prouver ce qui est arrivé à Lyon et, en attendant, il vaudrait mieux que le chevalier ignore que nous enquêtons sur la mort de ce garçon. Une fois que nous aurons notre preuve, il devrait être plus facile de pointer le doigt sur votre cousin pour les autres incidents à Monfort et à la poterne.

Le comte caressa sa moustache et esquissa un léger sourire.

— Nous venons d'être avertis que l'intendant de l'un de mes petits manoirs, messire Guillaume Dubois, est tombé gravement malade. Messire Bréon lorgne depuis longtemps le poste d'intendant, il sera honoré de prendre sa place. Ayez la bonté d'aller me chercher un scribe. Il faut que je prévienne messire Guillaume.

Eric haussa un sourcil.

— Un scribe, messire ? Est-ce sage ?

Son beau-père grimaça.

— Par tous les diables, vous avez raison ! Nous devons rester discrets. Oubliez le scribe. Prenez une plume et du parchemin. Je vais dicter et vous écrirez — votre main est plus habile que la mienne. Nous enverrons le message sur-le-champ afin qu'il soit en route avant le départ de messire Bréon.

— Très bien, messire.

— Vous trouverez de quoi écrire dans le coffre derrière l'estrade. J'ai les articulations en feu, aujourd'hui, je serais content que vous y alliez. Une fois que le message sera envoyé à Dubois, nous donnerons ses instructions à messire Bréon.

Roxane avait souffert d'être trop entourée toute la journée et, alors qu'elle guidait Lily sur le pont-levis pour entrer dans la cour de Jutigny, elle avait envie de hurler.

Si elle avait pensé que la journée commençait mal lorsque plusieurs gardes lui emboîtèrent le pas quand elle descendit pour rompre son jeûne, cela n'avait pas tardé à empirer.

Lorsqu'elle était partie pour l'abbaye, afin de rendre visite à la novice Amélie, son escorte s'était groupée autour d'elle, chevauchant si près qu'il avait été quasiment impossible à la pauvre Lily de se mettre ne serait-ce qu'au petit galop.

Et maintenant, alors même qu'elle était revenue en sécurité entre les murs de son père, elle ne pouvait simplement remettre Lily à un palefrenier. Non, elle devait attendre que ses gardes aient mis pied à terre. Le sergent Robert insista pour traverser la cour avec elle et l'escorter à l'intérieur.

Dans la grande salle, messire Macaire était installé sur l'un des bancs de la table haute.

Roxane croisa son regard.

— Excusez-moi, messire, sauriez-vous où est mon époux ?

Au moins, quand elle était en compagnie d'Eric, les gardes la laissaient-ils un peu en paix.

— Oui, ma dame. Il s'entretient avec votre père.

Elle hocha la tête.

— Très bien, je vais les rejoindre.

Le chevalier se racla la gorge.

— Mes excuses, dame Roxane, mais messire Eric a donné des instructions. Ils ne doivent pas être dérangés.

Roxane fronça les sourcils.

— Cela ne s'applique sûrement pas à moi ?

— Je crains que si, ma dame. Personne ne doit entrer.

— Très bien, fit Roxane en serrant les dents, tandis que la curiosité montait en elle.

Qu'est-ce qui pouvait être si secret qu'Eric ne voulait pas d'elle dans la discussion ? Si cela avait trait à l'incident de la poterne, elle était directement concernée. Elle avait le droit de savoir ce qui se passait, et Eric ne devrait pas la tenir à distance.

Elle soupira, agacée. Eric se révélait tout aussi protecteur et dominateur que son père. Elle l'avait épousé en espérant qu'elle laisserait tout cela derrière elle. Son père ne l'avait jamais informée de ses projets pour elle ; elle avait appris ses fiançailles avec messire Gauvain quand elle lui avait été présentée comme sa promise. Le comte Faramus ne s'était à aucun moment soucié de la consulter.

Eric, je croyais que vous étiez différent…

L'avait-elle mal jugé ? Elle s'était rappelé le jeune garçon qu'il avait été et avait pensé que l'homme serait coulé dans le même moule. Apparemment, ce n'était pas le cas. Le prestige tournait-il la tête aux hommes ? Est-ce que commander à leurs hommes les conduisait à croire qu'ils pouvaient agir de même avec leur épouse ?

Elle se mordit la lèvre — il ne serait pas bon de laisser voir à messire Macaire combien elle était déçue — et partit d'un pas raide vers l'escalier de la tour sud. Le sergent Robert la suivait comme son ombre. Quand Eric daignerait lui parler, elle lui ferait savoir clairement qu'elle ne voulait pas être laissée dans le noir.

Des échos de sa voix rauque, lorsqu'il s'était mis à la courtiser, résonnèrent dans sa mémoire. Il avait dit qu'elle était adorable. Adorable ? Pfff ! Elle allait lui montrer comme elle pouvait être adorable ! La prochaine fois qu'elle le verrait, il faudrait bien qu'il apprenne que s'il voulait une épouse adorable, il devrait la mériter.

Il devait cesser de la prendre de haut, et l'admettre dans son esprit aussi bien que dans son lit. Manifestement, elle s'était trompée en croyant que les relations charnelles le lieraient à elle.

L'heure était venue d'adopter des tactiques différentes. Et comme elle voulait qu'ils soient en privé pour ce qu'elle avait à lui dire, elle n'allait pas l'attendre dans la grande salle. Elle le rencontrerait sur son propre terrain.

Elle s'arrêta au bas de l'escalier.

— Sergent, je vais me retirer un moment dans ma chambre. Si messire Eric me demande, pouvez-vous lui dire où me trouver ?

— Bien sûr, ma dame.

— Et s'il est toujours occupé à l'heure du souper, voudriez-vous avoir la bonté de demander à Berthe de me monter mon repas sur un plateau ?

— Oui, ma dame.

— Merci.

Elle hésita.

— Si je vous donne ma parole que je ne quitterai pas la tour, vos hommes et vous voudrez-vous bien vous contenter de rester à votre poste dans la chambre d'en bas ?

— Si c'est ce que vous souhaitez, ma dame.

Roxane monta dans la tour. Ses gardes la suivirent puis, conformément à ce qui était convenu avec le sergent, restèrent en arrière après le premier tournant de l'escalier. Elle continua seule jusqu'à sa chambre. Le volet était assez ouvert pour qu'elle puisse voir un pan de ciel voilé de nuages gris.

Par tous les saints, elle détestait être surveillée de la sorte ! Eric ne la connaissait pas très bien s'il pensait qu'elle pourrait le supporter longtemps. Cependant, dans son esprit, ce qui était beaucoup plus grave, c'était qu'Eric l'avait empêchée de prendre part à l'entretien avec son père.

Dehors, un pigeon passa devant la fenêtre ; probablement nichait-il sur le toit de la tour.

Sa tête la lançait, comme si elle était prise dans un étau. Elle se massa le front et ôta lentement les épingles de son voile. Elle avait besoin de sortir, et elle était là, prisonnière dans le château de son père.

Elle laissa tomber son voile sur le lit tandis qu'un autre pigeon passait, dehors. Lui aussi volait sans contrainte, libre. Libre… Elle regarda fixement l'étroite bande de ciel visible par la fenêtre. Naguère, elle aimait monter sur le toit. Y avait-il des gardes là-haut aussi, maintenant ?

Elle alla jusqu'à la porte, souleva le loquet et sortit sur le palier. Lorsqu'elle atteignit la porte au sommet de la tour, elle fit glisser le lourd verrou en fer, poussa le battant et sortit sur les remparts. Derrière elle, la porte se referma en claquant, provoquant un envol de pigeons. Dieu merci, il n'y avait pas de gardes. Elle poussa un soupir de soulagement.

Ici, en haut, le vent était frais. Une averse avait laissé des traces, le chemin de ronde était émaillé de flaques. Au-dessus d'elle, les nuages dérivaient lentement vers le sud. Les pigeons se réinstallèrent. Roxane s'appuya à un merlon et regarda par le créneau. Son père était en bas, près des écuries, en conversation avec messire Bréon. L'écuyer du chevalier était là aussi ; il fixait une sacoche de selle sur le hongre bai de son maître. Ils étaient trop loin pour qu'elle puisse distinguer leur expression, mais elle vit messire Bréon saisir le bras de son père comme pour lui dire au revoir.

Messire Bréon partait ?

Son écuyer entra dans les écuries, sortit son propre cheval et se mit à le charger d'autres bagages. A en juger par la quantité, ils allaient être absents quelque temps.

Comme c'était curieux… Personne n'avait évoqué le départ de messire Bréon.

Derrière elle, la porte claqua et elle sursauta violemment.

Chapitre 11

— Eric ! Vous m'avez fait peur.

Eric avait les poings serrés et les sourcils froncés. Tandis qu'il la regardait de haut en bas, son expression s'adoucit.

— Pardon. Je me suis inquiété en ne vous trouvant pas dans la chambre.

Sa bouche se releva en un sourire charmeur, et Roxane s'arma pour y résister.

— J'ai pensé que vous m'aviez filé entre les doigts.

Elle le regarda en plissant les paupières.

— Comme si je le pouvais ! Eric, c'est intolérable. Ils me surveillent constamment.

Tendant le bras vers elle, il l'attira contre lui. Avant qu'elle puisse protester, il posa un baiser sur son nez.

— Cela ne me plaît pas. J'ai l'impression d'être une captive.

— C'est pour votre sécurité.

— J'en ai assez. En outre, je veux que vous me disiez…

Un bruit de sabots l'interrompit. Messire Bréon et son écuyer franchissaient le pont-levis. Elle saisit le bras d'Eric.

Messire Bréon s'en va ?

— Je crois, répondit-il, les yeux mi-clos. Messire Guillaume Dubois a besoin de son aide.

— Ah bon ?

— Il est tombé malade.

— Et messire Bréon doit le remplacer ?

— Quelque temps.

L'air pensif, Roxane regarda les chevaux qui s'éloignaient et disparaissaient derrière le mur du château.

— Je n'imaginais pas messire Bréon ayant la patience nécessaire pour être intendant. Il y a quelque chose que vous ne me dites pas.

Des doigts forts couvrirent les siens.

— Pas du tout. Dubois est malade, et messire Bréon a été envoyé pour lui prêter main-forte.

Elle trouva l'expression d'Eric bien trop candide.

— Je ne suis pas une enfant, Eric. Vous avez appris quelque chose au sujet de messire Bréon, et vous l'avez envoyé ailleurs.

Eric ne dit rien, et son expression ne changea pas. Ce qu'il pensait était impossible à deviner.

Roxane recula, l'obligeant à la lâcher, et durcit le ton.

— J'ai accepté de vous épouser parce que je vous ai toujours bien aimé. Toutefois, je dois vous dire que je ne souhaite nullement un époux qui me cache des choses. En outre, vous sapez volontairement mon autorité.

Il fronça les sourcils.

— Comment cela ?

— Vous avez donné l'ordre de ne pas me laisser participer à votre entretien avec mon père. Je sais que vous avez découvert quelque chose, quelque chose qui concerne messire Bréon. Dites-moi ce que c'est.

— Roxane, vous devez me faire confiance.

Il lui offrit sa main, mais elle se contenta de la regarder.

— Eric, je vous faisais confiance.

Sa voix se fêla.

— Je croyais que vous étiez différent. Je pensais que nous pouvions avoir un vrai mariage.

Ses yeux s'embuèrent et elle battit vivement des cils.

Elle refusait de lui laisser voir sa faiblesse — elle voulait qu'il soit différent.

Le vent le décoiffa tandis qu'il s'approchait d'elle.

— Roxane, nous aurons un vrai mariage.

— Vraiment ? Vous refusez de m'aimer. Vous m'étouffez de gardes. Vous me bannissez de vos discussions avec mon père. Vous ne me dites rien. Et ensuite, quoi, Eric ? Quoi ?

La prenant par le poignet, il l'attira à lui. Elle refusa de croiser son regard et riva les yeux sur sa tunique. Elle l'entendit déglutir ; un gros soupir souleva son torse.

— Très bien, Roxane. Je ne voulais pas vous inquiéter, mais j'ai appris aujourd'hui quelque chose qui m'a amené à conclure que messire Bréon a pu être impliqué dans l'accident de la poterne. Il n'y a pas de preuve, alors tant que je n'en aurai pas découvert davantage, nous ne pourrons pas faire grand-chose. De son côté, votre père convient qu'il y a des raisons de s'inquiéter. Il a ôté messire Bréon du jeu en lui assignant un poste ailleurs.

— Messire Bréon sait-il que vous le soupçonnez ?

— Non.

Eric écarta les cheveux de ses yeux.

— Votre père pense que vous serez plus en sécurité s'il ignore nos soupçons. Le principal, c'est qu'il soit parti, ce qui me laisse libre de continuer mes recherches à Provins sans être gêné.

Un coin de sa bouche se releva.

— Vous serez sans doute heureuse d'apprendre qu'à la suite de cela, votre escorte a été réduite. Dorénavant, seuls le sergent Robert, un garde et un palefrenier vous accompagneront si vous quittez Jutigny.

Posant brièvement la tête sur la tunique d'Eric, Roxane relâcha son souffle.

— Merci. J'avoue qu'avoir une meute de chiens de garde sur les talons me rendait folle.

Il lui fit doucement relever la tête, puis lui donna un bref baiser avant de sourire d'un air ironique.

— Je ne m'en serais jamais douté ! Venez, j'ai quelque chose pour vous.

De retour dans leur chambre, Roxane découvrit le damas bleu étalé au pied du lit. Elle le caressa du bout des doigts. C'était une étoffe somptueuse, superbe, digne d'une reine.

— C'est magnifique, Eric, merci.

Elle croisa son regard.

— Et un coupon entier ! Cela a dû coûter une fortune.

— Je voulais vous remercier pour la chemise.

Les joues d'Eric se colorèrent et il haussa les épaules.

— Quoi qu'il en soit, nous nous sommes mariés trop tôt. Je n'avais pas fini de vous courtiser.

— Eric, je suis votre épouse, vous n'avez pas à me courtiser.

Il soutint son regard avec fermeté.

— Je vous avais promis cette étoffe une fois que nous serions mariés, et j'ai eu plaisir à l'acheter pour vous.

Il s'approcha et tendit le bras pour poser la main sur sa joue.

— Tout comme j'ai plaisir à vous courtiser.

Puis il l'enlaça et Roxane oublia tout, hormis le délice d'être tenue par lui.

Les jours s'écoulèrent, et rien ne sembla changer. Roxane et Eric n'avaient pas perdu leur entente au lit, mais ils n'étaient pas plus proches. Roxane commençait à perdre espoir, et se surprenait parfois à penser qu'Eric avait peut-être dit vrai, qu'il n'avait peut-être pas de cœur à donner. Dans la journée, elle le voyait de moins en moins.

Sous le couvert de mener des enquêtes, il allait presque chaque jour à Provins.

Un soir, au début de l'été, il revint avec un message de Monfort. Tandis qu'ils montaient l'escalier pour se rendre à leur chambre de la tour, il regarda Roxane qui le suivait.

— Messire Guy m'apprend qu'Héloïse a eu un petit garçon.

— L'enfant va bien ?

— Il est plein de santé, apparemment.

— A-t-il un nom ?

— Jacques.

Eric lui tint ouverte la porte de la chambre et Roxane ne fut pas plus tôt à l'intérieur qu'il entreprit de lui ôter son cercle de tête et son voile. Son envie de son corps n'avait pas diminué, ni la sienne pour le sien, songea-t-elle avec une ironie désabusée. Elle posa les mains sur son torse, pensive, et observa sa bouche tandis qu'il lui enlevait sa ceinture. Dans un instant, il allait l'embrasser. Elle lui rendrait son baiser, leur sang s'échaufferait instantanément, et elle oublierait pour un temps que la distance entre eux demeurait.

— Un enfant en bonne santé, s'entendit-elle murmurer. Quelle joie !

Si Eric et elle avaient un enfant, cela les rapprocherait-il ? Si elle lui donnait un bébé, obtiendrait-elle son amour ?

Elle avait pris au sérieux l'avertissement d'Eric au sujet de messire Bréon et suivait son conseil concernant les gardes, n'allant jamais seule nulle part. Toutefois, alors que les semaines passaient et qu'il ne se produisait rien d'anormal, elle se mit à espérer que le danger était passé.

Eloigner messire Bréon de Jutigny semblait avoir eu l'effet escompté. L'été arriva et s'écoula sans qu'il y ait d'accident malheureux. Les journées se succédaient à toute allure.

La nuit, il y avait Eric, sa chaleur près d'elle dans leur lit et la joie sans fin de leurs corps s'unissant. Ni l'un ni l'autre ne parlaient d'amour. Dans la journée, Roxane aidait sa mère à vérifier les provisions dans le cellier. Elle allait aussi dans la chambre de jour et s'attaquait à la montagne de raccommodage qui semblait faire partie de la vie de tout château. Lors de ses chevauchées, elle suivait des yeux les vols d'alouettes au-dessus des champs et des vignobles, observait des papillons qui butinaient des chardons violets.

Et puis les chardons se transformèrent en duvet qui s'éparpillait sur la route. On était déjà en septembre. L'herbe au bord des haies devint brune et sèche, et il n'y avait toujours pas eu d'accident.

Lorsque vint l'époque où les hirondelles commencèrent à voler vers le sud pour l'hiver, Roxane se sentait assez détendue pour penser qu'elle n'avait plus besoin de gardes. Seule la pensée qu'elle irait à l'encontre des souhaits d'Eric l'empêchait de les congédier. Elle brûlait de croire que son insistance pour qu'elle conserve une escorte était un signe de sa profonde affection. En pratique, il semblait plus vraisemblable qu'il protégeait ses intérêts.

Ce ne serait pas bon pour lui de la perdre avant qu'elle lui ait donné un enfant. Il avait besoin d'un héritier pour assurer ses droits au comté de son père. Si elle s'avérait stérile, messire Armand serait sans doute profondément soulagé.

A la fin de l'été, elle ne décelait aucun signe d'attendre un enfant, et ce n'était pas faute d'essayer. Quand Eric était avec elle, il se montrait aussi attentionné qu'elle pouvait le souhaiter. Ils faisaient souvent l'amour. Les murs de leur nid d'aigle résonnaient de gémissements et de soupirs presque chaque nuit. Eric était aux petits soins pour elle, la traitait avec douceur et apparemment avec une grande affection. Malgré tout, elle savait qu'elle n'avait pas progressé dans sa tentative de gagner son cœur. Il le gardait trop bien.

Un matin, elle s'éveilla en sentant une nette fraîcheur dans l'air. Comme d'habitude, Eric s'était levé avant elle et elle était seule. Le lit lui parut plus froid que d'ordinaire. En frissonnant, elle se blottit sous les couvertures jusqu'à ce que Berthe arrive.

— Bonjour, ma dame. Dois-je natter vos cheveux ?

— S'il vous plaît.

Roxane prit son châle. Tandis qu'elle allait pieds nus jusqu'au tabouret, son souffle se condensa dans l'air.

— Berthe, savez-vous si messire Eric s'est rendu à Provins ce matin ?

— Je crois, ma dame.

— Encore ?

Elle contempla en fronçant les sourcils une fleur peinte sur le plâtre. C'était elle qui l'avait peinte, et elle était un peu tordue ; il faudrait qu'elle la reprenne.

Comme Eric était inflexible sur le fait qu'ils devaient vivre dans la tour, elle avait décidé d'améliorer les choses de son mieux. Son coffre était donc couvert de pinceaux, de pots de pigments et de chiffons. Elle était impatiente de se remettre au travail. Ce n'était pas aussi facile qu'elle l'avait imaginé, mais en dépit des difficultés elle aimait créer des motifs pour orner les murs. Si elle travaillait vite, elle espérait compléter une partie de la frise avant qu'Eric rentre ce soir.

Etait-il nécessaire qu'il passe autant de temps à Provins ? Tout ce qu'elle avait pu lui arracher, c'était qu'il poursuivait des enquêtes pour son père. Berthe avait peut-être entendu quelque chose, il était possible qu'Abélard ait parlé. En se tordant le cou, elle regarda sa chambrière dans les yeux.

— Où va messire Eric quand il se rend à Provins, Berthe ? L'avez-vous entendu dire ?

Berthe lui jeta un coup d'œil de côté.

— Il paraît qu'il passe une bonne partie de son temps dans une taverne, ma dame.

— Laquelle ?

— Le Soleil.

— Où est-ce exactement ?

— Dans la Basse-Ville, sur la place devant Saint-Ayoul.

— Je vois.

Berthe avait fini de natter ses cheveux. Roxane se leva, s'approcha du coffre et choisit un pinceau.

— Vous ne descendez pas rompre votre jeûne, ma dame ?

— Dans un instant. Je veux juste essayer quelque chose.

Elle plongea son pinceau dans le pigment, de l'ocre rouge, et plaça avec soin cinq points pour représenter des pétales. Jaugeant le résultat d'un œil critique, elle tenta une autre fleur avant de reposer le pinceau. Oui, c'était mieux. Elle sourit.

— Berthe ?

— Ma dame ?

— Après le repas, je finirai cette portion de la frise, puis j'irai à cheval à Provins.

Berthe la regarda avec méfiance.

— Vous n'allez pas vous rendre dans cette taverne, ma dame ?

— Pourquoi pas ? C'est juste une taverne, non ?

Berthe fit une grimace.

— Elle est bien trop miteuse pour une dame. Messire Eric n'aimerait pas vous y voir, j'en suis sûre.

Un poing froid se noua dans le ventre de Roxane.

Jusqu'à cet instant, elle n'avait jamais songé à se poser de questions sur les visites répétées d'Eric à Provins. Mais la réaction de Berthe lui donnait à réfléchir.

— Ce… ce n'est pas un bordel, n'est-ce pas ?

— Pas que je sache. L'endroit est connu pour être assez mal fréquenté. Et sale, à ce que j'ai entendu dire. Vous ne devriez pas songer à y aller.

Berthe lui toucha le bras.

— Je n'aurais pas dû vous parler de cet endroit. Messire Eric serait très mécontent s'il le savait. De grâce, ma dame, ne lui dites pas que c'est moi qui l'ai mentionné.

— Soyez tranquille, Berthe, je n'en soufflerai mot.

Allant jusqu'à la cuvette, Roxane se lava les mains.

— Pendant que je romprai mon jeûne, voudriez-vous, je vous prie, dire au sergent Robert que nous irons en ville et que j'aurai besoin de l'escorte habituelle ?

Voyant que l'expression de Berthe était fortement réprobatrice, elle releva le menton.

— Je ne ferai que passer devant.

— Je l'espère bien, ma dame.

Décembre apporta le vent et la pluie. Roxane était prête à s'arracher les cheveux ; sa quête pour gagner l'amour de son époux semblait devoir rester vaine.

Ses investigations au Soleil n'avaient rien donné, sauf la confirmation qu'Eric était devenu l'un des clients les plus réguliers de la taverne. L'endroit n'était pas très recommandable, comme l'avait dit Berthe, mais cela aurait pu être pire. Et ce n'était pas un bordel. Roxane avait également appris qu'Eric passait des heures à la garnison du château de Provins, enfermé avec le capitaine du comte Henri.

Quand il la rejoignait dans leur chambre le soir, il

éludait la plupart de ses questions. C'était une habitude à laquelle elle était déterminée à mettre un terme. Il gardait des choses pour lui, elle en était sûre. Par chance, Eric n'était pas aussi fermé que son père. Elle savait qu'en insistant, elle pouvait d'ordinaire obtenir une certaine réaction de sa part. Mais c'était une tâche ardue.

Elle s'asseyait dans leur lit, regonflait les oreillers et s'y adossait, les bras croisés tandis qu'il se déshabillait. Comme ce soir-là.

— Etes-vous allé à la garnison du château, aujourd'hui ?

— Oui.

Lui décochant un de ses sourires charmeurs, il suspendit sa cape à un crochet du mur.

— Vous avez parlé au capitaine du comte Henri ?

— Mmm.

Il ajouta quelques morceaux de charbon dans le réchaud et se frotta les mains.

— Il gèle. Je ne serais pas surpris de voir bientôt arriver la neige.

— Eric, que faites-vous exactement toute la journée ?

Il lui lança un regard surpris.

— Je vous l'ai dit, Roxane, je travaille à protéger vos intérêts.

— Et cela signifie des journées passées dans cette taverne ?

Ce qu'Eric faisait à Provins semblait être devenu une obsession pour lui. Il vint à l'idée de Roxane qu'un changement de lieu pourrait briser ce cercle.

— J'aimerais retourner à Monfort.

Sa bouche se durcit.

— Ce n'est pas possible, j'en ai peur.

— Nous pourrions voir Héloïse et le petit Jacques. Et je suis sûre que messire Guy a des affaires à discuter avec vous.

Tout en finissant de se dévêtir, il haussa les épaules.

— Guy m'envoie des rapports réguliers. Tout va bien à Monfort.

— Eric…

— Je suis désolé, mon amour. Nous devons rester ici pour l'instant.

Roxane en oublia de respirer. « Mon amour. » Eric venait de l'appeler « mon amour » !

Sans s'apercevoir de la stupeur qu'il lui avait causée, il souleva les couvertures et se glissa dans le lit. Un bras musclé ceignit sa taille. Il prit une mèche de ses cheveux et l'entortilla autour de ses doigts.

La gorge de Roxane était serrée. Elle n'était pas sûre qu'il mesurait ce qu'il venait de dire… Il avait utilisé un mot tendre pour la première fois. Il l'avait appelée « mon amour ». Comme elle songeait qu'il valait mieux ne pas voir trop de choses là-dedans, il lui fallut quelques instants pour s'aviser que, en plus, il lui faisait part de ses pensées.

— Mon aimée, ce que je fais à Provins n'est pas facile. Votre père compte sur moi pour prouver que votre cousin est impliqué dans un complot pour vous priver de votre héritage. Nous ne pouvons pas simplement attaquer en proférant des accusations. Sans preuves, nous perdrions notre crédibilité. Messire Armand est malin, et le départ de messire Bréon de Jutigny, même s'il a été soigneusement négocié, lui aura indiqué que nous avons des soupçons. Il doit être en alerte et nous devons nous montrer prudents. Cette affaire requiert de la patience et de la diligence. Je me suis fait des amis dans cette taverne, ce qui ne peut s'obtenir du jour au lendemain. Il faut du temps pour créer un climat de confiance.

Ecartant les cheveux de Roxane, il posa un baiser sur son épaule.

— Messire Armand finira par révéler sa vraie nature, j'en suis sûr.

— Et alors nous pourrons rentrer à Monfort ?

— Si c'est ce que vous souhaitez.

Le regard d'Eric tomba sur sa bouche et son expression s'adoucit d'une façon qui lui indiqua qu'il allait l'embrasser.

— D'ici là, mon amour, je veux que nous restions ensemble. Toutefois, vous pouvez vous rendre en visite à Monfort quand vous le voulez. Le sergent Robert sera heureux de vous y accompagner et de vous en ramener.

Il l'avait redit ! « Mon amour »... Enfin, après tous ces mois, elle avait de l'espoir.

Glissant une main dans ses cheveux sombres, plus heureuse qu'elle ne l'avait été depuis bien longtemps, Roxane attira sa bouche vers la sienne.

Il se mit à faire plus froid. Noël approchait et, à Jutigny, les cuisines du château se préparaient pour le festin.

On plumait des oies, on fumait des jambons, on commandait à des marchands de précieuses épices — cannelle, clous de girofle, noix muscade — que l'on mettait soigneusement sous clé. Des écuyers étaient envoyés en groupes dans les bois pour chercher des endroits où trouver du lierre à suspendre dans la grande salle. On faisait des paris sur le page qui découvrirait le buisson de houx avec le plus de baies rouges. Mais il était trop tôt encore pour couper cette verdure, cela se ferait juste avant Noël. Une odeur de vin chaud flottait dans l'air.

L'hiver s'installa. Il faisait un froid anormal. Dans le jardin, une planche de cardères était couverte de gelée blanche. Ce qu'il restait d'herbe était gelé aussi et craquait sous les pas. Les doigts et les nez rougissaient, puis bleuissaient. On avait mal aux dents, et des nuages de condensation enveloppaient la tête des gardes sur le chemin de ronde. Un matin, Roxane se réveilla en frissonnant et se demanda si elle allait sortir à cheval. Naturellement, Eric était parti depuis longtemps. Son côté du lit était froid, et sa cape n'était plus suspendue au crochet.

Elle soupira. Il était sans doute à Provins, de nouveau. Bon, elle ne pouvait lui reprocher sa diligence, quand bien même il aurait été agréable pour une fois de se réveiller avec lui plutôt que seule. Elle reporta son regard sur le crochet, sourit et se leva. Après s'être rapidement habillée, elle alla ouvrir son coffre pour y prendre sa couture. Elle savait exactement comment elle occuperait la matinée, et cela n'impliquait pas de sortir dans le froid mordant.

Pour Noël, elle avait prévu d'offrir une cape à Eric. Elle était presque finie, il lui restait juste à finir l'ourlet et à coudre le fermoir. Si elle ne montait pas à cheval, cela pourrait être fait d'ici l'après-midi. En frissonnant, elle sortit la cape. L'étoffe était d'un vert profond, un tissage anglais assorti à la couleur des yeux d'Eric, et elle l'avait bordée de fourrure, ce qui n'avait pas été facile. Ses doigts étaient constellés de piqûres d'aiguille. Il avait intérêt à la trouver à son goût, se dit-elle en cherchant le fermoir en argent au fond du coffre. C'était une arabesque habilement faite pour s'ouvrir en deux, elle l'avait trouvée chez un orfèvre de la ville. Le motif était celtique. Il lui rappelait les enluminures du missel de sa mère. Enfants, lorsqu'ils apprenaient à lire, Eric et elle s'étaient plongés ensemble dans cette bible, plus fascinés par les illustrations que par les mots. S'en souviendrait-il ? Quand elle aurait terminé l'ourlet, elle coudrait le fermoir.

La cape fut achevée à midi, avec le fermoir solidement cousu. Roxane la remit dans son coffre et descendit dans la grande salle pour voir si sa mère avait besoin d'aide dans le cellier. Quand la cloche annonça l'heure du souper, la grande salle se remplit rapidement. Il n'y avait aucun signe d'Eric.

En temps normal, Roxane ne se serait pas inquiétée ; son époux était capable de veiller sur lui-même. Mais dans peu de jours Noël serait là, et quelque chose lui trottait en tête. Une inquiétude qu'elle ne parvenait pas vraiment à définir.

La veille de Noël. Eric.

Les sourcils froncés, elle regarda Marie, l'une des servantes dont le nom avait été lié à celui de son époux par le passé. Elle songea à la réputation d'Eric jeune homme, à la façon dont il badinait avec les femmes. Dieu merci, elle ne lui avait pas vu cette attitude depuis leur mariage.

Bientôt, ce serait la veille de Noël. Et il était de nouveau là, ce désagréable petit agacement. Quelque chose n'allait pas, elle en était sûre.

Elle attendit que l'on débarrasse les tables juste pour le cas où son époux arriverait. Puis, ne le voyant toujours pas venir, elle alla trouver Marie.

— Marie, avez-vous un instant ?

La servante fit une courbette.

— Ma dame ?

Un peu embarrassée, Roxane l'attira à l'écart. Cela pouvait être gênant, et elle ne voulait pas que Marie se sente offensée. Il fallait espérer que la jeune femme comprendrait son souci. Elle parla à voix basse.

— Marie, je crois savoir que vous avez connu mon époux avant notre mariage. Avant qu'il ne gagne son manoir.

Les joues de Marie s'empourprèrent.

— Nous étions bons amis, ma dame.

En hochant la tête, Roxane s'efforça de prendre un air neutre.

— Je me souviens vaguement qu'une année, aux environs de Noël, Eric a disparu. J'étais très jeune, alors, et je ne me rappelle pas grand-chose. Savez-vous ce qui s'est passé ?

— Non, ma dame. La seule chose que l'on savait, c'est qu'Eric… pardon, ma dame… messire Eric partait souvent à l'approche de Noël.

Marie désigna la porte d'entrée d'un signe de tête.

— En particulier s'il neigeait.

— Alors ce n'est pas arrivé qu'une seule fois ?

— Non, ma dame.

La servante se rapprocha.

— Je me suis demandé s'il se rappelait son passé. La fois où dame Blandine l'a fait entrer pour le mettre à l'abri du froid.

Roxane prit la main de Marie et la pressa.

— Merci, Marie. Moi aussi, j'y ai pensé. Vous m'avez beaucoup aidée.

En se tournant pour partir, Marie hésita.

— Dame Roxane ?

Son visage était écarlate.

— Messire Eric et moi… Nous n'avons jamais été que des amis. Sincèrement, ma dame, nous n'avons jamais été amants.

— Merci, Marie.

Roxane sourit. Le ton de Marie était si sérieux qu'elle ne put que la croire. Elle lui toucha de nouveau légèrement la main.

— Merci, vraiment.

Pendant qu'autour d'elle on enlevait les plateaux des tables pour les ranger contre les murs, Roxane resta immobile, songeant à son époux et à son habitude de disparaître aux alentours de Noël.

En se mordant la lèvre, elle regarda vers la porte. Il neigeait, ce soir-là, exactement comme quand Eric était petit garçon. Il se remémorait sûrement ce moment. Avait-il du chagrin à la pensée de son passé perdu ? Déplorait-il la perte de ses parents ?

Eric était un homme si vibrant, si sûr de lui ! Il était difficile de l'imaginer s'appesantissant sur son passé, mais ce devait être le cas. Le cœur de Roxane se serra. Ses yeux se tournèrent vers deux chiens blottis l'un contre l'autre devant le feu. Ils venaient de la même portée et étaient inséparables ; l'un d'eux posait la tête sur le ventre de l'autre, sans douter un instant que son frère l'accepterait.

Elle prit brusquement conscience de quelque chose. Eric ne s'attendait pas à être aimé. Dans sa jeunesse, le comte et la comtesse lui avaient témoigné autant de faveurs qu'ils le pouvaient, étant donné qu'il n'était pas leur enfant. Ils avaient été censés le traiter ni mieux ni moins bien que les fils de nobles qu'ils formaient chez eux. De fait, le père de Roxane avait été plus sévère avec Eric qu'avec les autres pages et écuyers, comme si son ascendance inconnue impliquait que son droit à porter des armes devait être mis à l'épreuve d'une façon plus stricte.

Eric voulait être aimé. C'était l'une des raisons pour lesquelles il badinait et se montrait taquin, pour cela qu'il luttait pour être un chevalier honorable. Il voulait que les gens l'apprécient, mais pas un instant il considérait cela comme acquis. Il ne le pouvait pas. Ses premières années l'avaient marqué, et rien de ce qui avait suivi — l'acceptation de dame Blandine, le fait qu'il devienne chevalier, son mariage avec elle —, rien ne l'avait guéri.

Il portait des cicatrices invisibles. Des cicatrices de blessures enfouies si profondément qu'il se pouvait que même lui ne se rende pas compte qu'elles ne s'étaient pas encore refermées.

La porte s'ouvrit et une bourrasque d'air glacé s'engouffra dans la grande salle. Une sentinelle entra, faisant tomber la neige de ses bottes. Eric était dehors, quelque part, souffrant et seul, parce que le petit garçon abandonné qu'il avait été un jour n'avait jamais vraiment guéri.

Roxane alla vivement jusqu'à l'escalier de la tour. Il fallait qu'elle le trouve. Si assuré qu'Eric puisse paraître, elle voulait qu'il sache combien il comptait pour elle. S'il comprenait cela, peut-être pourrait-il en venir à l'aimer. Elle ignorait si son plan marcherait, mais il fallait qu'elle essaye. Elle releva l'ourlet de ses jupes et monta en toute hâte jusqu'à la salle de garde, s'arrêtant juste pour passer la tête à l'intérieur et attirer l'attention de l'un des hommes.

— Alain, voudriez-vous trouver le sergent Robert, s'il vous plaît ?

— Ma dame ?

— Demandez-lui de seller Lily, voulez-vous ?

La mâchoire du garde lui en tomba.

— Vous sortez ? A cette heure ? Ma dame, la nuit tombe ! Il neige.

Roxane se redressa.

— Trouvez le sergent Robert, ordonna-t-elle sèchement.

Puis elle continua jusqu'à sa chambre pour y prendre sa cape, ses bottes et la cape qu'elle avait confectionnée pour Eric. Il se pourrait qu'il en ait besoin ce soir.

Chapitre 12

Faisant un signe à Marguerite, Eric regarda Abélard en haussant un sourcil. Le garçon était affalé sur le banc bancal à côté de lui, la tête appuyée au plâtre sale du mur, et ronflait doucement. Il était mort d'ennui, pensa Eric, ce qui n'avait rien d'étonnant. Toute la semaine, le bruit avait couru que le sergent d'Armand de Velay avait été vu en ville. En conséquence, Eric et Abélard avaient passé le plus clair de leur temps au Soleil, avec l'espoir que s'ils n'avaient pas la chance de voir l'homme de messire Armand de leurs propres yeux, ils pourraient au moins apprendre quelque chose. N'importe quoi. Eric souhaitait désespérément donner à Roxane la consolation de savoir que les meurtriers de Mathieu de Lyon seraient traduits en justice. Hélas ! cela ne semblait pas devoir arriver de sitôt.

Eric avait écrit à Guillaume Dubois en lui demandant s'il était au courant d'une communication quelconque entre messire Bréon et messire Armand. L'intendant avait assuré qu'il n'y avait rien eu. Peut-être avait-il été dupé. Eric ne l'était pas. Quelque chose se tramait. Sans rien dire à Dubois, il avait envoyé des hommes qui devaient se faire passer pour des valets d'écurie et s'immiscer dans le manoir de messire Guillaume. A part une ou deux rumeurs, ces hommes n'avaient pas appris grand-chose.

A ce que l'on disait, Armand de Velay était à Paris, pour

voir une châsse fabriquée pour abriter un fragment de la Vraie Croix. Cela correspondait à l'image de l'homme pieux qu'il donnait, mais Eric aurait juré que le petit pèlerinage de Velay servait de prétexte à quelque chose de bien plus sinistre. Le cousin de messire Faramus n'allait pas laisser Sainte-Colombe lui filer entre les doigts.

Il poussa un soupir las et ferma ses oreilles à une explosion de rires qui provenait du fond de la salle, où la célébration en avance de Noël dérapait un peu. Tout ce qu'il possédait, c'étaient des pistes ne menant à rien. C'était décourageant. L'absence de progrès les avait condamnés, son écuyer et lui, à passer des heures ennuyeuses assis à cette table graisseuse, pendant qu'autour d'eux les gens de la ville devenaient de plus en plus gais. Abélard et lui étaient là depuis si longtemps qu'on les considérait sans doute comme faisant partie du mobilier. Il en avait assez. Il allait prendre une dernière boisson pour se réchauffer et rentrer à Jutigny.

Marguerite s'approcha.

— Messire ?

— Un gobelet de vin chaud, s'il vous plaît.

D'autres rires montèrent de la table du fond, et Marguerite jeta un coup d'œil à Abélard, qui dormait malgré le bruit avec l'innocence de la jeunesse.

— Pour votre écuyer aussi, messire ?

— Oui, s'il vous plaît. Cela pourrait l'aider à se réveiller et nous partirons sous peu. Je suppose qu'il neige toujours ?

— Oui, messire. C'est devenu un vrai blizzard.

Splendide.

Pendant que Marguerite allait chercher le vin, Eric écouta les ronflements d'Abélard et laissa courir ses pensées. Il était certain que Mathieu de Lyon avait été assassiné sur ordre d'Armand de Velay, et il avait pensé qu'à cette heure il aurait des preuves. Seigneur ! Il avait espéré résoudre cette énigme des mois plus tôt !

L'incertitude, et surtout l'inquiétude pour Roxane, le rendait fou. Leur vie ensemble allait-elle être gâchée éternellement par la crainte que Velay ne puisse frapper à tout moment ? C'était intolérable. Il voulait savoir qu'elle ne risquait rien — il en avait besoin.

S'il n'y avait eu Roxane et la chaleur de leurs relations au lit, son humeur aurait vraiment été sombre. Il se sentait plus proche d'elle qu'il ne l'avait été de n'importe quelle autre femme, et cela aussi apportait son lot de difficultés. Il se sentait coupable de la façon dont ils s'étaient mariés, en conflit avec lui-même. Face à cela, Roxane paraissait satisfaite, alors pourquoi diable était-il si mal à l'aise ? Pourquoi ?

Elle avait eu besoin de son aide et, avec la bénédiction de son père, il la lui avait apportée. Elle lui donnait de grandes joies, et en même temps des soucis. C'était la malédiction de la chose. Jamais il n'aurait imaginé qu'être marié pouvait amener un homme à s'inquiéter autant.

Roxane était aimable et douce, comme sa mère. Ses lèvres frémirent. Elle avait du caractère, aussi. Parfois, elle pouvait se comporter en vraie harpie, comme son père. Tous ces traits plaisaient à Eric, ils lui avaient toujours plu. Simplement, il n'avait jamais pensé l'épouser.

La porte s'ouvrit et deux hommes entrèrent en tapant des pieds, le capuchon de leur cape couvert de neige. En faisant un détour pour aller au comptoir, ils passèrent près de la table d'Eric.

— Il fait assez froid pour vous geler le sang, grommela l'un d'eux, en ôtant de la neige de ses cils.

L'autre acquiesça d'un grognement.

En effet, le froid émanait d'eux par vagues et, tandis qu'Eric suivait des yeux leur avancée vers les tonnelets de vin, son esprit fit quelque chose d'étrange. Il le ramena à cette veille de Noël où sa mère l'avait traîné dans la nuit et la neige vers la lumière de la poterne de Jutigny. Il serra les poings. Par tous les diables ! Fallait-il que ceci se produise chaque année ? Pourquoi ne pouvait-il oublier ?

« Attire les gardes, Eric, avait dit sa mère en faisant un signe de tête vers la lueur des torches. Ils te feront entrer.

— Maman, j'ai froid. Je veux rentrer à la maison. »

Sa mère s'était penchée pour le serrer très fort avant de le pousser sur le pont-levis.

« Les gardes t'aideront. Demande dame Blandine. »

Puis elle s'était tournée pour s'éloigner. Elle n'avait pas regardé en arrière.

Ce soir-là, le froid avait pénétré Eric jusqu'aux os. Ses larmes avaient gelé dès qu'il les avait laissées couler. Il s'était changé en glace. Le ciel pleurait de la neige.

« Maman ? *Maman !* »

Une ombre tomba sur lui et il fut ramené de force au présent. Le vin chaud était servi. Il regarda fixement les gobelets fumants et prit une inspiration tremblante.

— Merci, Marguerite.

Sa voix était si rauque qu'il ne la reconnut pas, il devait avoir plus soif qu'il le pensait. Il prit le gobelet et huma les riches odeurs de Noël : cannelle, clou de girofle, genièvre… Son estomac se contracta. Sainte Mère ! Il détestait Noël !

Des exclamations avinées montèrent de la table du fond.

Il donna un coup dans les côtes d'Abélard.

— Buvez, mon garçon, nous allons partir.

Levant son gobelet, il avala une longue goulée. Il n'apprendrait rien de plus cette nuit, pas avec la moitié de la ville perdue dans un brouillard de cervoise et de vin chaud.

La porte s'ouvrit de nouveau, laissant entrer une bourrasque de neige. La flamme des chandelles vacilla. Eric fixa le fond de son gobelet, ignorant les protestations de ses voisins.

— Bon sang, quelle tempête !

— Nom d'un chien ! Fermez la porte !

Il entendit une excuse murmurée doucement et le battant se referma en claquant.

Quelqu'un s'approcha de sa table et une main se posa sur son épaule.

— Eric, allez-vous bien ?

Roxane ? Ici ? Il sursauta et se leva d'un bond.

Elle retira ses gants. Sa cape était couverte de neige, et son visage pincé par le froid.

— Jésus ! Qu'est-il arrivé, Roxane ?

— Rien.

Elle lui décocha l'un de ses doux sourires et, ôtant sa cape, le laissa la lui prendre. Il la posa au bout du banc.

— Je suis contente que vous soyez là. Je n'aurais pas voulu devoir parcourir la ville à votre recherche.

Du coin de l'œil, il vit le sergent Robert et quelques-uns des hommes de Jutigny s'installer à une table de l'autre côté de la cheminée. Adressant un signe de tête au sergent — Dieu soit loué, elle n'était pas sortie sans escorte ! —, il se retourna vers Roxane.

— Quelque chose a dû se passer à Jutigny. Messire Faramus ?

— Père va bien. J'étais inquiète pour vous.

Eric cilla comme si ses paroles n'avaient pas de sens.

— Vous vous inquiétiez pour moi ?

Personne ne s'était fait de souci pour lui depuis des années.

Il eut droit à un autre doux sourire.

— Vous me manquiez, aussi.

Un frisson la secoua.

— Il gèle et je n'aimais pas l'idée que vous étiez dehors, dans le froid. En particulier si près de Noël.

Il la dévisagea sans montrer d'émotion.

— J'allais rentrer au château. Nous pouvons faire la route ensemble.

Il désigna le vin.

— Nous devrions partir bientôt, pour le cas où la tempête empirerait. Mais voulez-vous d'abord du vin chaud ? Cela vous réchauffera.

— J'aimerais beaucoup en boire, merci. J'étais curieuse au sujet de cet endroit, je suis passée à cheval devant quelquefois.

— Vraiment ?

En hochant la tête, Roxane s'installa sur le banc et Eric s'assit à côté d'elle, l'attirant contre lui tandis qu'elle examinait les lieux.

Comme Marguerite s'approchait, il lui tendit la cape de Roxane pour qu'elle la suspende près du feu et commanda plus de vin.

— Roxane, hormis le fait qu'il gèle et que vous pourriez attraper la mort, vous savez que vous ne devriez pas être ici. Votre père n'approuverait pas.

Ses yeux bleus pétillèrent.

— Oui, Berthe a essayé de me le dire. Mais comme je suis venue avec le sergent Robert, j'étais sûre que cela ne vous ennuierait pas.

Elle appuya la tête contre son épaule d'une façon qui devenait terriblement familière et poussa un petit soupir.

— On est presque à Noël, voyez-vous. Je ne voulais pas que vous soyez seul, je savais que vous seriez triste.

Eric ouvrit la bouche pour lui dire que ce n'était pas le cas et qu'elle devrait prendre davantage soin d'elle, lorsqu'il s'aperçut qu'elle avait raison. Il ne se sentait pas tout à fait lui-même. Il pouvait surmonter cela, bien sûr. Ce n'était pas la première fois qu'il repoussait les bouffées de douleur qui traversaient de temps en temps ses pensées et, cette fois encore, il les avait écartées. Noël produisait souvent un mauvais effet sur lui, en particulier quand il neigeait.

— Je ne suis pas triste.

— Menteur, dit-elle en frottant sa joue sur son épaule et en mêlant ses doigts aux siens. C'est la période de Noël, et il neige. Racontez-moi.

Il baissa les yeux sur elle. Son cercle de tête en argent brillait à la lumière des chandelles, et il était un peu de travers — elle avait dû le déplacer en enlevant sa cape. Il le redressa et un regard bleu se riva au sien.

— Je ne pensais pas que vous saviez pour Noël, dit-il doucement. Vous n'étiez pas née, l'année où votre mère m'a recueilli.

— Eric, pendant combien d'années avons-nous été amis ? Je le savais.

Marguerite posa un autre gobelet de vin sur la table et Roxane murmura un remerciement. Pendant qu'elle buvait à petites gorgées, Eric l'observa. Il aimait la regarder. Au fil des quelques mois qu'ils venaient de passer ensemble, ses traits lui étaient devenus chers. Il adorait la courbe élégante de sa main qui tenait le gobelet. Il adorait son poignet fin, la ligne de son nez et de son front, la teinte rosée de ses joues. Il aimait particulièrement le dessin arqué de sa lèvre supérieure. Il dissimula un sourire. En vérité, sa bouche le rendait fou. Chaque fois qu'il la regardait, il se sentait tenu d'essayer de la faire sourire. Sa bouche l'attirait, elle lui donnait envie de la toucher, de presser la sienne dessus et de l'embrasser à lui faire perdre la raison.

Roxane était la plus désirable des femmes. Il la désirerait jusqu'à la fin des temps. Elle lui faisait ressentir des choses qu'il n'aurait jamais pensé éprouver pour une femme. Pour preuve la façon dont il s'inquiétait pour elle. L'idée qu'elle s'était fait du souci pour lui, elle aussi, l'avait pris complètement par surprise.

Seigneur ! Cela ne semblait pas possible. Il savait depuis longtemps que Roxane était une femme qui se souciait des autres, mais l'idée qu'elle ait pu s'inquiéter pour lui au point de sortir par une nuit pareille était incroyablement touchante. Cela n'aurait pas dû être une surprise. Les époux s'occupaient l'un de l'autre ; c'était dans leur intérêt de le faire.

Quelque chose bougea dans les tréfonds de sa mémoire, quelque chose qui remontait à si loin dans son passé qu'il pouvait à peine le saisir. Son père, Simon. Bon sang ! Ils avaient dû mettre quelque chose dans le vin. Il n'avait pas été capable d'évoquer le visage de son père pendant des années, et voilà que, tout à coup, il était là. Il pouvait le revoir, nettement.

Hélas ! il ne se rappelait pas son père dans sa jeunesse. Il le voyait comme il l'avait vu la dernière fois, rendant son dernier souffle sur son lit de mort. Son père avait tendu la main et son bras, fort autrefois, était aussi desséché qu'un bâton. Son visage avait été tellement ravagé par la maladie qu'il était à peine reconnaissable, ses yeux enfoncés dans leurs orbites. Il était épuisé, seule sa voix n'avait pas changé.

« Ecoute, Eric, avait-il murmuré. Ecoute bien. »

Eric avait saisi sa main.

« Mon fils, je vais bientôt partir et je ne reviendrai pas. Je te demande une chose. Une seule. La feras-tu ? »

Il était si petit qu'il avait à peine compris ce que son père lui demandait. Il avait néanmoins hoché la tête.

Son père lui avait souri faiblement et, si léger qu'ait

été ce sourire, Eric avait compris qu'il avait pris presque toutes les forces de son père.

« Quand je serai parti, occupe-toi de ta mère. Aime-la et occupe-toi d'elle. Tu comprends ?

— Oui, papa. »

Eric regarda sans la voir sa charmante épouse et sentit quelque chose craquer en lui. Son père avait aimé sa mère sans réserve, il n'y avait pas eu d'intérêt personnel là-dedans. Il déglutit.

— J'ai failli vis-à-vis de mon père, dit-il.

Ses grands yeux le regardant avec intensité, Roxane posa son gobelet sur la table.

— De quelle façon ?

Il fixa une fente dans une poutre, il n'avait jamais parlé de cela à personne et devait se forcer pour le faire.

— Mon père était malade. Avant de mourir, il m'a demandé de m'occuper de ma mère. C'est la seule chose qu'il m'ait prié de faire. La seule. Et je ne l'ai pas faite.

Sous la table, Roxane posa la main sur sa cuisse.

— Quel âge aviez-vous quand il est mort ?

— Trois ans, je pense. Je n'en suis pas sûr.

Il se massa le front.

— Ma mémoire me joue des tours, avec le temps.

Elle le dévisagea pendant quelques instants et il sentit sa main lui frotter doucement la cuisse. Ce geste n'était pas sensuel, il était apaisant ; elle lui offrait du réconfort. Hélas ! il eut l'effet opposé. Les yeux d'Eric le picotèrent et, pendant un moment, il se sentit dans le même état que toutes ces années auparavant, quand sa mère l'avait laissé à la porte du château. Il eut l'impression d'avoir reçu un coup de couteau dans le ventre.

Le voile de Roxane bougea.

— Eric, un enfant de trois ans ne peut pas être responsable du bien-être de sa mère. Ce devrait être l'inverse.

— Curieusement, quand votre mère m'a fait entrer dans la grande salle, elle a dit la même chose.

Les yeux de Roxane s'embuèrent. Elle se mordit la lèvre et Eric sut qu'elle comprenait ce qu'il ne disait pas. Qu'à l'époque il aimait sa mère, qu'il avait essayé à sa façon enfantine de faire de son mieux pour elle, et que pourtant elle l'avait abandonné.

— Ma mère m'a dit que d'après elle vous aviez environ six ans quand vous êtes arrivé à Jutigny. A ce compte-là, votre père était mort depuis quelques années.

— Oui.

— Si vous pouvez vous rappeler cette conversation avec votre père, vous devez vous rappeler ce qui s'est passé après sa mort.

Il la regarda, noué à l'intérieur. Tout était un fatras, un fatras douloureux.

— Je déteste Noël.

— Eric, vous n'avez pas à me le dire si vous ne le souhaitez pas.

Elle lui adressa un doux sourire avant de poursuivre :

— Mais je pense que cela vous aiderait d'en parler à quelqu'un.

Il avait la gorge sèche. Il but une gorgée de vin et trouva les mots.

— Je préférerais vous parler à vous plutôt qu'à n'importe qui d'autre, mais ce n'est guère le lieu.

— Plus tard, alors ?

— Peut-être.

Eric porta sa main à ses lèvres.

— Si je parle à quelqu'un, mon amour, ce sera à vous.

Elle s'appuya contre lui, émit un tendre murmure, et il vit à l'éclat de ses yeux qu'il avait dit quelque chose qui lui avait fait plaisir. Il lui pressa les doigts.

Elle tressaillit et lui retira sa main.

— Roxane ?

— Ce n'est rien, mes doigts sont irrités. Trop de couture, j'en ai peur.

Lui reprenant la main, il la retourna et examina ses doigts. Le bout semblait à vif.

— Vous ne mettez pas de dé ?

— Si, j'en ai mis un.

— Que diable avez-vous cousu ? Une cotte de mailles ?

Elle sourit de nouveau et ses yeux pétillèrent.

— Un présent pour mon époux.

Il passa doucement le gras de son pouce sur ses doigts.

— Ce n'est pas une chemise qui vous a fait cela.

— Non, en effet. C'était un vrai défi. Aimeriez-vous voir le résultat ?

Il haussa les sourcils.

— Vous l'avez apporté ?

— Oui, je voulais vous le donner le jour de Noël, mais vu le temps j'ai pensé que vous en auriez l'usage plus tôt.

Roxane leva la main, ce qui devait être un signal convenu, car le sergent Robert se leva aussitôt et vint les rejoindre. Il lui donna un paquet, salua Eric d'un signe de tête et se retira.

— Voilà, dit-elle en tendant le paquet à Eric.

Il était lourd. Un ballot de drap vert qui avait été attaché par du ruban argenté. Conscient des yeux bleus qui suivaient chacun de ses gestes, Eric garda un sourire aux lèvres et dénoua le ruban. Une cape se déploya, une cape doublée de fourrure avec un fermoir en argent.

Il la secoua et la regarda. C'était du beau drap anglais, au tissage serré. Chaud. La fourrure était douce comme de la soie. Il n'aurait plus jamais froid. Pour la deuxième fois de la soirée, ses yeux le piquèrent.

— Mon Dieu, Roxane, cette cape conviendrait à un prince !

Il s'éclaircit la voix.

— Ce travail a dû vous prendre des heures.

Elle rit.

— Des semaines, en réalité. Vous avez intérêt à en profiter, car je doute d'en coudre une autre de sitôt.

— Coudre à travers la fourrure a dû être difficile.

Tendant le bras vers elle, il l'attira à lui et embrassa sa joue.

— Merci mille fois. Je n'ai jamais rien eu d'aussi beau.

Des yeux bleus lui sourirent.

— J'espérais qu'elle vous plairait.

— Elle me plaît, vraiment.

La bouche de Roxane s'incurva. C'était si tentant qu'il ne se soucia pas de résister. Baissant la tête, il l'embrassa de nouveau. Convenablement. Les odeurs lourdes des épices — les odeurs de Noël, du chagrin — s'estompèrent et il fut enveloppé par la senteur fraîche de l'été. Roxane. Juste Roxane. Il fit durer le baiser jusqu'à ce qu'un rire étouffé d'Abélard le ramène à la réalité.

A l'autre bout de la taverne, les gardes de Jutigny paraissaient vivement amusés.

Un homme à une table voisine siffla et fit un geste grossier.

— Il y a des matelas, là-haut.

Une fille gloussa.

Eric soupira. Ses émotions étaient peut-être tout embrouillées, mais ses désirs ne l'étaient certainement pas. Il brûlait de la posséder. De nouveau. Toujours. Glissant une main sur la nuque de Roxane, il se pencha vers elle et se figea tout à coup. Des mots étaient sur le bout de sa langue. Des mots qu'il n'avait jamais pensé dire à une femme. Des mots qui ne pouvaient pas être vrais. « Je vous aime. » Il ferma la bouche. Non, il ne l'aimait pas. Il ne pouvait pas l'aimer. Il l'aimait bien, il avait de l'affection pour elle. Il adorait chaque pouce de son corps.

Je ne l'aime pas.

Il n'y avait pas de place dans sa vie pour l'amour. L'amour était un piège, une fois que vous étiez pris dans sa toile, il vous affaiblissait. Il n'aimerait jamais personne.

L'amour se changeait en haine. Il l'avait constaté par lui-même, maintes fois. Sainte Mère ! Il l'avait vécu. Ses parents lui avaient appris que l'amour était le plus cruel des maîtres. Les pères mouraient. Les mères partaient quand on leur offrait la chance d'une vie meilleure. L'amour vous abandonnait. Il n'aimerait jamais personne, surtout pas Roxane. Il était bien trop attaché à elle pour l'aimer.

— Eric ?

Ses yeux, doux, sombres et confiants, scrutèrent les siens.

Il posa un rapide baiser sur une joue joliment échauffée, se redressa et lui adressa un sourire en biais.

— Nous devrions partir, maintenant, ma dame. Vous courez le risque d'être gravement mise en désordre, si vous me regardez ainsi. Et si tenté que je sois de continuer dans cette veine, cette taverne n'est pas l'endroit pour ce que j'ai à l'esprit.

Dehors, le froid était mordant. Des flocons de neige piquèrent le visage de Roxane comme autant d'aiguilles glacées dès qu'elle franchit le seuil, au point qu'elle en eut le souffle coupé.

Abélard, qui était sorti juste avant eux, était allé chercher Lily et Capitaine. Eric aida Roxane à se mettre en selle puis enfourcha Capitaine. Son fermoir en argent brilla, et le cœur de Roxane se réchauffa. Il portait la cape doublée de fourrure, et elle lui allait bien. Pour tout dire, il était aussi beau qu'un prince.

— Je ne veux pas que chevauchiez jusqu'à Jutigny par ce temps, mon amour, dit-il. Vous allez geler.

Derrière eux, leur escorte se mettait en selle. Les volets de la taverne devaient être fendus, car de la lumière filtrait et striait la neige de jaune.

— Nous pourrions peut-être rester à l'auberge, après tout, suggéra Roxane.

— Mon épouse ne dormira pas au Soleil. Il y a seulement une chambre commune, et certainement aucun lit correct. Sans compter les bestioles, les puces et Dieu ce qu'il peut y avoir d'autre encore.

Il mit Capitaine au pas.

— Je serai content de ne plus voir cet endroit ; je n'y reviendrai pas.

— Oh ?

Il haussa les épaules.

— Mon enquête ici ne menait nulle part, mais je m'efforçais de me montrer discret. Votre arrivée ce soir avec la moitié de la garde de Jutigny y a mis fin. J'essaierai une autre tactique.

Roxane se mordit la lèvre.

— Oh ! Eric, je suis désolée ! Je ne m'étais pas rendu compte… J'avais besoin de savoir que vous alliez bien.

— Cela n'a pas d'importance. J'apprécie votre souci et j'ai d'autres idées.

Il tendit le bras pour lui presser la main.

— Chassez le Soleil de votre esprit. Le palais du comte Henri est juste là, sur la colline. Nous allons nous y abriter. L'intendant me doit une faveur, il sera heureux de nous loger.

En frissonnant, Roxane hocha la tête et resserra sa cape autour d'elle.

— Le froid est certes mordant.

Elle avait le corps couvert de chair de poule.

Le trajet était court entre la place du marché et le palais du comte Henri, mais il sembla durer une éternité. La neige crissait sous les sabots des chevaux. Au-dessus d'eux, le vent hurlait et faisait tournoyer de gros flocons. Tandis qu'ils approchaient des portes du palais, Roxane sut que rester à Provins était la bonne décision. Les torches de la poterne éclairaient des congères sculptées par le vent, et la route était d'une blancheur éblouissante. Tout était gelé, et même le fait de respirer était difficile. Sa poitrine lui faisait mal.

Malgré tout, elle ne regrettait pas d'être sortie par une nuit pareille. Au contraire, elle avait l'impression d'être sur le point de faire une avancée. Il avait eu beau tenter de le cacher, Eric était très malheureux quand elle était arrivée. Il ressassait son passé. Comme elle l'avait pensé, il gardait plus de souvenirs du début de sa vie qu'il l'avait jamais admis. Ce soir, elle était déterminée à obtenir qu'il s'ouvre à elle.

Ils s'arrêtèrent à la poterne et, pendant qu'ils attendaient que les gardes leur permettent d'entrer, Roxane se fit une promesse : d'ici le lendemain matin, l'enfance d'Eric ne suppurerait plus à l'intérieur de lui.

Il lui toucha le bras.

— Roxane ?

— Oui ?

— Dame Blandine va s'inquiéter en ne vous voyant pas rentrer. Mais le temps est si mauvais que je rechigne à envoyer un homme avec un message.

— Je n'ai pas dit à maman où j'allais. Elle pense que je me suis retirée dans notre chambre, alors je ne crois pas qu'un message soit nécessaire. Berthe est au courant, bien sûr. Elle sait aussi que le sergent Robert m'a accompagnée. Si maman lui parle, ma chambrière pourra lui dire qu'à cette heure je suis avec vous.

Un bruit de bottes annonça l'arrivée de messire Perceval de Logres, l'intendant du palais, et, quelques minutes plus tard, Roxane et Eric furent introduits dans la chaude splendeur de la grande salle. Peu après, on les conduisit dans une chambre située au fond d'une longue galerie surplombant la grande salle. La lumière des bougies révéla une pièce plus petite que la chambre de la tour à Jutigny. L'air y était frais, mais des braises rougeoyaient dans une cheminée qui s'ouvrait dans le mur extérieur.

Roxane alla droit vers le foyer, posa des bûches sur les braises et ranima le feu. Eric poussa le verrou de la porte.

Malgré sa petitesse, la chambre était richement décorée. Les dalles en terre cuite étaient ornées d'oiseaux jaunes, et les murs lambrissés de bois peint de couleurs vives.

Eric contempla le lit en fronçant légèrement les sourcils. Il était garni d'une pile de couvertures de laine, mais n'était pas bien grand pour un homme de sa taille. Roxane le rejoignit, passa les bras autour de sa taille et lui sourit.

— Le froid est pénétrant. J'ai de la chance de vous avoir pour réchauffer le lit.

Il posa un baiser sur sa tête et ils se dévêtirent rapidement, étalant leurs capes sur les couvertures pour avoir encore plus chaud. Puis ils se glissèrent entre les draps et dans les bras l'un de l'autre.

Roxane attendit qu'ils soient installés pour prendre le visage d'Eric entre ses mains. Elle le regarda au fond des yeux.

— Eh bien ?

— Eh bien quoi ?

— Allez-vous me dire ce qui s'est passé après la mort de votre père ?

Le regard d'Eric se concentra sur un point derrière elle et elle retint un soupir.

— Eric, je me sentirais honorée si vous pouviez me le dire…

Elle repoussa ses cheveux bruns en arrière et garda une voix calme. Bien qu'elle brûlât d'envie qu'il lui fasse assez confiance pour s'ouvrir à elle, elle ne voulait pas le bousculer.

— Mais si vous ne pouvez pas encore me le dire, j'attendrai.

Il resserra ses bras autour d'elle.

— Non, c'est bon. Il est probablement temps que vous appreniez la vérité.

Il plissa les lèvres.

— Ou au moins ce que j'en connais. Je ne sais pas tout. Après la mort de mon père, ma mère…

Des coups frappés à la porte l'interrompirent. On remua le loquet.

— Monfort, ouvrez ! *Monfort !*

Jurant entre ses dents, Eric repoussa les couvertures et attrapa sa cape.

— Du calme, j'arrive.

Il tira le verrou et ouvrit la porte.

Messire Perceval se tenait sur le seuil, une lanterne à la main.

— Je suis désolé de vous déranger, messire Eric, ma dame, mais j'ai pensé que vous aimeriez peut-être savoir que deux émissaires viennent d'arriver de Paris. Ils se rendent à Jutigny. Comme vous, ils ont décidé de s'arrêter ici à cause de la tourmente.

Le ton de l'intendant était si sérieux que les cheveux de Roxane se hérissèrent sur sa nuque. Elle se redressa brusquement, remontant les couvertures jusqu'à son cou.

— Des émissaires venus de Paris ? De quoi s'agit-il, messire ?

Messire Perceval jeta un coup d'œil furtif dans le couloir, puis entra dans la chambre et referma la porte d'une main ferme.

— Ces émissaires apportent des messages du roi.

— Il est près de minuit, Logres, cela ne peut-il attendre ? demanda Eric en allant se placer à côté du lit. Vous pouvez dire aux émissaires que dame Roxane et moi les accompagnerons à Jutigny demain matin.

L'intendant grimaça et se racla la gorge.

— Monfort, il y a autre chose… Vous feriez bien de vous préparer.

Dans le bref silence qui suivit, Eric croisa les bras sur sa poitrine.

— Continuez.

— Les hommes du roi portent une convocation demandant à messire Faramus de se présenter à la cour, à Paris. Ils ont aussi un mandat d'arrêt.

— Un mandat d'arrêt ? s'exclama Roxane. Contre qui ?

Messire Perceval toussota, mal à l'aise, et des taches rouges apparurent sur ses joues.

— Contre votre époux, ma dame. Le roi Louis a sommé messire Eric de Monfort de répondre à l'accusation d'avoir enlevé sa filleule Roxane. Le roi pensait que dame Roxane devait prononcer ses vœux à l'abbaye Sainte-Marie. Monfort, vous êtes accusé d'avoir contraint dame Roxane au mariage.

Un frisson passa sur l'échine de Roxane.

— Père a promis d'écrire au roi ; il a dit qu'il lui expliquerait tout !

Elle croisa le regard d'Eric.

— J'ai dû supplier le roi pour entrer au couvent.

— Je m'en souviens.

— Je savais qu'il serait contrarié par mon changement d'avis, ajouta Roxane.

Sa tête se mit à la lancer.

— Père m'avait promis d'arranger les choses avec lui.

Eric fit une grimace.

— Apparemment, il a oublié.

Il se tourna vers messire Perceval.

— Bonne nuit, Logres. Je vous remercie d'avoir apporté ces nouvelles.

L'intendant haussa les sourcils.

— Vous vous remettez au lit ?

L'expression d'Eric se durcit.

— Eh bien, je ne vais certainement pas prendre la fuite, si c'est ce à quoi vous pensez. Je dois faire face à ce qui arrive. Je suggère que nous commencions par prendre une bonne nuit de sommeil. Avez-vous informé les hommes du roi que je suis au palais ?

La main sur le loquet, messire Perceval se retourna.

— Pas encore.

Il sourit.

— J'ai pensé que je devais vous prévenir d'abord.

— Merci pour cette pensée. Toutefois, il vaudrait peut-être mieux leur faire savoir que je passe la nuit ici.

— Que comptez-vous faire ?

— Demain matin, j'escorterai les émissaires à Jutigny avec ma dame. Lorsqu'ils auront parlé à messire Faramus, nous pourrons aviser.

— Très bien, Monfort. Vous êtes sûr ?

— Tout à fait sûr.

L'intendant hocha la tête et sortit. Eric poussa le verrou derrière lui.

Roxane le regarda la rejoindre tranquillement dans le lit. Comment pouvait-il être aussi calme ?

La lumière du feu jouait sur son visage lorsqu'il lui prit la main.

— Ecoutez, mon amour. J'ignore pourquoi votre père a tardé à écrire au roi, mais apparemment quelqu'un s'est montré actif à Paris.

— Messire Armand…

— Exactement. Il est important que vous fassiez précisément ce que je dis, Roxane. Il se peut que je reste un certain temps à Paris.

Elle fronça les sourcils.

— Je viens avec vous.

— Non, mon aimée.

— Je suis votre épouse ! Ma place est à votre côté.

— Pas cette fois, non, répliqua sèchement Eric.

Roxane en eut le souffle coupé. Que se passait-il, là ? Un instant, il paraissait enclin à lui ouvrir son cœur et, l'instant suivant, il se comportait comme un tyran !

— On croirait entendre père.

Il plissa ses yeux verts.

— Ecoutez, Roxane…

Elle serra les poings.

— Que j'écoute ? Non. Je vais à Paris.

— Roxane. Mon amour…

La prenant par les bras, Eric appuya son front contre le sien.

— Vous ne pouvez pas venir avec moi. Je dois aller à la cour et entendre ces accusations. Et pendant que je serai parti, je veux… il me faut savoir que vous êtes en sécurité. Vous ne viendrez pas vous mettre à la portée d'Armand de Velay. J'ai entendu dire qu'il est à Paris. Vous resterez à Jutigny avec dame Blandine. Roxane, vous allez me donner votre parole que vous ne quitterez pas l'enceinte du château.

— Je n'en ferai rien !

— Si ! Vous allez le faire. Je peux être assuré que les chevaliers de votre père et le sergent Robert veilleront à votre sécurité seulement si vous restez au château. Avec de la chance, le roi se ralliera à nos vues et je serai de retour à Jutigny avant que vous ayez eu le temps de vous rendre compte de mon absence.

Chapitre 13

Les festivités de Noël ne servirent pas de prétexte à messire Faramus et à Eric pour remettre leur départ pour Paris — on ne pouvait repousser une convocation du roi. Surtout quand celle-ci mentionnait que le roi n'avait jamais entendu parler d'un messire Eric de Monfort et exigeait des preuves de son honneur et de son intégrité. Les hommes partirent le lendemain matin.

Ainsi, quand la veille de Noël arriva, ce fut une maisonnée quelque peu réduite qui assista à la messe traditionnelle. L'humeur était morose. Des nuages d'encens emplissaient la chapelle ; les chants résonnaient sous les voûtes et se répandaient dans les couloirs. Après le service, quand il ne resta de l'encens que de fines volutes de fumée, les ouailles sortirent pour aller rompre leur jeûne, laissant Roxane et sa mère seules dans leur stalle.

Roxane n'avait pas faim. Depuis le départ d'Eric, elle avait à peine dormi et ses nerfs étaient à vif — il lui manquait. Elle avait peur pour lui et ne pensait à rien d'autre qu'au moment où ils seraient de nouveau ensemble.

— Mère, je me souviens très bien que père avait promis d'écrire au roi pour l'informer de notre mariage, il y a des mois de cela. Pourquoi ne l'a-t-il pas fait ?

Dame Blandine soupira.

— Il attendait.

— Attendait quoi ?

La comtesse fixa le sol de la chapelle d'un air affligé. Roxane se tordit les mains.

— Pourquoi père a-t-il attendu ? Il devait savoir que cela irriterait le roi.

— Les terres que votre père détient du roi ne sont pas significatives, ma douce, murmura dame Blandine. Le plus gros de nos possessions se trouve à Sainte-Colombe.

— Eh bien, le roi pense manifestement que nos terres françaises sont importantes, sinon il n'aurait pas envoyé ces convocations. Pour l'amour du ciel, maman, Eric est en état d'arrestation !

— Pas pour longtemps, j'en suis sûr, dit dame Blandine en secouant la tête. Roxane, vous avez sûrement entendu votre père jurer qu'il se porterait garant du caractère de messire Eric ?

Roxane fit signe que oui et sa mère lui couvrit les mains des siennes.

— Essayez de ne pas vous inquiéter. Votre père convaincra le roi qu'Eric est le plus convenable des intendants, et le roi l'acceptera. Il a besoin d'hommes loyaux sur qui compter.

— Il aurait sans doute mieux valu que père prévienne le roi dès que nous nous sommes mariés. Le roi Louis est très pieux et, pendant tout ce temps, il a cru que je servais Dieu au couvent.

— Votre père pensait que le roi accepterait mieux votre mariage si la succession était assurée. Il attendait de savoir que vous portiez un enfant.

La comtesse se remit à contempler le sol.

— Ma douce, nous avons choisi Eric non seulement à cause de son sens de l'honneur, mais aussi en raison de sa réputation. Nous pensions que si quelqu'un pouvait emporter votre adhésion, ce serait lui.

— Me dites-vous que vous l'avez désisigné pour son charme ?

— Eric a été choisi avant tout pour ses capacités. Il est le plus honorable des hommes.

Dame Blandine sourit avant de poursuivre.

— Mais je dois avouer que nous nous sommes rappelé votre affection pour lui quand vous étiez jeunes. Votre père et moi savions que si quelqu'un pouvait vous faire sortir du couvent, ce serait Eric. Nous savions aussi que si quelqu'un pouvait vous attirer dans le lit conjugal, ce serait probablement lui aussi. Il a, comme vous dites, du charme. Nous pensions… espérions qu'un enfant s'annoncerait bientôt. Voyez-vous, ma chérie, l'idée est venue à votre père qu'Eric pourrait avoir besoin d'un héritier pour consolider ses prétentions.

Roxane se raidit.

— Vous voulez dire à cause de sa naissance. Ou plutôt de son manque d'ascendance.

La comtesse soupira.

— Roxane, votre père et moi sommes, comme vous, conscients des admirables qualités d'Eric. Il a grandi ici, après tout. Cependant, vous devez comprendre que le monde peut ne pas le voir comme nous.

Cette fois, Roxane serra les dents.

— Maman, Eric n'a besoin de rien pour consolider ses prétentions. Il est plus honorable que la plupart des chevaliers de ma connaissance.

— Bien sûr, qu'il l'est. Soyez tranquille, Roxane, votre père s'assurera que le roi le sache. Il n'y aura pas d'annulation.

Le cœur de Roxane manqua un battement.

— D'annulation ? Quelle annulation ?

Ses pensées affolées allaient dans tous les sens. De quoi parlait sa mère ? Eric était allé à Paris pour discuter l'annulation de leur mariage ? Pourquoi ne lui avait-on rien dit ?

— Le roi songe à annuler notre mariage ? Il ne peut faire cela !

Sa mère fit une grimace.

— J'ai bien peur que si. Les vassaux du roi ne devraient pas se marier sans sa permission. Quoi qu'il en soit, les choses n'en arriveront pas là. Votre père soutiendra la requête d'Eric et fournira des preuves de son caractère.

Elle sourit.

— Elles ne sont pas difficiles à trouver, après tout. Vous n'avez pas besoin de vous inquiéter.

Roxane se leva d'un bond. Elle ne pouvait croire ce qu'elle entendait. Le roi envisageait d'annuler leur mariage !

— Pas besoin ? Au contraire ! Mère, je vais faire mes bagages. Je partirai pour Paris au lever du jour. Il faut obliger le roi à comprendre que je désire ce mariage.

— Eric vous a dit de rester ici.

— Aimer et obéir ne sont pas toujours la même chose ! Ma place est à son côté.

— Croyez-vous ? Roxane, votre père était d'accord avec Eric, vous et moi devons rester ici. Rappelez-vous, ils ont votre sécurité à l'esprit. En tout cas, d'ici à ce que les festivités de la Douzième Nuit commencent, Eric et votre père seront de retour et cette horrible affaire sera derrière nous.

Les yeux de Roxane se posèrent sur la croix qui dominait l'autel. Quelque chose que sa mère avait dit lui avait donné une idée. Que Dieu lui pardonne, elle allait mentir. Dans Sa maison, en plus.

Regardant sa mère droit dans les yeux, elle posa une main sur son ventre.

— Maman, il y a quelque chose que je dois vous dire.

Je n'en ai parlé à personne parce qu'il est trop tôt pour en être sûre, mais je crois qu'il se peut que j'attende un enfant.

La comtesse lui lança un regard dur.

— Roxane, vous n'inventeriez pas ce genre de choses, n'est-ce pas ?

— *Mère !*

Sa mère plissa les paupières.

— Je suis navrée, Roxane, je ne vous crois pas.

Roxane sentit ses épaules s'affaisser. Elle avait toujours été une piètre menteuse, et sa mère la connaissait mieux que personne. Si elle ne pouvait persuader dame Blandine, quel espoir avait-elle de convaincre le roi ?

— Vous ne pouvez tout de même pas songer à mentir au roi. Vous qui avez proclamé à tous les vents que vous vouliez être nonne !

— Si cela empêche le roi de demander l'annulation de notre mariage, cela en vaudra la peine.

— Et quand vous ne mettrez pas d'enfant au monde ?

— Je pourrai dire que je n'ai pu le mener à terme.

— Roxane, c'est de la folie !

— Maman, je ne peux pas le perdre ! Je ne le veux pas.

Le visage de sa mère s'adoucit et elle lui prit la main.

— Vous l'aimez.

— Bien sûr que je l'aime. Je l'aime depuis des mois.

Roxane marqua une pause.

— Des années, probablement, même si la façon dont je l'aime a quelque peu changé.

Un sourire ravi étira les lèvres de la comtesse.

— Je savais qu'Eric était fait pour vous.

— Mère, je ne changerai pas d'avis. Je vais à Paris.

— Très bien.

Dame Blandine se leva et secoua ses jupes.

— Si vous insistez pour aller à Paris, contre les ordres de votre époux, ajouterai-je, j'irai avec vous.

Confuse, Roxane fronça les sourcils.

— Et les ordres de votre époux ? Père ne vous a-t-il pas commandé de rester ici ?

Les yeux de sa mère pétillèrent.

— Je vais vous dire un secret, ma douce. Je suis d'accord avec vous : aimer et obéir ne sont pas la même chose.

Roxane en resta bouche bée. Jamais, au grand jamais, elle ne se serait attendue à entendre cela de la part de sa mère.

— Vous êtes toujours du même avis que père.

— Vraiment ?

La comtesse haussa les épaules.

— Peut-être que j'en donne seulement l'impression. Quoi qu'il en soit, nous irons toutes les deux à Paris. Mais écoutez-moi bien, Roxane. Quand nous y serons, vous ne tromperez le roi en aucune façon. C'est entendu ?

— Oui, maman.

— Venez, chérie, je pense que nous préparerons nos affaires plus efficacement si nous rompons d'abord notre jeûne.

Alors qu'elles se dirigeaient vers la porte de la chapelle, le battant s'ouvrit et un vif courant d'air souleva le voile de Roxane. Le sergent Robert entra.

— Dame Roxane, puis-je vous parler ?

— Bien sûr, sergent.

— Deux femmes de la ville sont arrivées à la poterne avec un message pour messire Eric. Quand je leur ai dit qu'il était parti avec le comte, elles ont insisté pour vous voir. Elles n'ont rien voulu me dire, ma dame ; elles tiennent à vous parler directement.

— Amenez-les ici, je vous prie.

— Tout de suite, ma dame.

Roxane et sa mère retournèrent à leur stalle et, peu après, le sergent revint avec deux femmes qui paraissaient hésiter. Elles se tenaient par le bras et s'arrêtèrent sur le seuil de la chapelle.

Roxane se leva.

— Entrez, je vous en prie.

Roxane reconnut une femme de la taverne du Soleil. Sa compagne était beaucoup plus jeune, elle ne devait avoir qu'une douzaine d'années. Une ressemblance entre elles conduisit Roxane à penser qu'elles étaient mère et fille. Le visage de la fillette était très rond, et quelque chose dans son expression lui fit suspecter qu'elle pouvait être simplette. Elle avait de jolis yeux gris qui passaient avec ravissement sur la nappe d'autel brodée, la croix en or et les chandeliers en cuivre.

— Dame Roxane…

La femme fit une révérence maladroite.

— Dame Blandine…

— En quoi pouvons-nous vous aider ?

— Nous sommes venues parce que nous avons ouï dire que messire Eric a été appelé à Paris.

— Grands dieux ! Les nouvelles vont vite, murmura la comtesse.

— Oui, ma dame. Mon nom est Marguerite, je travaille à la taverne de la Basse-Ville.

— Je crois que je vous y ai vue il y a quelques jours, dit Roxane.

— C'est juste, ma dame. Votre époux a été un client régulier, ces derniers temps, et j'ai remarqué qu'il y avait moins de problèmes quand il était là. Nous l'aimons tous bien.

— Je suis contente de l'entendre.

— Ma dame, nous savons que votre époux vient dans notre taverne à cause de ce qui est arrivé à cet écuyer de Jutigny. Nous savons qu'il veut que justice soit faite pour ce garçon. J'espère que vous ne prendrez pas ceci en mauvaise part… j'aime bien votre époux et je le respecte. Quand j'ai entendu dire qu'il avait été convoqué devant le roi, j'ai su que je ne pouvais plus garder le silence. Je connais un témoin de la mort de l'écuyer.

Le pouls de Roxane s'accéléra, et elle dut faire un effort pour rester calme. Un témoin ? L'implication de son cousin dans la mort de Mathieu allait-elle être confirmée ? Son regard se posa sur la fillette.

— Ma dame, voici ma fille, Cécile, dit Marguerite en passant un bras autour des épaules de sa fille.

Roxane fit un pas en avant.

— Elle a vu ce qui s'est passé cette nuit-là ?

— Oui. Pardonnez-nous de ne pas avoir parlé plus tôt. Cécile n'est pas comme les autres filles, j'essayais de la protéger. Je ne crois pas qu'elle puisse supporter un interrogatoire…

— Merci, Marguerite, dit Roxane.

Heureuse de voir que sa voix était ferme, elle sourit à Cécile.

— Cécile, j'aimerais beaucoup vous parler. Vous voulez bien ?

Marguerite tira sur la main de sa fille.

— Cécile, c'est la dame dont je t'ai parlé. Dame Roxane. Tu veux bien lui parler ?

— Oui, maman.

Roxane conduisit Cécile jusqu'à la stalle.

— Je vous en prie, asseyez-vous.

Paris

Le pont qui menait à l'île de France, le Petit-Pont, scintillait de cristaux de glace tandis que dame Blandine, dame Roxane et leur escorte le traversaient. Les chevaux glissaient ;

des marchands qui menaient des animaux de trait glissaient aussi et lâchaient des bordées de jurons. Les bords de la Seine étaient recouverts de givre, et le vent de décembre soufflait si fort le long de la rivière que sa surface écumait.

— Allons-nous essayer de loger au palais ? demanda la comtesse en regardant avec anxiété les eaux tumultueuses qui passaient sous le pont.

Faisant jouer ses doigts raidis par le froid, Roxane resserra sa cape autour d'elle.

— Vu que notre arrivée est inattendue, je n'ose pas présumer de l'hospitalité du roi. Le sergent Robert nous trouvera un logement.

Sur le bras est de l'île, la cathédrale Notre-Dame dominait les autres églises, et ses pierres blanches toutes neuves se voyaient au travers d'échafaudages compliqués. Du côté ouest, les murs du palais de la Cité se dressaient à pic au-dessus des eaux tourmentées de la Seine.

L'île de France n'était pas grande, mais le temps que le sergent Robert leur trouve de quoi se loger dans le quartier des marchands, non loin du palais, le soleil avait commencé à décliner.

Une fois sur place, Roxane eut tout juste le temps de se laver rapidement et de mettre sa robe de damas bleu avant que le sergent frappe à sa porte.

— Entrez, sergent.

— Ma dame, l'intendant du palais m'a appris que le roi passe la journée dans la cité ecclésiastique, derrière Notre-Dame. C'est le jour des saints Innocents, voyez-vous. Messire Eric et messire Faramus doivent rencontrer Sa Majesté après avoir assisté à une messe spéciale.

Roxane attrapa sa cape.

— Montrez-nous le chemin, sergent.

Quand dame Roxane de Sainte-Colombe et sa mère, dame Blandine, arrivèrent à la cité ecclésiastique, la messe était terminée. Dans cette partie de l'île de France, les rues principales avaient été déneigées. On les orienta sur l'un des côtés de la cathédrale, jusqu'à un bâtiment en pierre dont l'entrée était gardée par le moine le plus corpulent que Roxane ait jamais vu. Une profonde cicatrice barrait son visage, et Roxane devina que l'homme avait été mercenaire avant d'entrer dans les ordres. Son haleine se condensait dans l'air.

— Excusez-moi, mon frère.

Elle fit une révérence.

— Cette dame est la comtesse Blandine de Sainte-Colombe, et je suis sa fille, dame Roxane.

— En quoi puis-je vous aider ?

— Il paraît que mon père, le comte Faramus de Sainte-Colombe, rencontre ici mon parrain le roi. Mon époux, messire Eric de Monfort, devrait être avec eux. Nous sommes désolées d'arriver en retard, mais nous aimerions les rejoindre.

Le moine croisa les bras sur sa poitrine et Roxane sentit que cet homme n'aimait pas être importuné par une femme.

— Je n'ai pas d'ordres de Sa Majesté concernant votre arrivée, ma dame.

— Mon frère, nous avons conscience que notre arrivée est inattendue et nous nous en excusons, mais il est vital que nous parlions au roi.

— Vous dites que le roi Louis est votre parrain ?

— En effet.

Roxane joignit les mains en espérant paraître convenablement humble. Convenablement pieuse. Oh ! elle priait bien ! Elle priait pour que le moine n'ait pas entendu dire comment elle avait épousé Eric afin d'échapper au couvent…

— Mon frère, je crois que j'ai le droit d'être présente à cette conférence. Ils doivent y discuter de mon mariage. De grâce, montrez-nous le chemin.

La salle n'était pas large. Le roi trônait dans un grand fauteuil doré garni de coussins rouges. Roxane fut troublée de voir qu'il avait l'air de siéger plutôt pour un jugement que pour une audience. Elle parcourut des yeux l'assistance composée de quelques prêtres et chevaliers ainsi que, hélas ! de messire Armand. Elle étouffa un grognement. La présence de son cousin risquait de compliquer les choses.

Son regard s'arrêta sur Eric qui fronça les sourcils en la voyant. Puis son expression s'adoucit tandis qu'il lui adressait un signe de tête.

— Ma dame.

Roxane lui décocha un sourire rapide. Avec le roi Louis dans la salle, elle n'avait pas le temps d'en faire plus. La colère grondait en elle. Ce n'était pas Eric qui aurait dû être mis en cause ici, mais messire Armand. Son cousin devrait avoir à répondre de ses actions et, apparemment, elle allait devoir persuader le roi de l'arrêter.

Priant pour en trouver la force, elle se concentra sur Eric et se demanda ce qui s'était passé entre le roi et lui avant qu'elle n'arrive.

Eric se tenait debout dans la lumière d'une étroite croisée, et elle remarqua qu'il n'était pas armé. Toutefois, ils se trouvaient dans un lieu dépendant de l'Eglise, et aucun des autres chevaliers ne portait d'arme non plus. Personne n'était sous contrainte. Pour l'instant.

Se dirigeant vers le roi, Roxane courba la tête et exécuta une profonde révérence.

— Sire, je vous implore de pardonner cette intrusion, mais je devais venir.

— Dame Roxane ?

La voix du roi était interrogative, comme s'il doutait de l'identité de la personne qui s'inclinait devant lui. Cela ne semblait pas être un bon présage et Roxane n'osa pas lever les yeux. Pas encore. Elle fixa les bottes en cuir rouges du roi ainsi que le pied en forme de serre dorée de son fauteuil et attendit.

Une main blanche se tendit, et une bague ornée d'un rubis brilla tandis que le roi lui relevait le visage.

— Dame Roxane, vous pouvez vous redresser.

Elle se remit debout.

— Merci, sire.

Le roi haussa un sourcil et la détailla d'une façon appuyée.

— Je dois dire que vous m'avez stupéfié. Je pensais vous revoir en robe de nonne, et vous voilà dame mariée.

— Sire, je…

Le roi l'interrompit d'un mouvement de la main.

— Ma dame, quand nous avons correspondu pour la dernière fois, vous exprimiez de façon très éloquente votre désir de prendre le voile. J'étais conscient du déplaisir de votre père qui souhaitait vous voir mariée, mais vous avez insisté sur le fait que votre vocation était authentique. Ma dame, à la fois votre père et l'homme que vous nommez actuellement votre époux soutiennent à présent que vous avez voulu ce mariage et qu'il vous satisfait. Vous avez ridiculisé votre roi.

Les mots « que vous nommez actuellement votre époux » sonnèrent comme le glas de son mariage. Elle baissa les yeux sur les bottes rouges du roi.

— Sire, cela n'a jamais été mon intention. Je peux seulement vous faire mes excuses. Je…

Des pas résonnèrent et une autre paire de bottes entra dans son champ de vision. Elle aperçut le mouvement d'une cape verte, doublée de fourrure.

— Sire…

La voix d'Eric était basse. Calme.

— Je vous supplie de le comprendre, dame Roxane n'est pas à blâmer. Elle est satisfaite maintenant…

— Oui, je le suis, intervint-elle vivement. Très satisfaite.

Eric lui prit fermement la main.

— Roxane, si vous voulez bien me permettre. Sire, je l'ai enlevée. C'est ma faute si elle n'est pas devenue novice, si elle n'a pas pris le voile.

D'autres pas se firent entendre et Roxane vit une troisième paire de bottes. Son père.

— Sire, comme nous l'avons expliqué, Eric était chevalier dans mon château avant qu'il ne gagne le manoir de Monfort. Il a enlevé Roxane à ma demande. Je suis entièrement à blâmer.

— Non, mon époux, vous ne l'êtes pas, dit dame Blandine depuis le seuil. Si vous vous en souvenez, nous avons choisi ensemble Eric pour notre fille.

Messire Faramus grogna.

— Femme, taisez-vous !

— Je ne me tairai pas.

Les jupes de dame Blandine balayèrent les dalles tandis qu'elle s'approchait et plongeait dans une révérence.

— Sire, je suis autant à blâmer que mon époux ou messire Eric.

Quelqu'un se mit lentement à applaudir. Messire Armand, qui se tenait parmi un groupe de chevaliers et de prélats devant une grande croix en bois, esquissa un sourire dédaigneux et, toute son attitude exprimant l'arrogance, s'inclina devant le roi.

— Sire, cet étalage de solidarité familiale, même

s'il est touchant, a un goût d'intérêt particulier. Il ne les excuse pas d'avoir célébré un mariage qui n'a pas reçu votre approbation. De mon point de vue, cela ne mérite qu'une chose : la confiscation de la totalité de leur domaine français.

Le roi tapota de l'index le bras de son fauteuil.

— Messire Armand, pour autant que je le sache, vous n'êtes pas membre de mon conseil.

— Non, sire.

Un peu de l'arrogance d'Armand de Velay s'évanouit, mais il était clair à ses manières que jusqu'à présent aucune mention n'avait été faite des soupçons d'Eric concernant son rôle dans la mort de Mathieu, ni dans les incidents survenus à Monfort et à Jutigny.

Les doigts du roi tambourinaient sur le bras doré de son trône.

— Et malgré cela vous présumez que vous avez le droit d'offrir des avis ?

— Non, non, bien sûr, sire. Je ne présume rien du tout.

Un sourire crispé apparut sur le visage de messire Armand, qui se signa ostensiblement en inclinant la tête vers la croix fixée au mur.

— Je me sens toutefois obligé de faire remarquer que si les terres françaises du comte Faramus étaient confiées aux soins d'un parent loyal, connu pour avoir les intérêts de la France à cœur, une donation substantielle serait faite pour aider à l'achèvement de Notre-Dame.

Le regard du roi alla pensivement de messire Armand au comte de Sainte-Colombe, puis à Roxane et Eric. Dans le silence qui tomba, Roxane entendit son père étouffer un grognement. Par tous les saints, elle avait envie de grogner elle aussi ! Messire Armand était habile.

La faiblesse du roi était sa piété, nul ne l'ignorait. Par exemple, quand messire Gauvain avait négocié la rupture de leurs fiançailles, il avait fait une importante donation au monastère favori du souverain. Actuellement, le projet le plus cher aux yeux de Louis était l'achèvement de la cathédrale située au cœur de son royaume.

Mêlant plus fortement ses doigts à ceux d'Eric, Roxane s'avisa qu'elle ne pouvait attendre plus longtemps. Il fallait montrer au roi Louis messire Armand sous ses vraies couleurs.

Son cœur cognait fort dans sa poitrine.

— Sire, puis-je requérir un entretien avec mon époux ? Il y a quelque chose que je souhaite lui dire.

— Accordé.

Personne ne bougea. Tout le monde les observait, y compris Armand de Velay. L'estomac de Roxane se noua. Elle devait apprendre à Eric que le témoin qu'il avait longtemps cherché s'était manifesté, mais comment faire cela avec le regard de son cousin vrillé dans son dos ?

Ses joues s'échauffèrent.

— Sire, j'espérais parler à mon époux en privé.

Les lèvres du roi se pincèrent.

— Je regrette, ma dame, mais ma patience s'émousse. Je veux résoudre la question de ce mariage sans plus tarder. Nous allons entendre ce que vous avez à lui dire, puis je prendrai ma décision.

— Dans ce cas, sire, j'aimerais suggérer que vous appeliez votre garde.

Le roi battit des cils.

— Ma dame ?

Tirant de la force de la présence d'Eric à son côté, Roxane tint bon.

— Sire, jusqu'à ce que vous appeliez la garde, je ne peux en dire plus. Ce que j'ai à déclarer touche à davantage qu'à mon mariage.

Après une brève hésitation, le roi Louis fit signe à l'un

des chevaliers, qui sortit de la salle. Des rides se formèrent autour des yeux de messire Armand. Roxane entendit un bruit de bottes sur des dalles de pierre et un murmure de voix. Des ombres bougèrent dehors, dans la rue, et peu après le chevalier reparut.

— Les gardes sont en place, sire.

Le roi regarda sa filleule de haut. Son index frappa le bras de son fauteuil.

— Continuez, je vous prie.

Prenant une grande inspiration, Roxane se lança.

— Sire, je suis venue à Paris avec deux objectifs à l'esprit, le plus personnel étant de me battre pour mon mariage. Le second a également trait à mon mariage, et je vous implore de m'entendre. Il s'agit de faire justice pour un terrible tort.

Elle joignit les mains.

— Voulez-vous m'entendre, sire ? Ai-je votre permission de m'expliquer ?

— S'il vous plaît, parlez.

— Je vais commencer par mon mariage. Quand messire Eric m'a enlevée au couvent, j'avoue que j'ai été extrêmement étonnée. Cependant, messire Eric n'a pas eu à me forcer à aller avec lui.

Un pli se creusa entre les sourcils du roi. Roxane poursuivit :

— Je n'ai soulevé aucune objection, sire, en partie parce que je savais que messire Eric ne me ferait jamais de mal. Si vous vous en souvenez, il a été élevé à Jutigny, et je le connaissais bien. L'autre raison pour laquelle je n'ai pas protesté, c'est parce que je commençais à voir qu'entrer au couvent avait peut-être été une grave erreur. J'étais allée à Sainte-Marie parce que je savais que je ne pouvais épouser messire Gauvain. En outre, j'avais besoin de temps pour réfléchir à un moyen de me réconcilier avec mes parents. Je voulais qu'ils me pardonnent de vous avoir écrit et d'avoir supplié de devenir religieuse. J'étais aussi inquiète à la pensée que vous, mon parrain, seriez naturellement déçu par moi.

Elle reprit son souffle.

— Sire, quand je suis entrée au couvent, je croyais honnêtement que ma réticence à épouser messire Gauvain signifiait que j'avais une vocation. Mes journées à Sainte-Marie ont commencé à me prouver que j'avais eu tort. Quand messire Eric est venu m'enlever…

— Ma dame, un enlèvement n'est pas l'action d'un homme honorable ! dit le roi.

Roxane s'avança.

— Celui-ci a été fait avec des intentions honorables.

— Expliquez-vous, je vous prie. J'ai déjà entendu parler de cela par messire Faramus, et votre version des événements m'intéresserait.

— Quand messire Eric m'a enlevée de l'abbaye, il agissait sur la requête de mon père. Il le faisait pour me sauver de… d'un mariage que je n'aurais jamais pu endurer, même si je devais vivre mille ans. En bref, messire Eric a commis cette action avec des intentions honorables. Il ne m'a pas forcée. Au contraire, il m'a accordé le loisir de décider que faire ensuite. Messire Eric m'a laissé le choix, sire, c'est pourquoi je suis allée avec lui.

Le regard du roi se tourna brièvement sur Eric et revint se poser sur elle.

— En bref, vous vous êtes fiée à lui.

— Je confierais ma vie à messire Eric.

Elle jeta un coup d'œil à son époux et sourit.

— Sire, il est le plus honorable des chevaliers.

— Sa famille est inconnue, dit le roi en posant le menton sur sa main et en regardant Roxane, l'air curieux. Son père pourrait être un meurtrier.

Roxane s'efforça de ne pas regarder son cousin.

— Avoir de nobles ancêtres n'est pas une garantie de conduite honorable. Sire, je connais messire Eric. J'ai toujours eu de l'affection pour lui et, au cours des mois qui ont suivi notre mariage, j'en suis venue à l'aimer. Je suis fière d'être son épouse et ne voudrais pas d'autre époux que lui.

Lâchant le bras d'Eric, elle tomba à genoux.

— Je vous supplie de nous pardonner de nous être mariés sans votre consentement. Je vous supplie de permettre à notre mariage de rester valide. Je vous supplie de ne pas demander une annulation.

Levant à demi les yeux, elle vit le roi se frotter le menton. Son regard était pensif, et elle eut l'impression qu'un sourire se formait sur ses lèvres.

— Et l'autre raison qui nous fournit le plaisir de votre compagnie, ma dame ?

Se penchant en avant, il lui fit signe de se relever.

— Vous avez parlé de justice. D'un tort qui doit être redressé.

La gorge de Roxane était sèche ; elle sentait le regard de messire Armand qui ne la quittait pas. Priant que les gardes postés dans la rue soient prêts à tout, elle se tourna vers Eric.

— Messire, je dois vous dire que la personne que vous cherchiez à Provins s'est manifestée hier.

Des yeux verts scrutèrent les siens.

— Le témoin ?

— Oui.

— L'avez-vous amené à Paris ? demanda Eric.

Roxane fit une grimace. Du coin de l'œil, elle pouvait voir que son cousin était suspendu à chacun de leurs mots.

— Le témoin est une femme et je suis désolée, il n'a

pas été possible de l'amener. Elle… elle n'est pas assez bien pour voyager.

Et elle n'est pas assez bien non plus pour témoigner, pensa Roxane, mais elle ne pouvait le dire. Cela saperait leur affaire.

Messire Armand s'approcha, et elle frissonna. Elle eut soudain très peur de ce que son cousin pourrait faire à Cécile s'il découvrait qu'elle était leur témoin. Elle n'allait sûrement pas nommer la fillette.

Eric l'étudiait. Elle pouvait voir qu'il comprenait qu'elle en avait davantage à dire, mais qu'elle était gênée par la présence d'Armand de Velay.

Le roi émit un soupir exaspéré.

— Dame Roxane, faut-il que vous parliez par énigmes ? Dites-nous clairement ! Quel témoin ? Témoin de quoi ?

— Roxane, je pense qu'il vaut mieux que je continue, maintenant, dit Eric. Pardonnez-moi, mon amour, mais je dois trahir votre confidence. Sire, peu avant les fiançailles de dame Roxane avec le comte Gauvain, l'un des écuyers de Jutigny, Mathieu de Lyon, a été tué à Provins. On a cru que sa mort était un accident, la conséquence d'une rixe d'ivrognes devant une taverne. Depuis que j'ai retrouvé dame Roxane…

— Depuis que vous l'avez enlevée et empêchée de suivre sa vraie vocation, voulez-vous dire ! coupa messire Armand.

Il était livide et ses mains s'ouvraient et se refermaient machinalement. Il semblait sur le point de se ruer vers la porte. Soit cela, soit étrangler Eric.

— Il doit s'agir là d'un blasphème quelconque, ajouta-t-il.

— Messire Armand, vous êtes ridicule ! lança Eric.

Il secoua la tête et continua :

— Sire, peu après que dame Roxane a quitté le couvent et est revenue à Jutigny, j'en suis venu à penser que la mort de l'écuyer n'était peut-être pas un accident. Dame Roxane et Mathieu de Lyon étaient de proches amis. Certains incidents ont eu lieu qui m'ont conduit à croire que la vie de Roxane était en danger.

Le roi fronça les sourcils.

— Dame Roxane a été attaquée ?

Brièvement, Eric relata l'histoire de la flèche qui l'avait manquée de peu dans la réserve de chasse, puis de la troupe de cavaliers qui avait menacé d'attaquer à l'extérieur de Monfort.

Messire Armand souffla.

— Qui pourrait bien vouloir tuer ma cousine ?

— Quelqu'un qui avait des raisons de la supprimer parce qu'il craignait qu'elle ne se marie et n'ait un enfant, répondit calmement Eric. Sire, après ces incidents, dame Roxane et moi nous sommes mariés pour assurer sa sécurité et avons regagné Jutigny. Lors de notre arrivée, il s'est produit un accident à la poterne du château. Un accident dans lequel dame Roxane et moi aurions pu trouver la mort. C'est alors que j'ai commencé à m'inquiéter sérieusement.

— Messire, c'est vous qui êtes ridicule, ricana messire Armand. Ces histoires racontant que la vie de dame Roxane est en danger ne sont qu'inventions. Des inventions destinées à vous montrer sous un jour favorable.

Il inclina la tête vers le roi.

— Sire, vous ne pouvez croire un mot de ce que dit messire Eric. Tout ce dont il se soucie, c'est de garder les terres que dame Roxane lui apporte.

Eric s'agenouilla et la cape verte s'étala autour de lui.

— Sire, je reconnais que ma naissance est douteuse, mais je vous jure que si vous ratifiez notre mariage, il n'y aura pas d'homme plus heureux que moi. Dame Roxane m'est très chère.

— Vous l'aimez ? demanda le roi.

— De tout mon cœur.

Des larmes piquèrent les yeux de Roxane. Eric paraissait si sincère, et elle brûlait de le croire. Hélas ! il était évident qu'il s'était rendu compte que le roi avait de l'affection pour elle, et il disait ce qu'à son avis le souverain voulait entendre. En vérité, il se battait pour les terres de son père et la position que lui apportait leur mariage.

Il mit la main sur son cœur.

— Le mariage avec votre filleule m'a donné tout ce que je désirais. Une épouse magnifique et une famille que j'aime beaucoup.

— Relevez-vous, Monfort.

Le roi marqua une pause, pensif.

— Il paraît que vous avez apporté des améliorations à votre manoir, depuis que vous l'avez gagné.

Eric prit un air étonné.

— Sire ?

— J'ai fait faire des enquêtes avant cette audition.

Le roi sourit.

— Il est important de prendre la mesure d'un homme, si l'on doit porter un jugement sur lui. Les intendants zélés valent leur poids d'or. Toutefois, pour l'heure, c'est accessoire. J'aimerais que vous m'en disiez plus sur cet écuyer de Jutigny et son rapport avec ma filleule.

— Sire, je suspecte que ce garçon a été tué à cause de son amitié avec dame Roxane.

Messire Armand leva les yeux au ciel.

— Je n'ai jamais entendu une histoire aussi grotesque ! Un écuyer ? Tué à cause de son amitié avec dame Roxane ?

— Ce garçon a pu être assassiné pour l'empêcher de conclure une union avec dame Roxane.

Armand de Velay secoua la tête.

— Sire, vous ne pouvez croire un mot de cela. Messire Eric ment. C'est un dupeur et un menteur qui a manipulé le comte et la comtesse de Sainte-Colombe pour qu'ils le croient un homme d'honneur. Eric de Monfort n'est personne, sire. Il n'est rien.

Il serra les poings. Le regard qu'il lança à Roxane était chargé d'une telle haine qu'elle n'eut pas de doute : si elle n'avait pas été en présence d'Eric et du roi, il l'aurait tuée de ses propres mains.

— Dites-nous, ma dame.

Messire Armand eut un sourire écœurant.

— Qu'est-ce que votre prétendu témoin déclare avoir vu ?

Roxane prit la main d'Eric.

— Le témoin vous a vu vous, messire.

Son cousin devint écarlate.

— Comment osez-vous ? Votre témoin est une satanée menteuse.

— Non, mon cousin. Vous étiez à Provins la nuit où Mathieu a été tué. On vous a vu dans la ruelle à côté de la taverne du Soleil. Vous n'avez pas manié le couteau vous-même, mais elle vous a entendu donner des ordres à l'homme qui l'a fait. Notre témoin déclare clairement qu'elle vous a vu désigner un jouvenceau aux cheveux bruns bouclés, soit Mathieu de Lyon. Vous l'avez nommé, messire. Vous avez ordonné sa mort.

En deux enjambées, messire Armand se rapprocha de Roxane à la toucher. Eric s'interposa entre eux.

— Vous êtes assez près, Velay.

— Nommez votre témoin, commanda messire Armand. Qui est-elle ? Une ribaude du Soleil ?

— Prenez garde à ce que vous dites, Velay, lança Eric.

— Qui est-elle ?

Roxane releva la tête.

— Je ne le dirai pas, messire.

— Vous ne le direz pas parce que vous ne le savez pas.

Il serra les poings et pirouetta pour faire face au roi.

— Sire, cette histoire de témoin est, comme l'histoire de messire Eric à propos d'un meurtre à Provins, un tissu de mensonges. Dame Roxane ne peut nommer un témoin qui n'existe pas.

Le roi se frotta le menton et croisa le regard d'un chevalier qui se tenait dans un coin. En un instant, tous les chevaliers se placèrent devant la porte, formant un mur de leurs corps.

— Je n'en suis pas si sûr, dit le roi en soupirant. J'espérais résoudre cette affaire aujourd'hui, mais manifestement il faut mener d'autres enquêtes. Messire Eric, vous allez me donner votre parole que vous resterez à Paris jusqu'à ce que nous ayons consulté ce témoin.

Eric inclina la tête.

— Vous avez ma parole, sire.

— Messire Eric, après ce que je viens d'entendre, je crains de n'avoir d'autre choix que de vous mettre sous bonne garde. Dame Roxane et vous serez logés au palais.

— Merci, sire.

— Quant à vous, messire (le roi regarda Armand de Velay), vous devez aussi rester à Paris.

— Et je dois également être gardé ?

— Naturellement. Je ne prendrai aucun risque avec la vie de ma filleule.

Messire Armand fronça les sourcils.

— Je suppose que je peux loger chez moi ?

— Si tel est votre souhait. Ai-je votre parole que vous resterez en ville ?

Velay s'inclina.

— Bien sûr, sire.

Roxane retint son souffle tandis qu'une terrible vérité lui venait à l'esprit. Le roi était sur le point de demander à voir Cécile, et celle-ci n'aurait pas la force de s'entretenir avec lui. La simple idée de le rencontrer la bouleverserait probablement. Cela pouvait être désastreux. Comme de loin, elle vit le roi faire signe à son père d'approcher.

— Messire Faramus, je vous charge d'assurer que le témoin de dame Roxane soit amené de Provins. Faites-la venir au palais en toute hâte, et ayez la bonté de m'informer quand elle sera là.

Roxane ferma les yeux. Cécile ne pouvait pas venir au palais ! Elle serait tellement impressionnée que le roi aurait du mal à lui arracher un mot. Il n'apprendrait rien, et ce cauchemar n'aurait pas de fin.

Lorsqu'elle rouvrit les yeux, Eric prenait congé du roi. Etourdie d'inquiétude et de fatigue, elle sentit qu'il plaçait sa main au creux de son coude.

— Venez, ma dame, vous avez parcouru de nombreuses lieues aujourd'hui. Vous avez besoin de vous reposer.

Ils quittèrent la salle avec quatre chevaliers sur les talons et marchèrent dans le crépuscule glacé jusqu'aux murs de la cité ecclésiastique. Les chevaliers reprirent leurs armes et ils se dirigèrent à pied dans la lumière faiblissante vers le palais de la Cité et l'appartement que le roi leur avait promis.

— Cécile..., marmonna Roxane. Le ciel nous vienne en aide.

Chapitre 14

Eric poussa un sifflement appréciateur lorsqu'on les introduisit dans leur appartement du palais de la Cité. Une petite antichambre donnait sur une chambre luxueuse. De grosses bûches brûlaient dans la cheminée. Une série de trois ouvertures laissait entrer la lumière du soir, qui tombait sur un lit spacieux. Les croisées vitrées étaient encadrées par d'épais rideaux brodés au petit point pour protéger du froid hivernal, et de magnifiques tapisseries isolaient les murs. Et comme si cela ne suffisait pas, une montagne de couvertures et de fourrures était empilée sur un coffre au pied du lit.

— Par tous les saints, quel endroit ! Nous n'aurons pas froid.

Il jeta sa cape sur le lit et s'assit sur le matelas pour l'essayer. Il devait être garni de plumes, il pourrait s'enfoncer joyeusement dedans avec Roxane dans les bras.

Voilà une bonne pensée, se dit-il.

Il lui sourit, et remarqua qu'elle paraissait préoccupée.

Etait-elle aussi inquiète que lui à l'idée que leur mariage puisse ne pas être autorisé ? Comme ils ne semblaient pas pouvoir y changer grand-chose dans l'immédiat, il allait faire de son mieux pour la distraire. Après tout, ils n'avaient pas été séparés, alors qu'ils auraient pu l'être.

Il lui tendit la main.

— Le fait que l'on nous ait donné cette chambre calme un peu la brûlure d'être mis sous bonne garde. J'aurais objecté si le même traitement n'avait pas été appliqué à messire Armand. Avez-vous amené Berthe ?

Roxane secoua la tête et vint jusqu'à lui, l'ourlet de sa cotte en damas bleu balayant le sol.

— Nous sommes parties en hâte. Ma mère et moi sommes venues seules, hormis notre escorte.

— Très bien. Cela rend les choses plus faciles.

Eric posa les mains sur ses hanches et l'attira entre ses jambes.

— Abélard peut dormir dans l'antichambre avec la garde du roi. Nous serons en sécurité, ici.

Attrapant les pans de son voile, il tira dessus, la forçant à baisser la tête vers lui. Ses yeux se posèrent sur sa bouche.

— Je sais que je vous ai dit de rester à Jutigny, mais puisque vous êtes ici, vous pourriez me donner un baiser. Vous devez vous excuser de votre désobéissance.

Un fin sourcil se leva.

— Ma désobéissance ?

De petites mains se refermèrent sur ses épaules.

— Messire, je commence à bien vous connaître. Vous n'êtes pas le tyran que vous prétendez être.

S'approchant de lui, elle lui donna un baiser aussi charmant qu'il pouvait le souhaiter. En se demandant pourquoi le moindre contact avec elle enflammait tous ses sens, il s'allongea sur le dos, espérant qu'elle basculerait avec lui sur le lit. Comme elle résistait, il tira un peu plus sur son voile et lui adressa un sourire suggestif.

— Venez, mon amour, vous m'avez manqué.

Son cercle de tête en argent brilla tandis qu'elle se libérait en riant.

— Vraiment, Eric, nous n'avons pas été séparés plus

d'un jour ! Et le sergent Robert va bientôt arriver avec mes affaires.

— Il peut les laisser dans l'antichambre.

La regardant retourner près du feu, Eric posa une main sur son cœur.

— Un jour sans vous me paraît une éternité.

— Eric, vous n'avez pas à feindre. Et vous n'avez pas à me courtiser. Nous sommes déjà mariés.

Il se retrouva debout et passa les bras autour de sa taille avant même d'y avoir pensé.

— Roxane, je ne feins pas. Une journée sans vous est une journée perdue.

Un peu désorienté de constater qu'il pensait ce qu'il disait, il posa son front contre le sien.

— C'est vrai, mon amour. Je vous aime beaucoup. D'une façon peu ordinaire.

— Vous m'aimez bien d'une façon peu ordinaire ?

Ses yeux bleus étaient observateurs. Méfiants.

— Pensiez-vous ce que vous avez dit au roi ?

— Pensé quoi ? Qu'ai-je dit ?

— Vous ne vous en souvenez pas, remarqua Roxane d'un ton plat. Vous lui avez dit que vous m'aimiez.

— Mon Dieu, Roxane, je ne sais pas. Je dirais n'importe quoi pour vous garder.

Elle le regarda d'un air incertain et quelque chose en lui se noua. Il resserra son étreinte.

— Roxane, je ne veux pas vous perdre. Je ne peux pas vous perdre ! Vous êtes mienne.

Elle continua à le regarder sans bouger, mais il perçut une distance entre eux.

— La possession n'est pas tout, Eric.

Le feu crépita et elle tourna les yeux vers les flammes.

— Je pense que vous avez dit la vérité au roi. Vous

m'aimez bel et bien. Je vais m'accrocher à cette idée, et prier pour que vous en veniez à l'accepter.

Elle s'écarta de lui.

— Mais cela doit attendre. Il faut vraiment que je vous dise à propos du témoin.

— Venez au lit, mon amour, nous pouvons parler au lit.

— Il est bien trop tôt pour se retirer, répliqua-t-elle. Et de toute façon, ce que j'ai à vous dire est important. Eric, notre témoin ne peut pas témoigner. Elle n'en est pas capable. Nous devons empêcher mon père d'aller la chercher.

— Notre témoin n'est pas capable de témoigner ?

L'estomac d'Eric se crispa.

— Voyons, Roxane, il faut que votre père aille la chercher. Nous avons besoin d'elle pour accuser messire Armand. Pour sauver notre mariage, ajouta-t-il comme elle ne disait rien.

Il la prit par les bras, s'aperçut qu'il la serrait trop fort, et relâcha son emprise.

— Pour vous garder en sécurité.

Il se détourna et se passa la main dans les cheveux.

— Je ne veux pas vivre le reste de mon existence hanté par la peur que chaque jour puisse être votre dernier jour, parce que cet homme essaie de vous tuer. Je ne veux pas que notre vie soit gâchée, Roxane. A moins de prouver qu'il a trempé dans la mort de Mathieu, nous ne serons pas libérés de lui.

— Eric, je vous en prie, écoutez. Cécile, c'est le nom du témoin, ne peut pas témoigner.

— Et pourquoi donc ?

— Si vous l'aviez rencontrée, vous comprendriez pourquoi c'est impossible. Je doute qu'elle puisse supporter un interrogatoire. Son témoignage serait remis en question et je suis pratiquement sûre qu'elle s'effondrerait. Il est possible que vous l'ayez vue au Soleil.

Eric se frotta le front.

— Cécile, dites-vous ?

— Oui.

— Ce nom ne me dit rien…

— Elle a un visage rond et d'épais cheveux ondulés. Je pense qu'elle est simplette. Sa mère s'appelle Marguerite.

Il hocha la tête ; il voyait de qui elle parlait. Il se souvenait d'avoir vu Marguerite s'adresser à une fillette qui correspondait à cette description. Il grimaça.

— Je vois qui c'est, maintenant, et je comprends ce que vous voulez dire. Je l'ai vue à la cuisine et aux écuries, elle ne vient jamais dans la taverne elle-même.

— Elle est aussi timide qu'une souris.

— Oui. Le ciel nous vienne en aide ! Nous avons besoin d'un témoin crédible. Cécile ferait plus de mal que de bien.

Il se frotta le visage.

— Il est dommage que vous l'ayez mentionnée. Le roi va attendre un témoignage irrécusable. Quand il la verra, cela ne lui plaira pas. Seigneur, Roxane, à quoi avez-vous pensé ?

Elle se raidit.

— Vous insinuez que j'ai leurré le roi ?

— Ne l'avez-vous pas fait ?

Les yeux bleus de Roxane flamboyèrent, durs comme des saphirs.

— Quel choix avais-je ? Je ne tiens pas plus que vous à ce qu'elle soit convoquée à Paris. Si vous vous le rappelez, j'ai demandé à vous parler en privé. Je voulais que vous sachiez pour Cécile avant de la mentionner devant le roi.

Eric lui prit la main.

— Je suis désolé, Roxane. Je sais que ça n'a pas été

votre faute. C'est juste que, par tous les diables, il nous faut quelqu'un de fiable qui nous aidera à révéler la véritable nature de votre cousin.

Elle hocha la tête.

— A votre avis, que va faire Cécile face à mon père ?

Il lui décocha un sourire ironique.

— Partir en courant ?

— Ce n'est pas amusant !

Roxane saisit sa manche.

— Nous devons empêcher père de partir pour Provins. Où est Abélard ?

Eric désigna la porte du menton.

— Dans l'antichambre avec les gardes du roi.

— Il faut l'envoyer après mon père. Cécile ne peut pas venir à la cour.

Avec un bref signe de tête et le cœur lourd, car il souhaitait désespérément ôter messire Armand du jeu, Eric alla parler à son écuyer. Abélard devrait poursuivre messire Faramus et lui dire qu'il ne servait à rien d'amener Cécile à Paris. Il avait beau le regretter, il était d'accord avec Roxane. Cécile n'était pas un témoin crédible.

Le roi entrera en fureur quand il découvrira la vérité. Dieu les aide ! Sans témoin, comment allaient-ils prouver qu'Armand de Velay était un porc, un meurtrier et un manipulateur ?

Plus tard cette nuit-là, Eric était au lit, Roxane serrée dans ses bras, et contemplait vaguement les reflets que le feu mourant dessinait sur les tapisseries et les tentures.

La chevelure de Roxane brillait comme de l'or. Prenant avec nonchalance une mèche, Eric la fit glisser entre ses doigts — elle était aussi douce que de la soie. Elle bougea contre lui, posant un baiser tout chaud sur son épaule. Ses seins s'appuyaient doucement contre son torse, et elle avait passé une de ses jambes minces sur la sienne. Une chaleur croissante dans ses reins le fit se rendre compte qu'il n'aurait rien contre une autre étreinte amoureuse, mais il se retint de lui imposer ses attentions. Roxane était si délicate ! Elle ne serait sûrement pas capable de faire de nouveau l'amour. En outre, il ne voulait pas qu'elle le prenne pour un animal en rut.

Il ne comprenait pas. Ils avaient tiré de la joie l'un de l'autre deux fois depuis qu'ils s'étaient couchés, et son désir était loin d'être assouvi.

Est-ce qu'il ne le quitterait jamais ? Quand il s'était engagé dans ce mariage, il avait juré fidélité et avait eu l'intention d'honorer cette promesse en se disant que ce ne serait pas facile. Pourtant, cela l'était. Depuis qu'il avait épousé Roxane, la pensée d'avoir une autre femme dans son lit était tout simplement impossible. Déplacée. Hors de question.

Les flammes redoublèrent comme une bûche tombait, et leur éclat changea la peau de Roxane en or.

— Je vous aime, Eric, murmura-t-elle si doucement qu'il l'entendit à peine.

Son cœur se serra et, pendant un instant de lâcheté, il se dit qu'il pouvait feindre de ne pas l'avoir entendue. Il n'était pas prêt pour cela et doutait de l'être un jour, mais il ne voulait pas la blesser. Avec soin, il posa la paume sur sa joue et mit de la légèreté dans sa voix.

— Roxane, vous savez que je vous adore. En particulier quand vous êtes aussi en désordre.

— Vous m'adorez ?

Elle souffla d'une façon peu délicate et leva la tête pour le regarder dans les yeux. Elle ne paraissait pas contente.

— Vous m'aimez, Eric, comme vous l'avez dit au roi. C'est juste que vous refusez de l'accepter.

— Accepter l'amour ? Je ne peux pas me le permettre, ma douce.

Il posa son index sur sa bouche et en dessina le contour.

Le front de Roxane se plissa. Elle bougea la tête et le doigt d'Eric glissa de ses lèvres.

— Et pourquoi pas ?

— Parce que l'amour conduit au chagrin. A la douleur. C'est inévitable. Je préfère l'adoration.

L'attirant à lui, il l'embrassa. Elle saisit son épaule, émit un gémissement altéré, irrésistible, et ouvrit la bouche en une réponse si passionnée qu'il la poussa contre les oreillers avant de se rappeler sa résolution de lui donner le temps de se reprendre avant de l'approcher de nouveau. En s'écartant, il se racla la gorge.

— Nous nous appuierons sur cette chaleur entre nous, c'est suffisant. Nous n'avons pas besoin d'amour.

Le pli reparut sur le front de Roxane, plus profond que jamais. Son regard était sérieux, presque sévère.

— Vous pensez à votre mère, Eric. Je sais qu'elle vous aimait.

Il eut un rire forcé.

— C'est ce qu'elle disait, mais c'était un mensonge. Elle m'a laissé. Abandonné.

— La vie était sûrement difficile, pour elle, après la mort de votre père.

— Oui.

— Peut-être n'avait-elle pas le choix.

Il roula sur le côté et se mit sur le dos, fixant le plafond.

— J'avais faim et froid, et elle m'a laissé. Son propre enfant.

— Y avait-il à manger, chez vous ?

— Très peu.

— Eric, j'aimerais savoir comment vous êtes arrivé à Jutigny. Dites-le-moi. Que s'est-il passé ?

Il resta silencieux un moment. Des ombres bougeaient, le feu crépitait. S'il pouvait le dire à quelqu'un, c'était sûrement à Roxane. Il déglutit.

— Quand mon père est mort, ma mère a essayé de continuer à travailler.

— Vous viviez à Provins ?

— Oui, la maison est dans la Basse-Ville. Pour autant que je sache, elle est toujours là.

Roxane se blottit contre lui et heurta son bras de sa tête.

— Cela doit être étrange. Allez-vous la voir ?

— J'y suis retourné deux ou trois fois quand je suis devenu écuyer. Je n'y suis plus allé depuis des années.

— Continuez. Vos parents étaient-ils des marchands ?

— Non.

Eric hésita. Il pensait pouvoir parler à Roxane de sa mère, mais il n'avait jamais dit à personne comment ses parents gagnaient leur vie. Enfant, il avait vite appris que la plupart des chevaliers prenaient de haut les gens qui travaillaient sur leurs domaines. Ils regardaient même de haut les marchands, dont certains possédaient des trésors presque aussi importants que ceux du roi. En bref, les nobles méprisaient tous ceux qui n'avaient pas de terres.

Son père ne possédait pas une acre de terre, il était boulanger. S'armant contre la réaction de Roxane, se disant que puisqu'il ne l'aimait pas cette réaction n'avait pas d'importance, il prit une inspiration pour se calmer et observa son visage quand il dit :

— Mon père était boulanger.

— Boulanger ?

Elle haussa les sourcils avec surprise.

Pour autant qu'il puisse le dire, son expression ne contenait que cela, de la surprise. Il ne pouvait distinguer ni choc ni, Dieu merci, de révulsion. Pas de moquerie non plus. Il se força à continuer, les yeux rivés sur son visage. Il ne voulait pas manquer le moindre changement d'expression.

— Je me rappelle la chaleur brûlante du four, j'ai vite appris à en rester éloigné. Je me souviens de l'éclat des braises. Chaque matin, l'odeur du pain qui cuit me fait penser à mon père.

— J'en suis sûre. Vous rappelez-vous comment il était ?

Il ne put s'empêcher de sourire. Cela ressemblait bien à Roxane de poser cette question.

— Je ne garde de lui qu'une image floue. Après sa mort, nous avions peu d'argent. Ma mère a bataillé pour continuer le métier sans lui. Cela semblait ne jamais marcher, elle n'était pas une femme d'affaires.

Se tournant vers elle, il prit sa tête entre ses mains et lui donna un baiser.

— Merci.

Elle eut un regard intrigué.

— Pourquoi ? Je n'ai rien fait.

Elle se redressa sur un coude et dessina du bout des doigts un cercle sur son torse.

— Avez-vous une idée de ce que votre mère est devenue ?

— Je sais exactement ce qui lui est arrivé.

Eric prit sa main dans la sienne et l'examina. Lisse et blanche, c'était une main de dame. Il y avait un petit cal dû à l'équitation, quelques piqûres d'aiguille restant de la confection de sa cape, et c'était tout. Pas de saleté incrustée, pas d'ongles cassés.

Il avait relevé toute sa vie le défi de ses origines douteuses. Il pouvait toujours entendre les piques de ce palefrenier de Jutigny. « Bâtard. » Il avait enduré les préjugés et les paroles méprisantes comme celles que lui avait lancées un peu plus tôt messire Armand, quand il se tenait devant le roi. « Dupeur. Menteur. Homme de rien. » Sans nul doute, cela se reproduirait. Mais pas une fois il n'avait eu à souffrir du fait de Roxane ou de sa famille.

Oh ! il y avait bien eu un soufflet de temps en temps de la part de messire Faramus, quand il se montrait maladroit à l'entraînement ! Et plus d'une insulte lui avait été lancée.

Mais les gens qui en étaient venus à compter pour lui ne lui avaient jamais reproché sa filiation inconnue.

— Un jour, un chevalier sans terres est passé par hasard à la boulangerie. Dans un effort pour gagner plus d'argent, ma mère était en train de filer pour une amie. Elle était si absorbée par son travail qu'elle n'a pas vu passer le temps et a brûlé une fournée de pain. Le chevalier l'a alertée au sujet de la fumée qui sortait du four, et voilà. L'amour… Ai-je dit que ma mère était exceptionnellement jolie ?

— Non, mais je peux l'imaginer, dit doucement Roxane.

Comme il lui jetait un regard interrogateur, elle ajouta :

— Vous êtes son fils.

Il parvint à esquisser un faible sourire et continua. Maintenant qu'il avait commencé, autant en finir.

— Trois semaines plus tard, le chevalier a demandé à ma mère de partir avec lui. Il n'a pas voulu de moi.

Roxane inspira.

— Quelle dureté !

La gorge d'Eric se serra et pendant un horrible moment il ne put parler. Détachant son regard de Roxane, il fixa le plafond et s'éclaircit la voix.

— C'est ce que j'ai pensé. Mais curieusement, ces derniers temps, j'en suis venu à comprendre les objections de cet homme. Vous savez quelle est la vie d'un chevalier sans terres. Pas de sécurité. Rien, hormis l'espoir d'avoir la chance de trouver un homme honnête au service de qui se mettre et à appeler son maître. Il n'y avait pas de place dans sa vie pour l'enfant d'un autre. Il n'était pas assez riche pour m'entretenir en plus de ma mère.

Il haussa les épaules.

— Elle a fait son choix. Elle m'a dit qu'elle m'aimait et a persuadé le chevalier de nous emmener à Jutigny. Le reste, vous le connaissez.

Roxane posa la tête sur son torse et l'étreignit.

— Eh bien, finalement je comprends pourquoi la terre est si importante pour vous.

Sa voix était étouffée.

— Si Dieu le veut, vous posséderez un jour plus de terres que le roi de France.

Les sourcils froncés, il lui releva le menton.

— Roxane… Vous devez savoir que vous êtes plus importante pour moi que toutes les terres du pays.

— Dieu me vienne en aide, je l'espère, marmonna-t-elle.

Elle s'écarta, repoussa les couvertures et attrapa sa chemise.

— Excusez-moi un instant, j'ai besoin d'aller aux commodités.

Les commodités étaient dehors, dans le couloir. Pour y arriver, Roxane devait passer par la chambre où dormaient Abélard et leur garde. Eric la regarda mettre sa cape sur ses épaules.

— Je ferais mieux de vous accompagner.

Elle eut un petit rire

— Inutile. Messire Armand est chez lui avec sa propre garde, et je me fie aux hommes du roi.

Le loquet cliqueta et elle se faufila dans la pièce voisine.

Le corridor était éclairé par une rangée de chandelles glissées dans des supports muraux. Il y faisait froid, après la chaleur de la chambre, et Roxane avait la chair de poule. Elle s'enveloppa plus étroitement de sa cape et suivit la ligne de lumières.

Une larme coula sur sa joue. Avec une grimace, elle l'essuya. Elle avait dit à Eric qu'elle l'aimait et il n'avait pas répondu de la même manière. Lui avouer ce qu'elle ressentait pour lui avait été un saut dans le noir. Elle s'était rendu compte qu'elle l'aimait depuis un certain temps, et elle avait été réticente à le lui dire de crainte qu'une déclaration d'amour ne lui semble un fardeau.

Ce soir, elle avait changé d'avis, se disant qu'une déclaration d'amour était peut-être exactement ce dont il avait besoin. Sa réaction, se retrancher derrière sa personnalité charmeuse habituelle, l'avait déçue. Toutefois, elle n'était pas surprise. Eric vivait dans le souvenir de l'abandon de sa mère. Il avait eu peu d'amour dans sa vie, et il mettait en doute ce peu qu'il avait reçu. Elle devait l'amener à laisser son passé derrière lui, lui faire voir que s'il avait été abandonné lors de cette lointaine veille de Noël, il avait aussi été recueilli.

Il avait besoin d'un amour sans condition, de quelqu'un qui soit à son côté dans les hauts et les bas de l'existence. Il avait besoin de savoir qu'elle ne l'abandonnerait pas et que son amour pour lui n'allait pas disparaître. Elle allait donc tout simplement continuer à le lui dire jusqu'à ce qu'il la croie. Et elle prierait pour qu'un jour il soit capable de lui rendre cet amour.

Toutes les actions d'Eric démontraient qu'il avait de l'affection pour elle. Et si l'affection était tout ce qu'il pouvait donner ? Alors soit. Elle accepterait ce qu'il pouvait offrir. Il était un bon époux, il la traitait comme si ce qu'elle souhaitait était important, comme si elle comptait pour lui. Sa bouche s'incurva. C'était plus que ce qu'elle aurait attendu d'un homme aussi fort.

Son père n'avait jamais été parfait sous cet aspect. Son insistance pour qu'elle se fiance à messire Gauvain alors qu'elle n'était pas prête l'avait conduite à l'abbaye, et quand elle était petite il avait tenté de mettre fin à son amitié grandissante avec Eric. Son père pouvait être un tyran.

Pas Eric. Il était fort et n'avait rien d'un tyran.

Venir à Paris en avait valu la peine. Elle avait appris à quel point Eric souhaitait qu'elle soit son épouse, qu'il lui accordait plus de valeur qu'à ses terres. C'était sûr, car il avait dit au roi — et à tous ceux présents dans la salle d'audience — qu'il l'aimait. Cet aveu, de la part de l'homme qui déclarait ne pas croire à l'amour ! De l'homme qui disait qu'il lui vouerait de l'adoration, mais jamais de l'amour. Sa déclaration devant le conseil avait été plus qu'une simple stratégie, il avait dit la vérité. C'était à elle de le lui faire voir. Il l'aimait, mais ne le savait pas encore.

Elle essuya une autre larme, elle était déterminée à ne pas lui faire savoir qu'elle avait été bouleversée. Elle faisait des progrès. Il n'avait pas rejeté d'emblée sa déclaration d'amour alors qu'il l'aurait fait des semaines plus tôt. Elle garderait confiance, et elle gagnerait.

Tandis qu'elle revenait dans le couloir, une petite ombre bondit depuis le renfoncement d'une porte. Elle retint son souffle, mais ce n'était qu'un chat qui détala en direction de l'escalier. Comme elle passait devant la porte en question, elle jeta un coup d'œil de côté et faillit trébucher.

Un homme était debout dans l'ombre, tellement immobile qu'elle n'aurait probablement pas détecté sa présence si elle n'avait pas regardé par là.

L'homme bougea et un choc ébranla Roxane. C'était messire Bréon.

Des dents blanches brillèrent dans un sourire sinistre, et une lame jeta un éclat argenté.

— Bonsoir, ma dame.

D'un geste vif, Roxane jeta sa cape sur lui et s'enfuit en courant.

Eric entendit un coup sourd et leva la tête de l'oreiller. Cela recommença. Un bruit sourd, immédiatement suivi d'un cri étouffé. On aurait dit celui d'une femme.

Son cœur se glaça. Attrapant son épée, il se rua vers la porte de l'antichambre. L'autre porte, celle qui donnait dans le couloir, était ouverte. Les gardes étaient groupés autour de quelqu'un qui se tenait sur le seuil.

— *Eric !*

Vaguement, Eric songea qu'il était nu comme un ver. Tant pis. Il poussa les gardes et la prit dans ses bras.

— Roxane, Roxane…, s'entendit-il marmonner tandis qu'il embrassait ses cheveux.

Elle tremblait de la tête aux pieds et avait perdu sa cape.

— Messire Bréon, dit-elle d'une voix qui tremblait autant que son corps.

Elle désigna le couloir.

— Là.

— Que s'est-il passé ?

L'esprit d'Eric s'emballa. Elle n'était pas en sécurité. Roxane se trouvait dans le palais du roi, et elle avait été en danger ! Il l'avait abandonnée ! Il aurait dû l'accompagner.

— Il avait un couteau, j'ai pensé qu'il allait me tuer. J'ai jeté ma cape sur lui et je suis partie en courant.

— Ma courageuse femme.

Il l'étreignit farouchement et la regarda dans les yeux.

— Nous allons le trouver. Garde !

— Messire ?

— Je suppose que les portes du palais sont fermées pour la nuit ?

— Oui, messire.

— Bon. Il n'ira pas loin. Juste pour s'en assurer, alertez les hommes qui gardent les portes, voulez-vous ?

— Oui, messire.

Eric se tourna vers son écuyer.

— Abélard, emmenez ma dame dans notre chambre. Restez avec elle. Poussez le verrou. Dame Roxane ne doit pas quitter cette pièce jusqu'à mon retour. Compris ?

— Oui, messire.

— Avant que vous ne verrouilliez cette porte, vous feriez bien de me jeter quelques habits, ajouta Eric avec un petit sourire.

Abélard sourit largement.

— Tout de suite, messire.

Eric ôta ses bras de Roxane avec quelque difficulté et la poussa doucement vers la chambre.

Elle résista, l'air anxieux.

— Eric, soyez prudent, voulez-vous ?

— Bien sûr. Vous ne devez pas vous inquiéter. Il y aura des gardes en permanence dans cette antichambre. Messire Bréon ne vous atteindra pas.

Elle se pencha vers lui et chuchota :

— C'est pour vous que je m'inquiète, homme stupide !

La cape de Roxane gisait sur le sol du couloir. Eric et la garde du roi inspectèrent les autres appartements aussi discrètement que possible. Des seigneurs et des dames irrités durent néanmoins être tirés de leur lit, sans que cela serve à quelque chose, personne n'ayant vu messire Bréon. Ils fouillèrent aussi la grande salle où des branches de houx et de lierre servaient de contrepoint aux couleurs des chevaliers du roi. Ils réveillèrent des serviteurs et des hommes d'armes. Là non plus, personne n'avait vu messire Bréon, même s'il avait dû y passer pour sortir.

Roxane s'inquiète pour moi.

Ils prirent des torches et sortirent en silence. La cour brillait de gel et de neige à la lumière des étoiles. Des traces s'entrecroisaient sur le sol, si brouillées qu'Eric ne put rien en tirer. Ils fouillèrent les écuries, où il engagea un palefrenier et une paire de chiens pour les aider dans leur traque. Ils fouillèrent le bâtiment des cuisines, une grange et une chapelle. Toujours rien. Eric alla jusqu'à la poterne.

Roxane s'inquiète pour moi de la même manière que je m'inquiète pour elle.

Seigneur ! La façon dont son cœur s'était affolé quand il l'avait entendue crier !

Il croisa le regard d'un garde.

— Vous avez vu quelque chose ?

— Non, messire, rien.

— Où diable est-il ?

Eric parcourut les murs d'enceinte des yeux. Ils étaient hauts comme trois hommes, au moins, et se découpaient en une ligne sombre sur le ciel étoilé. Çà et là, une torche flambait dans la nuit. Des sentinelles allaient et venaient sur le chemin de ronde, leurs silhouettes et leurs lances se détachant sur les étoiles, leurs casques brillant doucement à la lueur des torches.

Un chien geignit et tira sur sa laisse ; il regardait le chemin de ronde. L'une des sentinelles n'avait pas de casque. Pas de lance.

— Là ! fit Eric en pointant le doigt. Postez un homme au bas de chaque échelle.

— Oui, messire.

Il courut vers l'échelle la plus proche et y monta vivement.

L'épée à la main, il se dirigea vers messire Bréon, le seul homme sur le chemin de ronde qui ne portait pas de heaume.

— Gardes ! cria-t-il. Par ici !

Les sentinelles accoururent. Cherchant une échappatoirc, messire Bréon regarda frénétiquement autour de lui et, pendant un instant, Eric crut qu'il allait se jeter par-dessus la muraille du palais.

— C'est trop haut pour cela, dit-il en diminuant la distance entre eux.

Des bruits de bottes résonnèrent le long du chemin de ronde, de l'acier brilla et messire Bréon se trouva encerclé. Il jeta de côté la dague qu'il avait dégainée et un garde se baissa pour la ramasser. C'était presque trop facile, songea Eric.

— Où sont votre écuyer et votre épée, Provins ? demanda-t-il, sourcils froncés, en examinant le chevalier.

Il était vêtu comme un marchand.

Eric luttait contre une envie qui n'avait rien de chevaleresque. En jetant sa dague, messire Bréon s'était rendu, mais Eric devait se retenir pour ne pas le passer par le fer. Cet homme avait voulu la mort de Roxane ! Son épée trembla dans sa main.

Messire Bréon grimaça.

— Dans mon logis. Je ne pensais pas qu'ils laisseraient entrer un marchand de vin s'il venait avec un écuyer, et armé jusqu'aux dents.

Eric prit une profonde inspiration pour se calmer. Il lui vint soudain à l'idée que messire Bréon pouvait être l'homme qui avait manié le couteau contre Mathieu de Lyon. D'après Roxane, Cécile n'avait pas mentionné son nom, mais cela ne l'excluait pas, étant donné que la fillette ne mettait jamais le nez dans la taverne. Elle ne savait pas forcément comment il s'appelait.

Un pas après l'autre, se dit-il. La sécurité de Roxane d'abord. Il lui fallait prouver que messire Bréon avait été au service d'Armand de Velay. Il fallait que le chevalier l'avoue, et devant témoins. Des témoins *fiables*.

D'une manière ou d'une autre, Eric devait le forcer à reconnaître sa culpabilité dans la mort de Lyon.

— Vous allez devoir être interrogé.

Il jeta un coup d'œil vers la cour sombre en contrebas et vers la tour du palais.

— Nous le ferons à la poterne.

Chapitre 15

Messire Bréon se tenait debout, les pieds légèrement écartés, près d'une table couverte de gobelets de vin et de miettes de pain. Les mains nouées dans le dos, il dardait sur Eric un regard noir.

— Vous ne pouvez pas m'arrêter, espèce de sale serf ! Je ne l'ai pas touchée. Si elle dit autre chose, elle ment.

Déterminé à ignorer toute insulte, Eric fit mouvoir ses doigts.

Je ne le frapperai pas.

La chance était avec lui. Deux chevaliers en train de disputer une partie de dés se trouvaient dans la poterne quand il y avait fait entrer Bréon — messire Guy de Tirel et messire Enguerrand d'Alleins.

Leur jetant un coup d'œil, il fut content de ne voir aucune moquerie dans leur expression, juste une attention aiguisée. Il ne les avait pas rencontrés auparavant. Heureusement, ils avaient entendu parler de lui et de sa convocation à la cour. Ils comprenaient ce qui était en jeu et, Dieu merci, étaient réputés pour être des hommes honorables. Ils sauraient reconnaître la vérité quand ils l'entendraient et feraient de parfaits témoins.

Certain que messire Bréon était le meurtrier de Mathieu de Lyon, Eric était résolu à le forcer à avouer. Il l'informerait qu'ils avaient un témoin de la mort de l'écuyer et partirait de là. Provins n'avait pas à savoir que leur témoin n'était pas fiable. Et, de toute façon, s'il lui extorquait des aveux, ledit témoin n'aurait pas à être appelé.

— Dame Roxane n'a pas dit que vous aviez essayé de la tuer, dit-il posément. Simplement que vous étiez tapi dans un couloir du palais. Sans avoir été invité, ajouterai-je. Que faisiez-vous ?

Messire Bréon fixait une rangée de boucliers d'un air maussade.

— Je satisfaisais ma curiosité. Je n'étais jamais entré dans le palais.

Messire Guy bougea, ramassant les dés sur la table. Il les fit passer négligemment d'une main dans l'autre.

— Il n'est pas sage d'arriver sans invitation, messire. Le roi devra en être informé.

Bréon haussa les épaules.

— Il ne s'agit guère d'une offense ou d'une trahison, n'est-ce pas ? Je n'ai rien fait de mal.

— Cela reste à voir, fit Eric. Quand le roi saura que vous traîniez à proximité de l'appartement de sa filleule déguisé en marchand, vous pourriez découvrir qu'il a d'autres questions à vous poser.

— D'autres questions ?

Eric croisa les bras.

— Oui. Par exemple combien vous a payé messire Armand pour assassiner Lyon.

Les yeux de messire Bréon allèrent vers les chevaliers qui l'observaient et il secoua lentement la tête.

— Monfort, vous êtes fou. Un serf fou dont l'élévation au statut de chevalier est une insulte pour tous les véritables chevaliers.

Eric secoua la tête.

— Ce n'est pas moi qui insulte le statut de chevalier,

Provins, c'est vous. Un homme qui prend de l'argent pour tuer un écuyer innocent… Vous êtes répugnant.

Messire Bréon eut un sourire méprisant.

— Votre mariage avec la fille du comte Faramus vous a tourné la tête. Vous ne pouvez rien prouver.

Eric n'était pas certain que Cécile puisse nommer messire Bréon comme étant le meurtrier, mais elle pourrait peut-être le reconnaître. Il décida de tirer parti de cette éventualité.

— Avant que vous ne vous enlisiez davantage, répliqua-t-il, il y a quelque chose que vous devez avoir à l'esprit : nous avons un témoin. On vous a vu devant le Soleil la nuit où Lyon est mort.

Messire Bréon lâcha un éclat de rire et s'adressa à messire Guy.

— Bon sang, ne voyez-vous pas que cet homme ment ? Il n'y a pas de témoin.

Il tira sur ses liens.

— Libérez-moi, Tirel. Nous pouvons sûrement discuter de ceci d'une manière civilisée !

— Notre témoin, une femme, est prête à affirmer qu'elle vous a vu cette nuit-là.

Eric insista.

— Elle a également reconnu Velay. En outre, elle a entendu Velay vous ordonner de tuer cet écuyer. Elle est très claire sur tous ces points. Elle vous a vu tuer ce garçon.

— « Elle » ? Qui est cette « elle » ? Une fille de taverne ? Vous accorderiez plus de foi à la parole d'une gueuse qu'à celle d'un chevalier ?

Eric haussa un sourcil et joua le tout pour le tout.

— Je vous assure qu'elle est très convaincante. Il n'est plus temps d'éluder, vous savez qu'elle dit la vérité. Messire Armand et vous avez été vus tous les deux devant le Soleil et on a entendu messire Armand vous ordonner de vous débarrasser de ce garçon. Pour l'amour du ciel, Provins, vous avez été *vu* !

Il fit une pause.

— Faites-y face. Vous êtes notre prisonnier, et vous allez être emmené devant le roi. Cela se passera mieux pour vous si vous déchargez votre conscience. Réfléchissez-y. Et posez-vous cette question : êtes-vous prêt à mentir au roi et à en assumer les conséquences ?

Messire Bréon pâlit et déglutit péniblement. Le seul bruit audible était le claquement des dés que messire Guy faisait rouler dans sa paume.

Même s'il pouvait à peine respirer, Eric s'efforça de rester impassible. Il était certain que messire Bréon était sur le point de capituler.

Bréon grimaça.

— Il serait plus indulgent si je parlais ?

Eric laissa le silence s'étirer avant de répondre.

— C'est possible.

Il n'allait pas ajouter qu'une confession de ce genre signifierait pour le moins que messire Bréon serait déchu de son rang de chevalier.

— Le roi veut que cette affaire soit résolue rapidement et une confession complète de votre part accélérerait les choses. Reconnaissez que messire Armand vous a donné l'ordre de tuer Lyon. Comme je viens de le dire, le roi sera heureux de voir la fin de cette affaire.

Messire Bréon fixa la pointe de ses bottes et, suivant son regard, Eric vit des traces éloquentes sur le cuir. Des marques qui indiquaient la place des lanières tenant ses éperons. Il avait pensé à les enlever avant de s'introduire dans le palais. Après cette histoire, il ne les porterait probablement plus.

Bréon releva les yeux et ses épaules s'affaissèrent.

— Il semblerait que vous ayez remporté la partie,

Monfort. Vu qu'il y a un témoin, je reconnais le bien-fondé de votre suggestion.

Eric inspira lentement.

— Vous avouez que messire Armand a ordonné la mort du garçon ?

— Oui. Maudit soyez-vous !

— Et qu'il vous a chargé de le tuer ?

— Oui à tout. Messire Armand payait bien.

Son visage se déformant, il cracha par terre aux pieds d'Eric.

— Vous devriez comprendre. Vous étiez vous-même un chevalier sans terres il n'y a pas si longtemps.

Eric se tourna vers les deux autres chevaliers.

— Vous avez entendu sa confession, messires ?

— Oui, répondit messire Enguerrand. Nous parlerons pour vous devant le roi.

— Merci.

Eric alla à grands pas jusqu'à la porte.

— Sergent !

— Messire ?

— Messire Bréon doit être mis sous les verrous, loin du roi, jusqu'à ce que Sa Majesté soit prête à le voir.

Il réfléchit rapidement.

— Je ne connais pas bien Paris et le nom m'échappe, mais je crois me rappeler qu'il y a une forteresse de l'autre côté du Grand-Pont ?

— C'est le Châtelet, messire.

— Oui, emmenez-le là-bas.

Le sergent salua.

— Très bien, messire.

— Oh ! Sergent ?

— Messire ?

— Quand vous aurez fait cela, je crois que tout le

monde au palais dormira mieux si vous réveillez messire Armand et l'installez également au Châtelet. De façon sûre.

— Compris, messire.

Dans leur chambre, Roxane et Eric étaient assis au bord du lit, face au feu, un gobelet de vin chaud à la main.

Roxane avait écouté bouche bée le récit de son époux.

— Il a avoué ? Vous avez obtenu que messire Bréon avoue ?

— Oui.

— Et il est enfermé au Châtelet avec messire Armand ? Par tous les saints, comment avez-vous fait ?

Eric fit une grimace.

— J'ai un peu forcé la vérité. Je lui ai parlé de notre témoin en lui laissant entendre que son témoignage était inattaquable et qu'elle l'avait nommé. Puis je lui ai suggéré de considérer comment le roi réagirait quand il entendrait ce qu'elle avait à dire.

— Vous avez fait ressortir les inconvénients d'être pris à mentir au roi ?

— Exactement.

Il but une petite gorgée de vin et haussa les sourcils.

— Cette boisson n'est pas mauvaise.

Elle sourit.

— Merci. C'est moi qui l'ai préparée. J'ai envoyé Abélard chercher des épices à la cuisine.

Cette fois, les sourcils d'Eric se froncèrent.

— Vous avez fait quoi ?

— J'ai préparé ce vin chaud.

— Bon sang, Roxane ! Abélard était censé vous garder, pas aller chercher des épices à la cuisine !

Une main menue se posa sur sa cuisse.

— Eric, la moitié de la garde du roi était dans l'antichambre ! Je ne risquais absolument rien. En outre, j'avais besoin de m'occuper l'esprit pendant votre absence. Vous n'imaginiez pas que je dormirais ?

— Vous m'avez de nouveau désobéi, ma dame.

Elle fit un petit bruit de gorge et lui jeta un coup d'œil de biais.

— Oui, n'est-ce pas ? Eric, je dois vous prévenir : si le roi Louis ratifie notre mariage, je n'obéirai pas à toutes vos injonctions.

— « Si le roi ratifie notre mariage » ? Roxane, avec les aveux de Bréon, cela ne fait aucun doute.

Elle appuya la tête contre son bras.

— Dieu merci. Eric, vous perdre me déchirerait. Je vous aime tant !

Elle leva les yeux vers lui. Sa déclaration n'avait pas irrité Eric. Au contraire, il y avait dans son regard une faim qu'elle reconnaissait. Il avait envie de la croire. Il l'aimait, elle en était sûre.

Avec soin, il posa son gobelet sur le coffre et lui caressa les cheveux.

— Il n'y a pas de regrets qui subsistent pour Lyon ?

— Je suis et serai toujours navrée qu'il ait été tué.

Passant un bras autour de la taille d'Eric, elle l'étreignit.

— Eric, Mathieu n'était qu'un jouvenceau. Je l'aimais d'un amour de jouvencelle, et que vous ayez fait justice pour lui me remplit de gratitude à votre égard. Mais vous êtes mon époux. L'amour que j'éprouve pour vous est plus fort que ce que je ressentais pour Mathieu. Je vous aime comme mon camarade d'enfance. Vous êtes mon ami le plus cher. Mon cœur. Vous êtes un homme, pas un jouvenceau, et je reconnais que cela m'a fait hésiter au début.

Elle sourit.

— Mathieu était bien plus docile que vous ne le serez jamais.

Les yeux d'Eric pétillèrent.

— Plus facile à contrôler, hein ?

— C'est ce que je pensais. Je souffrais encore parce que père m'avait poussée à entrer au couvent en me fiançant, et je ne souhaitais pas du tout me lier à un autre tyran qui ignorerait mes désirs.

— Votre père savait que vous n'étiez pas née pour être nonne. Il avait raison sur ce point.

— Parfois, il est beaucoup trop impatient. S'il m'avait laissé du temps, je ne crois pas que j'aurais cherché refuge dans un couvent.

Eric suivit la ligne de son nez du bout du doigt.

— Pour ma part, je suis content que vous y soyez allée. Sans cela, messire Faramus ne m'aurait jamais appelé pour vous en faire sortir.

— Dieu merci, vous l'avez fait ! Imaginez : si vous n'étiez pas venu à mon secours, je pourrais être mariée à l'homme qui a assassiné Mathieu.

Il lui prit le menton.

— Roxane, messire Bréon aurait pu vous tuer.

— J'en doute. J'imagine que l'attrait des terres de ma famille aurait compté plus pour lui que l'argent que messire Armand pouvait lui offrir.

— Quoi qu'il en soit, il est insupportable d'y penser.

— J'espère que le roi se hâtera de rendre son jugement.

Eric passa un bras autour de sa taille.

— Moi aussi.

— Obtenir que messire Bréon avoue devant ces chevaliers a été un coup de maître. Si l'on ajoute à cela les ragots qu'Abélard a recueillis auprès de la garde du roi…

— Quels ragots ?

— Votre écuyer a appris que le roi a reçu il y a quelques

mois une pétition des fermiers de messire Armand. Ils l'accusent de saigner ses domaines à blanc au bénéfice de l'Eglise. La gestion de ses terres a été remise en question.

Eric ouvrit de grands yeux.

— C'est grave à ce point ?

— Apparemment, c'est effrayant. Messire Armand ne s'est pas arrêté aux dîmes habituelles, il a ruiné ses terres. Ses granges sont vides et ses serfs meurent de faim. Son domaine est devenu une terre en friche, ce qui ne sert à personne. Comme vous le savez, le roi est un homme pieux et pendant un certain temps les offrandes faites par messire Armand à l'Eglise ont dû l'aveugler sur sa vraie nature. Quoi qu'il en soit, aucun roi ne veut voir ses sujets mourir de faim. Aucun roi n'aime voir des terres arables laissées à l'abandon. Messire Armand a négligé ses responsabilités de seigneur, et le roi ne peut tolérer cela. Mon parrain a besoin d'avoir confiance dans les hommes qui détiennent ses terres. Il n'a plus aucune confiance en messire Armand. Et si l'on ajoute à cela son rôle dans la mort de Mathieu…

— Le roi a confiance en messire Faramus.

Roxane fit tourner son vin dans son gobelet et lui adressa un regard scrutateur.

— En effet. Ils ont toujours eu un rapport privilégié. Et puisque le roi se fie au jugement de père, cela aussi jouera en notre faveur. Il ne doutera pas de pouvoir placer sa confiance en vous, et conviendra que vous serez un jour un bon intendant pour nos terres françaises.

— Hier, pendant l'audience, votre père a parlé de façon très éloquente à mon égard.

— J'en suis sûre. Il vous a formé, après tout.

Le regard vert d'Eric était fixé sur elle. La faim qu'il contenait n'avait pas diminué, et elle pouvait voir ces points dorés qui le faisaient briller, mais une ombre subsistait.

— Eric, qu'y a-t-il ?

Il se passa la main dans les cheveux.

— Je ne peux pas oublier que vous avez été précipitée dans ce mariage avec moi.

Roxane posa son gobelet sur le coffre et lui prit la main. Leurs doigts se mêlèrent, et elle éprouva une douce tension dans le ventre.

— Vous ne continuez pas à vous appesantir là-dessus, tout de même ?

— Il n'était pas honorable de vous arracher au couvent.

— Mais si ! Vous pouvez considérer les choses comme vous voulez, vous m'avez sauvée du malheur. J'aurais été très malheureuse au couvent. Et j'aurais été très malheureuse avec messire Bréon.

Posant un doigt sur sa bouche, il secoua la tête.

— C'était mal de vous enlever.

Elle baisa son doigt et vit ses yeux s'assombrir.

— J'ai adoré que vous le fassiez.

Un sourire joua aux coins de la bouche d'Eric, comme il se souvenait de la scène.

— Vous vous êtes pourtant bien débattue, au début.

— Avant de vous reconnaître ! Je me mourais, dans ce couvent. Vous étiez juste ce qu'il me fallait. Vous êtes, et avez toujours été, l'homme le plus honorable que je connaisse. Et chaque jour, depuis notre mariage, je vous suis plus reconnaissante d'avoir accepté de partager ma vie. Je suis heureuse que vous m'ayez enlevée.

Il cilla et son regard s'abaissa sur sa bouche. Il la fixait avec une intensité qui lui indiquait qu'il allait l'embrasser.

Elle avait envie de ce baiser. Mais pas tout de suite. Ils avaient encore quelque chose à régler, et elle savait que c'était le bon moment. Parler de gens qui faisaient des choses douteuses pour les meilleures raisons était juste l'ouverture qu'elle avait espérée.

Eric n'avait pas foi en l'amour, il pensait qu'il faisait toujours souffrir. Elle devait lui faire comprendre que sa mère l'avait aimé. Ensuite viendrait son plus grand défi : elle devait l'aider à voir que la douleur n'accompagnait pas forcément l'amour. S'il avait grandi dans une famille, il saurait ces choses-là. Il avait été privé des hauts et des bas de la vie de famille. Il n'avait pas eu à apprendre à vivre avec un père tyrannique que vous ne pouviez vous empêcher d'aimer, même si ce père vous avait conduite à vous réfugier dans un couvent où vous ne vous sentiriez jamais chez vous.

Il s'était appuyé sur son charme inné pour avancer dans la vie. Ce charme était aussi son bouclier, il s'en servait pour tenir le monde à distance. Elle allait le désarmer. Elle voulait qu'il sache qu'il n'avait pas besoin de charmer en ce qui la concernait. Elle voulait qu'il ait confiance en son amour pour lui.

Elle se rapprocha de lui et prit son visage entre ses mains. Quelque part dans le palais, une porte claqua.

— Eric, ne soyez pas aussi dur avec vous-même. Vous m'avez enlevée du couvent avec les meilleures des intentions. Les gens font tous les jours des choses qui sont mal avec de bonnes intentions. D'une certaine façon, bénigne, vous l'avez fait quand vous avez conduit messire Bréon à croire que notre témoin était fiable afin d'obtenir ses aveux. Je l'ai fait moi-même…

— Vous ?

— J'ai dit au roi que je voulais être religieuse, alors qu'en vérité je m'abusais sur mes propres désirs.

Il eut un sourire coquin et tendit la main pour lui ébouriffer les cheveux.

— Vous aimez beaucoup trop être mise en désordre.

— Avec vous, oui.

Prenant une mèche de ses cheveux entre son index

et son pouce, il se pencha vers elle. Décidée à ignorer la flamme qui brillait dans son regard, Roxane recula légèrement. Elle n'en avait pas terminé.

— Eric, il faut que vous pensiez à ceci, c'est important.

— A quoi ? A quoi dois-je penser ?

— Aux gens qui sont forcés de faire des choses horribles avec les meilleures des intentions.

Elle prit une grande inspiration.

— Des gens comme votre mère.

L'expression d'Eric s'assombrit.

— Ma mère ?

— Oui, Eric, votre mère. Avant qu'elle vous amène à Jutigny, vous viviez à Provins, n'est-ce pas ?

— Vous le savez.

— Comme vous étiez très petit quand votre mère est partie, vous ne connaissiez probablement pas la réputation de ma mère en ville.

Il fronça les sourcils en regardant fixement le feu.

— Vous vous référez à la passion de dame Blandine pour les œuvres charitables ?

Roxane hocha la tête.

— Depuis que mes parents se sont mariés, maman a essayé d'aider les gens. Constamment. Elle s'assure que de la nourriture soit fournie aux frères hospitaliers de Provins pour quiconque peut en avoir besoin, elle visite les malades…

— Dame Blandine a un cœur d'or, murmura Eric.

— Ne vous imaginez pas que vous êtes le seul enfant qu'elle a recueilli. Tenez, deux des cuisiniers de Sainte-Colombe ont été sauvés d'une vie dans les rues. Mais vous êtes le seul garçon qui soit devenu chevalier. J'essaie de vous faire comprendre que quand votre mère vous a laissé à nos portes, elle ne vous a pas simplement abandonné, Eric. Elle vous a laissé à l'endroit même où elle savait que vous seriez en sécurité. Je suis sûre qu'elle pensait faire de son mieux pour vous. Je suis sûre qu'elle vous aimait.

Le dos raide, Eric contemplait le feu, la mine sombre.

— Elle faisait de son mieux.

Il se frotta le visage de ses mains.

— Seigneur, Roxane, j'avais six ans ! C'était en plein hiver. J'avais froid et faim.

Roxane avait envie de l'étreindre et de ne jamais plus le lâcher. Elle avait envie de lui dire qu'elle l'aimait de tout son cœur, mais elle savait que cela ne marcherait pas. Pas encore. Elle se contenta de s'appuyer légèrement contre lui et de regarder les flammes avec lui.

— Votre mère vous aimait.

Furtivement, elle lui jeta un coup d'œil. Il avait l'air si sérieux ! En cet instant, il ressemblait si peu à l'homme insouciant et charmeur qu'elle avait épousé qu'elle le reconnaissait à peine. Etait-elle allée trop loin ?

Il passa la main sur sa nuque et soupira.

— Peut-être m'aimait-elle.

— Eric, encore une fois, votre mère ne vous a pas simplement abandonné. Elle vous a conduit au seul endroit où elle savait que vous seriez sauvé. Elle s'était représenté ce qu'aurait été votre vie à traîner derrière un chevalier errant qui ne voulait pas de vous et n'avait pas les moyens de vous garder. Elle désirait davantage pour vous que ce sort-là. Je suis sûre qu'elle vous aime toujours.

— Où qu'elle soit. Elle pourrait même être morte, à cette heure.

— Connaissez-vous le nom de son chevalier ? Nous pourrions peut-être la retrouver.

Il la regarda en secouant la tête.

— C'est inutile, Roxane. J'y ai pensé quand j'ai gagné Monfort. Je me suis dit que si ma mère et son chevalier étaient en difficulté, ils pourraient y vivre avec moi.

Il fit une grimace.

— Je ne me souviens pas de son nom. Manifestement, je ne saurai jamais ce qui leur est arrivé.

— Je suis désolée.

La lumière du feu baissait. Roxane se leva pour ajouter une bûche dans l'âtre et revint vers Eric.

Il la prit par les hanches et l'attira à lui.

— Merci, mon amour.

— De quoi ?

Elle posa les mains sur ses épaules.

— De m'aider à voir ce que ma mère a fait sous un autre éclairage. Si honteux que cela soit, je n'y avais jamais réfléchi de son point de vue.

Elle l'embrassa sur le front.

— Ce n'est guère surprenant. Ce qu'elle a fait vous a profondément blessé, et vous n'étiez qu'un tout jeune enfant. Pensez-y de cette manière : vous avez peut-être été un enfant perdu cette nuit-là, mais votre mère vous a laissé là où elle savait que vous seriez trouvé.

— C'est vrai.

Il se leva, s'étira et bâilla.

— Roxane, mon amour, la nuit est bien avancée et la journée a été longue. Il est sûrement temps de se coucher.

Il retira ses habits, les jeta sur un coffre, et frissonna.

— Sainte Vierge, il fait froid !

Il rabattit les couvertures.

— Venez vite, Roxane, nous aurons plus chaud ensemble.

Elle sourit.

— Sûrement.

Elle ôta sa chemise, le rejoignit dans le lit et se blottit contre lui. Les cordes du lit grincèrent quand il se redressa pour éteindre la bougie, et elle l'entendit bâiller de nouveau lorsqu'il se laissa retomber en arrière. Il était vraiment fatigué. Elle posa la tête sur son torse.

— Eric, je vous aime.

— Et je vous aime aussi, dit-il doucement.

Le cœur de Roxane s'arrêta de battre. Sans qu'elle sache comment, elle parvint à rester immobile et feignit même de bâiller.

— Hmm ?

Une grande main ébouriffa ses cheveux.

— Vous avez entendu, sorcière !

Il y avait un sourire dans sa voix.

— Je vous aime. Je vous aime, et je vous aimerai toujours.

Le pouls battant la chamade car elle ne s'était pas attendue à une déclaration avant qu'il ait eu le temps de réfléchir à leur conversation, Roxane leva la tête. Vaguement, elle distingua ses traits à la lueur du feu — ses cheveux sombres, sa mâchoire forte, ses pommettes hautes… Il souriait et surtout ses beaux yeux verts la regardaient avec une telle douceur, une telle chaleur, qu'elle sentit des larmes lui piquer les paupières.

Une grande main glissa sur sa taille et il l'attira encore plus contre lui.

— Peut-être, avant de dormir, pourrions-nous essayer de vous mettre un peu plus en désordre ?

Vous avez aimé ?
Découvrez prochainement la suite de votre série « Chevaliers des terres de Champagne », dans votre collection Les Historiques.